小学館文庫

偶然屋2
闇に揺れるツインテール

与史

小学館

目次

扉イラスト／煙楽

第一章

「おおおお！　キタァァァァァァァー！」

ラッキーストライクを口に咥《くわ》えたまま水氷里美《みずごおりさとみ》は拳を振り上げた。

確変十連チャン。台は派手なイルミネーションとファンファーレを撒《ま》き散らしながら、盛大にパチンコ玉を吐き出した。このジャラジャラと玉同士がぶつかり合う音は何度聴いても心地よい。下皿はあっという間に玉で満たされて溢《あふ》れそうになる。すかさず若い男性店員が交換してくれたドル箱に玉を流し入れた。常連の里美はその店員とも顔見知りだ。大学時代の友人が企画した先月の合コンでたまたま鉢合わせしてしまい気まずい思いをした。

背後にはパチンコ玉が詰め込まれたドル箱が積まれている。

「お姉ちゃん、調子いいじゃないか」

隣の台のオッサンが声をかけてくる。前髪が乏しい、赤ら顔に汚れた作業服姿。何度か見かけたことがあるが話しかけられたのは初めてだ。

こんな真っ昼間からパチンコを打っているということは、仕事を抜け出してさぼっているのだろうか。赤ら顔からして酒を呑《の》んだのかもしれない。もっともここの常連客はそんな輩《やから》ばかりだ。

里美は玉をひとつかみすると相手の上皿に入れてやった。ラッキーのお裾分けだ。

「今日はここまで三万円もつぎ込んでいるんですよ」

これで挽回《ばんかい》できないと今月の家計は大ピンチだ。リボ払いの返済もあるし、今月はアパートの契約更新で家賃に更新料が上乗せされる。二年に一度のペースで請求される更新料は思いのほか痛い。そのたびに引越しも考えるが、そんなタイミングに限って引越し代が工面できないほどの金欠に陥るのはもはや恒例行事である。

「やっと報われたたな」

「今まで報われない人生でしたからこんな時くらい報われたいですよ」

里美は自嘲気味に言った。

「俺もな、ツキさえあればこんなところでくすぶってなんかいなかったぜ」

――それはどうですかねぇ。

里美は心の中で苦笑した。このオッサンはツキの有無にかかわらず、こうしてパチンコを打っていると思う。若い頃から研鑽《けんさん》して自身を磨いてきたようには見えない。ツキがあったとしてもそのツキを活《い》かせるスキルも能力もないだろう。

オッサン、今のあんたはなるべくしてそこに座っているんだよ。

でも私は違う。

一流大学に入学して難しい資格を取るため勉学に励んだ。

つまり何が言いたいかというと、私はツキが活かせる人間なのだ！

里美は心の中で力説した。

なのにこんなところでパチンコを打っている。それも生活費を稼ぐためだ。

「ツキさえあれば今ごろ私だって」

「今ごろ？」

「なんでもないです」

大学生時代に思い描いていた自分の姿を想像して小っ恥ずかしくなった。あまりにもギャップが大きすぎてもはや幻想や妄想である。

「いいか、お姉ちゃん。ツキなんていうのは所詮、偶然の積み重ねに過ぎない。人生の確変が連チャンすれば、金持ちにも有名人にもなれるし、美人やイケメンとも結婚できる。そういうことだろ」

「まあ……どうですかね」

下手に否定してからまれたら面倒なので濁した返事をする。

そもそもその考えは違う。確変が連チャンしたところでダメなやつはダメなままだ。

ツキやラッキーや幸運はダメ人間を救ってはくれない。

そんなうだつの上がらない輩が集まってくるのがこのパチンコ店「プラネット錦糸町店」である。

思えば、今の職場で働くようになったきっかけもこの店だった。あの日も確変連チャンで大儲《もう》けしたっけ。

「それはそうと、この界隈《かいわい》に偶然を演出してくれるプロがいるらしいぞ」

オッサンが言った。騒音が大きいので互いに声を張っている。

彼の打ち出す玉は次々とアウトロに吸い込まれていく。今日もツキに恵まれていないようだ。明日もそうだろう。

「ほんとにそんな仕事があるんですかぁ？」

里美は半信半疑といった口調で先を促す。

「どうだろうな。まあ、ここ錦糸町界隈で囁《ささや》かれる都市伝説みたいなもんだ。本当に存在するなら芳岡里穂とラブラブにしてくれとオファーするよ」

彼はウットリした目で答えた。

思わず「きもっ！」と毒づいた。幸い、聞こえていないようだ。

芳岡里穂は人気絶頂のグラビアアイドルである。色白巨乳のスレンダーボディが特徴だがオッサンの娘くらいの年齢だ。

「偶然って偶然に起こるから偶然じゃないんですか」

自分でもおかしな言い回しだなと思う。

「そう思ってるうちは今の報われない生活から抜け出せないぞ。いいか、世の中の出来事はすべてごくごく一部の特権階級に演出されている。あんたが事故だとかハプニングだとか思っていることも、実は何者かによって仕組まれたことなんだ」

「じゃあ、私たちがこうやってパチンコ打ってんのも実は他人に仕組まれたこと、つまり自分ではなく他人の意志ということですか」

オッサンは大きく頷《うなず》いた。そして妙に熱っぽく語った。

「そういうことだ。俺たちがここでパチを打つことで得する人間がいる。すべてはそいつが得するように仕向けられているんだよ。俺たちは得するそいつらの歯車にすぎん。操られていることも知らずに、やれ子供が生まれただの家を買っただのと幸せを感じている。マヌケだと思わんか。俺たちが喜ぶのも悲しむのもすべて、一部の特権階級が得をするために誘導された結果なんだ」

「なんか深い話ですね。勉強になります」

里美は心の中で舌を出しながら感心してみせた。

「こういうことに気づけるのも年の功ってやつだ。あんたもたくさん世の中を見て、いろいろと経験すれば俺のように世界の真理というものが見えてくる」

　里美のおだてに気を良くしたのか誇らしげに語るが、パチンコはさっぱりのようだ。オッサンの上皿の玉は溶けるように減っていく。これも仕組まれているのは間違いないだろう。仕組んでいるのはもちろんパチンコ店である。

　そもそも本当に世界の真理が見えるなら、芳岡里穂とラブラブになれないことも分かりそうなものだ。

　偉そうに語っているが、こんな店の常連が語る与太話などたかが知れている。三流の人間が持つ情報はいつだって三流だ。逆を言えば三流の情報しか持っていないから三流なのだ。

　そうこうするうちに里美の確変も終わってしまった。これも店の仕込みというわけか。

「会ってみたいですね、偶然を演出するプロとやらに」

「おう、一度でいいから会ってみたいもんだ」

　あなたの隣に座っているんですけどね。

「それでは健闘を祈ります」

　里美は席を立ちながら告げた。

「ラブラブ、頑張ってみるわ」

　そっちじゃない。パチンコの方だ。

　オッサンは「ちょっとお姉ちゃん」と離れようとする里美を呼び止めた。

「なんでしょう」

「今の俺の話、忘れるなよ。世の中に偶然はない。スワローズが負けるのも飛行機が墜落するのも地下鉄が遅れるのも、すべて仕組まれたことであり必然だ。そしてなによりあんたが可愛《かわい》いのもな」

オッサンは不器用にウィンクした。

ビミョーに口説くな。

「ためになるお話、ありがとうございました」

オッサンに惚《ほ》れるわけもなく、里美は店員を呼んでドル箱を運んでもらいながら今度こそ席を離れた。

時計を見る。

そろそろ出勤しなくては。

偶然を演出するプロのオフィスに。

回

JR錦糸町駅南口から徒歩数分のところに建つ、年季の入った雑居ビルの中にオフィス油炭《ゆずみ》はある。JR錦糸町駅は一日の乗降客数が十万人以上、さらにはJR駅とは直結しない東京メトロ錦糸町駅も同じくらいの乗降客で賑《にぎ》わう。錦糸町・亀戸《かめいど》副都心といわれるだけあって、多くの商業施設が集まり、特に南口方面は昔ながらの歓楽街が広がる猥雑《わいざつ》な街並みだ。場外馬券売り場ウインズもあって、競馬が開催される日は界隈はさらに活気に溢れる。競馬に合わせて開店や閉店時間を変更する店もあるほどだ。

プラネット錦糸町店の目と鼻の先にあるオフィス油炭が入居しているビルは、飲み屋や風俗店やラブホテルが建ち並ぶエリアの中にあり、夜になると千鳥足の酔客を多く見かける。路上に撒き散らされた吐瀉物《としゃぶつ》もそろそろ見慣れた。立ち飲み屋もあり昼間から酔っ払っている者も珍しくない。そんな彼らと昼間から酒を酌み交わすのも悪くないものである。

以前はすぐ目と鼻の先にあるこちらもまた古い雑居ビルに入っていたのだが、ガス爆発により転居を余儀なくされた。その際、社長の油炭寿文《としふみ》は在室していたのだが、咄嗟《とっさ》にロッカーの中に身を隠したことで九死に一生を得た。ちなみに前に入居していたビルは最近、修復工事を始めたばかりで、オフィスが入っていた部屋の窓や外壁は真っ黒に煤《すす》ばんでいる。通行人たちの多くも見上げながら通り過ぎて行く。

そんな教訓を活かしたのか、従業員である里美が使っているロッカーはやたらと頑丈だ。油炭曰《いわ》く、非常時にはシェルター、またはパニックルームとしても機能する。ドイツ製で一台百万円以上したようだ。一度、バイトで中学生の雨宮《あめみや》クロエが思いきり蹴飛ばしたがびくともしなかった。

大げさと思うかもしれないが、先述したガス爆発も明らかに人為的なもので、ここだけの話、油炭の命を狙ったものだ。そのいきさつについてはまた別の話となるが、オフィス油炭は時として人間の闇に立ち入ってしまう案件を業務として扱う。

業種は探偵事務所。

とはいえ一般的なそれとは少々異なる。大げさな広告を打つこともなく、それと分かる看板も出していない。ここを訪れるクライアントたちは、あやふやな伝手《つて》や情報を手繰ってたどり着いてくる。それ故になんらかの深い事情を抱えている者が少なくない。

今日も一人、男性がオフィス油炭の扉を叩《たた》いた。

「ここは〝偶然屋〟ですか?」

訪れてくる者たちの多くが開口一番、口にする台詞《せりふ》である。

社長の油炭も、里美もクロエも「さあ」とさも白々しく首を傾《かし》げる。

「ここがそうだと聞いたんです」

男性は不満げに食い下がってきた。

「そうなんですか」

ここは演出だ。ミステリアスな存在であればあるほど、この手の噂《うわさ》は拡散してやがては都市伝説化する。

幻の存在、謎の組織、アンタッチャブル……。

その方がギャラをつり上げやすくなるというものだ。

ミステリアスなものには金を惜しまない、それが人の心理ってもんさ……と油炭が言っていた。

しかしあまりにミステリアス過ぎて、なかなか客がここまでたどり着かない。そんなわけでオフィス油炭の経営自体が里美にとってミステリアスとなっている。

「とりあえずこちらにお掛けください」

里美は男性客を部屋の真ん中に居座るソファセットに促した。男性は辛気くさいとしか言いようがない、彩度の乏しい部屋の内装を不安そうに見回している。なんでも以前、入居していた社長がちょうどテーブルの真上で首を吊《つ》った事故物件ということもあって、家賃はかなり安いらしい。

せめてポスターや観葉植物を飾るなどしてインテリアにこだわれば少しは部屋に潤いや華やかさが出てくると思うのだが、とにかく現状は色気がない。部屋は薄暗くてどことなく舞台のセットを思わせる。油炭は「これがいいんだよ」と言う。

奥のデスクではその油炭がなにやら調べ物をしている。そして窓際のソファではクロエが寝そべって小説を読んでいる。今日の本はジャック・ロンドンの『マーティン・イーデン』というタイトルだった。彼女は客の存在などまるで気にする様子がない。相変わらずのツインテールにお嬢様学校の制服姿だ。

「偶然を演出してくれると聞きました」

男性はしばらくクロエに目を奪われていたようだが、腰を落とすなり話を切り出した。

「まあ、そのようなこともやらないわけではありませんが」

里美は名刺を差し出した。そこには水氷里美と印字されている。

「アシスタントディレクター？」

「いえ、アクシデントディレクターです」

肩書きはよく間違われる。そもそも里美自身も最初はアシスタントディレクターだと見間違えたのだ。アクシデントの意味は事故。つまり事故を演出するディレクターである。

ちなみにこの名刺は特殊なインクで印字されているので、男性がこの部屋を出る頃には無地の紙となる。痕跡は残さないのがオフィス油炭のモットーだ。

「まずはこちらに記入をお願いします」

里美は用紙をテーブルの上に差し出した。そこに氏名や住所、勤務先や電話番号などクライアントの個人情報を書き込んでもらう。男性はペンを取ると手早く記入した。なかなかに達筆のようだ。さらに名刺も差し出してきた。

『日酸《にっさん》コーポレーション　営業係長　二川三郎《ふたがわさぶろう》』

「日酸コーポって大企業じゃないですか」

二川は「いえいえ」と手を左右に振って謙遜した。年齢は三十二。短髪がきちっと整っており肌つやもよい。眉目秀麗とまではいかないが、清潔感溢れるいかにも営業マンといった印象である。仕事帰りなのかスーツ姿だ。それにしても落ち着きない様子で辺りをキョロキョロ見回している。そんなに探偵事務所が珍しいのだろうか。JR浅草橋駅からほど近い賃貸マンションに一人住まいだという。錦糸町駅から総武線の中野・新宿方面に乗って次が両国駅、さらにその次が浅草橋駅である。

「出会いの演出ですか」

依頼内容にそう書いてある。二川は「はい」と歯切れよく首肯した。

「実はいい歳《とし》してある女性に一目惚れしてしまいまして。なかなか声をかける勇気が持てないんですよ」

「なるほど、分かります」

「分かってくれますか」

二川は顔を輝かせて身を乗り出した。

「うちはそういう案件が多いですから」

偶然屋は都市伝説になっているわりに、この手のショボい案件が少なくない。特に恋愛や不倫といった男女がらみが多く舞い込んでくる。里美としては社会的巨悪を相手にした権謀術数を尽くした案件を期待しているのだが。

「で、お相手はどんな女性なんですか」

「参宮《さんぐう》弐子《にこ》さんという同じ三十二歳の女性です。銀座の日酸百貨店で財布を落とした時、わざわざ追いかけて来て渡してくれたんです。一目惚れしてしまいました」

二川は頭を掻《か》きながら照れくさそうに話した。

「そのとき、なにをされたんですか。お礼に食事とか？」

「お礼をしたいので連絡先を教えてほしいと告げたんですが、『お気遣いなく』と辞退されてしまったんですよ。僕の名刺も受け取ってもらえませんでした」

「だったらどうして先方の名前を把握しているんですか」

「それが一週間後にたまたま同じ日酸百貨店の化粧品売り場で見かけたんです。あるブランドの化粧品を弊社のクレジットカードを使って購入されていました」

「クレジットカードから個人情報を調べたんですか」

「まあ、そういうことになります」

里美は「呆《あき》れた」という言葉を呑み込んだ。そのことには後ろめたさを感じているようで二川はバツが悪そうに目を泳がせている。

とはいえ、同じ立場だったら里美も同じことをしたかもしれない。気になる異性のことだったら多少の冒険をしても知りたいと願うだろう。

思えばクレジットカードだけでなく、スポーツジムやショップの会員になるに当たっても個人情報を詳細に登録している。里美が知らない誰かが里美のことをよく知っているかもしれないと思うと気味が悪い。今通っているスポーツジムにいたっては体重身長はもちろん、体脂肪率や心拍数、さらには月経日まで記録されているのだ。それらのデータを見れば里美の体の変化を詳細に把握できるのである。

それらのデータを扱う男性がストーカーにならないという保証はない。見た目、清潔感溢れる好青年の二川のイメージが崩れていく。よくよく見ると爪が伸びていてそれが気になった。さらには落ち着きのない目の動き。周囲をキョロキョロする姿はどことなく不快な気分になる。そんなことで営業マンとして大丈夫なのだろうか。

「彼女は『君のナワ』の大ファンなんですよ」

二川の話は続いていた。

「去年大ヒットしたアニメですよね」

二川の言う『君のナワ』は去年の邦画興行収入ナンバーワンだったアニメ作品だ。里美も有料サイトで配信されてからネットで鑑賞した。

若い男女の純愛を描いた、爽やかなラブストーリーである。映像は美しいと思ったが、内容があまりにも瑞々《みずみず》しく爽やかすぎる……いや、青臭すぎて里美の琴線にまるで触れることがなかった。

こっちは低収入ゆえの底辺生活でいっぱいいっぱいで恋愛なんてする余裕もないし、そもそも相手もいない。

里美はまぐれで早稲田《わせだ》大学に合格したはいいが、そこで自分自身を過大評価してしまい、弁護士を目指すことになる。しかし司法試験合格の壁はあまりにも高すぎた。失意の中、弁護士への道を断念したが就職活動が思うようにはかどらず、今はこのオフィス油炭に身を置かせてもらっている。現在の経営状況では給料アップなど望むべくもないが、このままでは将来がまるで見えない。

ただ不思議なことに、この仕事には妙なやり甲斐《がい》を感じている。油炭もそれを分かっているのか、最近はひよっこ扱いせずさまざまな案件を任せるようになってきた。仕事は楽しいが労働はきつい。まさにやり甲斐搾取である。

「僕も『君のナワ』は十回以上観《み》ましたよ。来月続編も公開されるみたいです。いやあ、本当に素晴らしいアニメですよねぇ」

二川はうっとりとした表情を向けている。

「きもっ！」

里美は心の中で毒づいた。三十過ぎのおっさんが胸キュンする内容じゃない。

「参宮さんがこの映画を好きだとどうして知ったんですか」

「彼女は『君のナワ』のリバイバル上映に何度か足を運んでいるんですよ。そのたびにグッズも買い込んでいるので、間違いないです」

二川は自信満々といった口調だ。

「ずっとつけていたんですか」

「ま、まさか。たまたまですよ、たまたま。映画館に入って行くのをたまたま見かけたんです、たまたま」

映画館に入って行くのを〝何度〟も〝たまたま〟見かけた？

ツッコミどころ満載だがツッコまないでおいた。相手は大事な客である。とりあえず参宮弐子という女性が『君のナワ』の大ファンであることは間違いないようだ。

「参宮さんはアニメのヒロインに似ているとか？」

「いいえ、全然」

二川はあっさりと答えた。もっとも彼もアニメのキャラクターにはまったく似ていない。

「写真かなにかありますか」

「こちらです」

二川はスマートフォンをテーブルの上に置いた。画面には女性の画像が表示されている。どうやら隠し撮りしたようで、彼女はカメラの存在に気づいていない様子だ。

たしかにヒロインには似ても似つかない。色白であるがショートボブのヘアが顔立ちに似合ってない気がする。正直言ってルックスは十人並みだ。

男性が一目惚れしてしまうタイプの女性とは思えない。好みは人それぞれということか。

里美は納得できない思いで二川に向き直った。

どうして私に一目惚れしないのよ。

これでも大学時代はまあまあモテた方だ。

「それで『君のナワ』がどうなるんですか」

少しばかりすさんだ気持ちで質問する。

「いい方法を思いついたんですよ」

二川は瞳に熱を込めてこちらに身を乗り出してきた。すごい勢いだったので思わずのけぞってしまう。

「な、なんでしょう」

「双三《ふたみ》神社ってご存じですよね」

「あ、ええ」

双三神社は『君のナワ』でも出てくる実在の神社だ。場所はたしか世田谷区のどこかだったはずだ。

「ヒロインの宮永四葉《みやながよつば》と橘《たちばな》タキは双三神社の石階段で初めて出会う。そこで四葉はタキに一目惚れするというストーリーでした」

「も、もしかして」

里美の声がうわずった。

「そうです。双三神社の石階段ですれ違えば彼女は僕に一目惚れするわけです！」

二川の表情に一片の曇りも窺《うかが》えなかった。「一足す一は二です！」と言わんばかりに自信たっぷりな口調だった。

「つまり二川さんと参宮さんを双三神社の石階段ですれ違うように仕向ければいいんですね」

「そういうことです」

「はあ、はあ」

里美は小刻みに頷いた。

「でも、すれ違っただけで一目惚れなんて……しますかね」

里美は控え目に尋ねた。

「参宮さんはあの映画のような恋愛をしたいと思っているに違いありません。映画と同じシチュエーションを用意すれば、ヒロインと同じ心境になるはずですよ」

「いや、でも、それはやっぱり橘タキというキャラクターに対してですよね」

遠回しにお前はタキに似ても似つかないと指摘する。

「当日は橘タキと同じ髪型にして、さらには服装も揃《そろ》えます。自分は橘タキなんだと強く強く自己暗示してあの石階段を上りますよ。人間誰だってその気になればルパン三世やアンパンマンにだってなり切れると思います」

いやいや、どんなに私が強く念じてもスカーレット・ヨハンソンにはなれないわよ。

どうやら二川という青年はスーパー、いや、ハイパーポジティブな思考の持ち主らしい。羨ましさすら覚えてしまう。そのわりにこんな手の込んだ演出をしなければ女性に接触することができないというバランスの悪さだ。

「水氷くん、どうだね」

突然、油炭がソファの隣に腰掛けて言った。「あ、社長の油炭です」と彼は二川に名刺を差し出した。それを見た二川は目を白黒させた。無理もない。なぜなら油炭の名刺は暗号になっているからだ。暗号解読のプロでも解読に数時間はかかる代物である。

「やっぱり噂は本当だったんだ。オフィス油炭は偶然屋ですよね」

二川は嬉《うれ》しそうに言った。

「うちのことはどこで？」

「知り合いの知り合いの知り合いから偶然屋に関するちょっとした噂話を耳にしたんです」

「そんな情報からよくぞたどり着きましたね」

「数字を追っていったらって感じです」

「数字を追う？」

油炭が眩《まぶ》しそうに目を細めた。里美も二川の言っている意味がよく分からなかった。

「ええ。人間って数字に支配されていますからね」

「具体的には？」

「法則ですよ。人間は無意識のうちに数字の法則に支配されているんです。たとえば株価なんかもそうだし、戦争や革命が起こるタイミングも法則に従っています」

二川さん、あなたなにを言っているの？

話の展開が思わぬ方に向かっている。

「ほぉ、それは面白いですね。逆を言えば、その法則を理解すればなんでも思い通りにできるってわけですか」

「それはとても複雑なのでそう簡単にはいきません。でもたまに物事の法則が見えるときがあるんですよ。今回がそうだったんです」

「へえ、ぜひともその法則とやらを知りたいなあ」

油炭が興味深そうに前のめりになった。

「油炭さんは理系ですか」

「ゴリゴリの文系です」

油炭は慶応大学卒だ。法学部と聞いたことがある。

「フーリエ変換とかエントロピー増大則とかカオス理論とかシュレディンガー方程式とか、分かりますか？」

「いやあ、さっぱりです。確率論なら多少は分かるんですけど」

油炭は確率にやたらとこだわる。クライアントから案件を引き受けるたびに成功確率を里美に告げていた。

ちなみに里美も数学は大の苦手だった。

「だったら僕の話は理解できないと思います。とにかくいろんな情報から得られた数字を解析した結果、ここの住所が導き出されたというわけです」

「それはすごい」

油炭は目を見開いている。

「数字には力があります。円周率はただの数字の羅列だと思われているけど、宇宙の真理を示すなんらかの意味がありますよ、絶対。それが解明されたとき人類は飛躍的な進化を遂げると思いますよ」

二川の口吻《こうふん》は熱がこもっていた。

「なんか壮大なSF映画みたいですね」

油炭は感心したように言っているが本心はどうなのだろう。二川の言っていることはオカルトにしか思えない。もし数学的解析からここの住所をはじき出したとしてもそれは単なる偶然でしかないと思う。

「だったらその法則で相手の女性をゲットできるんじゃないの」

ソファで読書をしていたクロエが言った。

「女心だけは法則が通用しないものなんだよ」

二川は眉を上げて答えた。

油炭も納得したように何度も頷いている。里美は思わず笑ってしまった。人間の半分は女ですけど。

ここでツッコまないくらいにはクロエも空気を読めているようだ。

「それでどういったシチュエーションをお望みなのですか」

里美が話をオファー内容に戻す。

「二月三日に双三神社の石階段に彼女を出向かせてほしいんですよ」

「映画でもそういう設定でしたっけ」

「映画でははっきりと日時は描かれていなかったですけど、原作者である監督がインタビューでそう言ってました」

「そうなんですね」

たしかに季節は冬という設定だった。ヒロインはコートを着ていたし、マフラーや手袋もはめていた。

「偶然を演出するに当たってディテールにこだわるのは重要なことだ。細部にわたる作り込まれた設定がミラクルを呼び起こすことは決して珍しくない。映画のストーリーラインとミッションの日時を合わせるだけでも確率は〇・〇〇〇〇六パーセント上がる」

「少なっ！」

油炭が提示する数字に思わず声を上げてしまった。

「映画でヒロインの四葉は絵馬を描いたあと石階段を降りてきます。そして橘タキは逆に絵馬を描くために石階段を上ってくる。そこで二人はすれ違い、四葉はタキに一目惚れをするわけです。それも再現してほしいんですよ」

「なるほど。映画のシチュエーションに徹底的にこだわるわけですね」

二月三日に参宮弐子が双三神社で絵馬を描くよう仕向けることがミッションとなる。重要なのはそれらの展開がすべて彼女の意思によること。つまり里美たちの仕事は彼女の意思をそのように誘導することである。

ただ、問題はそれらが実現したとして参宮弐子が二川に一目惚れするかどうかだ。しかしそれはミッションの範疇《はんちゅう》外である。そこから先は二川次第ということになる。

里美はそのことを二川に告げた。

「それは分かっています。彼女が僕に一目惚れするかどうかは神のみぞ知るところですけど、自信がありますよ。なぜならその時の僕は橘タキだからです」

二川は目をキラキラと輝かせながら宣言した。

「わ、分かってもらえれば結構です」

もし立っていたらきっと後ずさりしていただろう。いったいその自信はどこから湧いてくるのか。それほどまでの自信があるのなら、さっさと告っちゃえよと思う。案外その方が上手《うま》くいくのではないか。里美だったら相手の男性にはそうしてほしいと思うし願う。

「分かりました。オファーを受けましょう」

「ありがとうございます！　絶対に彼女を一目惚れさせますよ」

油炭の快諾に二川は立ち上がると決意を込めたように拳を握りしめた。

四日ぶりのオファーに油炭は表情を緩ませている。クロエは相変わらず退屈そうにやりとりを眺めていた。


二川を丁重に見送ってから里美は油炭のデスクに向かった。彼は相変わらず「ジングルベル」のメロディを口笛で吹いていた。「毎日がクリスマスだったら楽しいだろ」と言うが里美はそう思わない。

背中から見ると細身だが、筋肉質でしなやかな体型であることを里美は知っている。かつて火災マンションのベランダから飛び降りるという人生において貴重な機会があったのだが、そのとき彼に抱きかかえられたのだ。あのときの彼の感触と体温が忘れられない。

このことを思い出すと顔を赤らめてしまうので、さっさと頭から振り払った。

相変わらず焦げ茶色に染められた個性的な髪型は、美容院でセットしたものなのか、寝癖なのか判別できない。しかしその髪型は舞台役者を思わせる整った目鼻立ちに合っていると思う。無精髭《ぶしょうひげ》もどことなく色気を感じる。男性ファッション雑誌の表紙を飾っていても違和感を覚えない、一般的にはイケメンと呼ばれる部類に入るだろう。

とはいえ本人は恵まれた容姿に頓着がないようで、シャツもよれよれで襟には汗染みがうっすらと見受けられる。ただいつも爪だけはきれいに切りそろえられているので、里美的にはギリギリ許せる清潔感だ。爪の長い男は生理的に受け付けない。

二川の爪が気になったことを思い出した。

「この案件は君に任せる」

彼は顔を上げるとメガネを外して涼しげな目を里美に向けた。ひとつひとつの仕草がサマになっていて気に食わない。

「そう言うと思ってました」

里美は頷いて承諾した。

「二月三日にターゲットを双三神社の石階段に出向かせるだけだ。言うまでもなく彼女の意思でな」

あくまでもターゲットの意思と選択というところがポイントだ。偶然屋は偶然を演出してターゲットを誘導する。彼らは最後まで仕組まれていたことに気づかない。これでカップルが成立したクライアントは少なくない。

「ターゲットがクライアントに一目惚れするかどうかまでは俺たちの管轄外だ」

二川がサインした念書にはそのように記載されている。

「一目惚れなんてしませんよ、普通。いい歳してアニメと現実の区別もつかないんですかね」

顔立ちは爽やか風だが、内面には不気味さを感じてしまう。

突然、油炭が人差し指を立てた。

「君が寝坊したとする。朝飯の食パンを口に咥えたまま家を飛び出して駅に向かう途中、男性とぶつかった。君はその男性と恋に落ちるか」

「落ちません！」

里美はキッパリと答えた。「そもそもなんですか、そのラブコメのテンプレートみたいなベタベタのシチュエーションは」

「その男性が吉沢亮太だったら？」

油炭がニヤリとしながら言った。

「お、落ちま……」

「落ちま？」

彼はわざとらしく耳に手を当てて漏斗《じょうご》にした。

「……す、かも」

吉沢亮太は今をときめくイケメン俳優だ。里美も大ファンである。

「ほらぁ、だろう」

油炭は破顔一笑した。

「で、でも二川さんは吉沢亮太じゃないです」

吉沢亮太で恋に落ちないなんて女子じゃないと思う。

「橘タキでもないよな、似ても似つかない」

「え、油炭さん、『君のナワ』を観たんですか」

里美は意外な思いで聞いた。

「ああ、クロエにせがまれてな」

そのとき本が油炭に飛んできた。クロエが投げたのだ。

「へえ、クロエちゃん、あんなの観るんだ」

　里美は挑発的に言ってやった。

「オバサンには分かんないでしょうねぇ」

「ガキだからあんなのが本当の恋愛とか思ってんじゃないでしょうね」

　クロエがソファから立ち上がる。その瞳はただならぬ殺気で溢れていた。

　里美も空手の有段者だがクロエとやり合うなら全力を尽くさなければならないだろう。一度、彼女がチンピラを撃退する場面に出くわしたことがあるが、あの動きは相当の訓練を受けていたに違いない。痴漢なんてしようものなら生きて電車から出られるか分からない。

「殺すよ」

「喧嘩《けんか》はよせ、仕事中だぞ」

　油炭が睨《にら》み合う二人の間に割って入った。

「ふん」

　クロエはふてくされた様子でソファに腰を落とした。「ほら」と油炭は彼女に本を投げ返す。クロエはそれを無視してテレビをつけた。里美は床に落ちた本をテーブルの上に戻す。

　なんて身勝手な娘《こ》なの。

反抗期だった自分の中学生時代を振り返っても、大人に対してここまで無礼な態度を取ったことはない。

『……タンソキンを培養した疑いで杉並北署は無職、町田慎哉《まちだしんや》を逮捕しました』

画面では新人らしい若い男性キャスターがニュースを報じている。

「なんでタンス預金なんかで逮捕されるのよ」

「オバサンって早稲田でてるのにバカなの？」

デスクでは油炭が思わずといった様子で吹き出した。

「だってニュースでそう言ったでしょ」

里美は画面を指さした。

「タンソキンよ、タ・ン・ソ・キ・ン。補聴器つけたほうがいいんじゃない」

クロエの口調にイラッとする。

「なによ、似たようなもんじゃない」

子供相手に負け惜しみにもなっていないのが悔しい。思えばここに勤務してからイラつくことが多くなった。その原因のほぼ全部がクロエである。どうしてこの娘は全方位に喧嘩を売ってくるのか。

「カワイイは正義」っていう輩がいるが私は絶対に認めない。クロエは可愛いだけが取り柄のクソガキだ。

「それにしても炭疽菌とは物騒だな」

油炭が椅子から立ち上がってテレビに近づいた。画面には容疑者の顔と名前が表示されている。年齢が出ていないが顔立ちから三十六歳の油炭と同年代くらいだろうか。

「なんかヤバそうな菌ですね」

「細菌兵器として旧日本軍やソビエト、アメリカなどが研究開発していたといわれる。炭疽菌を使ったテロが世界中で広がっているようだ。複数の国で炭疽菌入りの郵便物が送りつけられたという事例がある」

感染部位によって肺炭疽、皮膚炭疽、腸炭疽の三種類に分けられるそうだが、中でも肺炭疽は死亡率が九十パーセントを超えると油炭はつけ加えた。

「ヤバいどころの騒ぎじゃないですね」

「うちもテロに備えて防毒マスクを用意しておく必要があるかもな」

「防毒マスクなんて大げさな……」

とはいえ、偶然屋のスタッフには何が起きても不思議ではない。里美も何度か危ない目に遭ってきたのだ。それにテロは世界各地で起きている。東京がターゲットになる可能性は否定できない。いや、むしろテロや戦争に縁のなかった日本は警戒が薄い分、テロリストにとって狙いやすい国なのかもしれない。

そう考えると背筋が冷たくなる。

「それにしても二川さん、変わった人でしたね」

とりあえず話題を変えた。ただでさえ物騒なことが多い職場でテロの話なんてたくさんだ。

「それでもありがたいクライアントだ。君たちが頑張ってくれないとうちは今月も厳しいんだ」

油炭がため息をつきながらデスクの上の会計帳簿を叩いた。これでは給料も上がりそうにない。

「数字にこだわるところは油炭さんに似てますよね」

「俺がこだわるのは確率だけだ」

彼曰く、そのこだわりは偶然屋として必須の資質らしい。

「運も実力のうちですもんね」

「それは違うって言ってるだろ。運が実力なんだ」

油炭は確率の話になるといつも熱くなる。

「はいはい。で、今回の成功率はどのくらいを見込んでいるんですか」

「三十七パーってところかな」

「微妙ですね」

「二川は数字に異常なこだわりがある。うちの時計やカレンダーをやたらと気にしていた」

「落ち着かない様子でしたよね」

たしかに二川はデジタル式の時計とカレンダーのある方を気にしていた。

「あと、歩数を数えていたようだな」

「そうなんですか」

それは気づかなかった。今思えば歩き方が若干ぎこちなかった。さすがに観察眼が鋭い。

「それだけじゃない。書棚の本や食器棚のコップの数も数えていたぞ」

「いったい何が気になるんですかね」

「発達障害のようなものかもしれないな。なんにしてもこだわりの強い人間はこちらが思ったとおりに動いてくれないことがあるから厄介なのさ」

二川とは念入りな打ち合わせをしてこちらの指示通りに動いてもらうしかない。

「とりあえず二月三日にターゲットには双三神社で絵馬を描いてもらわなければなりませんね」

「彼女の大好きな映画の舞台だ。神社に行きたくなる理由はいくらでもあるだろう。今回はシンプルゲームだ」

「そう簡単にいくかなあ」

里美は首を傾げた。

「クロエ、水氷くんをサポートしてやってくれ」

油炭はソファでテレビを見ているクロエに声をかけた。彼女は面倒臭そうに息を吐いた。

「オバサンがクライアントに一目惚れしないよう監視すればいいのね」

ふざけんじゃないわよ！

おっと、大人げない。相手は子供だ。落ち着け、落ち着け。

里美は言葉を呑み込んだ。


次の日、さっそく調査を開始した。

「クロエちゃんってさ、お嬢さんなんだよね」

平日は聖グノーシス学園の制服姿だが、今日は土曜日なので私服である。フリルのついた純白のブラウスにチェック柄の英国ブランドのスカート。今日は寒いのでその上から有名登山ブランドの防寒ジャケットを羽織っていた。そのジャケット、里美も欲しいと思っていたが、一着七万円もするので手が出なかった。

ちなみに聖グノーシス学園は政治家や官僚、病院経営者、ＩＴ起業家などセレブリティの子弟が通う名門である。

「別にそんなんじゃないよ」

「お父様が防衛省の偉い人だって聞いたけど」

「あんなのが尊敬されるなんて世も末だわ」

「そうなんだ……」

どうやら親子関係は上手くいっていないようだ。といっても思春期であれば特に父親に嫌悪感を抱くことも珍しくない。里美にも心当たりがあった。そもそもクロエの性格からして父親にベッタリなんて考えられない。

「ここか。ふうん、なかなかキレイじゃん」

クロエは足を止めてマンションを見上げた。七階建ての細長い建物である。石柄のサイディング材を施された外壁でワンフロアに一室ずつという造りになっている。事前に不動産屋のホームページで調べたら間取りは１ＬＤＫで家賃は共益費込みで十五万二千円とあった。ペットの飼育も可能だ。池尻大橋駅から徒歩十分ほどの住宅街の中に建っている。

「築浅物件よ。築三年らしいわ」

里美の住処《すみか》とは天と地の差がある。フローリングのリビングは十畳ほどあるらしい。

もちろんトイレとバスは別室だ。里美の部屋はユニットバスである。

「とりあえず住所を調べる手間が省けてラッキーだね」

クロエは五階のあたりを見上げながら言った。

エントランス前の石柱には「カーサ・リリエンベルグ」と建物名が刻まれている。参宮弐子はこのマンションの五階に住んでいる。住所は二川が把握していた。おそらく彼女のあとを尾行して特定したのだろう。

「完全にストーカーよ」

「十五万円以上の物件に住めるんだからそれなりにお金を持っているんだね」

「外資系の証券会社にお勤めだから高給取りなんじゃない」

参宮の勤務先は六本木にある支店だ。本社はフランスにある。二川曰く、彼女はフランス語も堪能らしい。彼女の部屋の中に盗聴器を仕掛けてあるのではないかと疑いたくなる。

今回、ここに足を運んだのはまずはターゲットのことを知るためである。ターゲットの習慣、嗜好《しこう》、癖などを徹底的に調査することで相手の行動を予測できる。

偶然屋にとって重要なのはターゲットを知り尽くすことだ、と油炭から口酸っぱく言われている。

里美とクロエは来訪客を装ってエントランスをくぐる。中はちょっとしたホールになっていて座り心地の良さそうなソファが設置されており、その周囲には観葉植物が並んでいる。ホールは人気がなくがらんとしていた。天井にはもちろん防犯カメラが設置されている。

　その先はガラスの扉で塞がれていて、中に入るには住人をインターフォンで呼び出して開いてもらう必要がある。

　里美は郵便ボックスをチェックした。マンションの一階を除く各フロアに一軒という構造なので、ボックスは六個並んでいる。参宮の部屋は五階にあるので五号室だ。他のフロアのボックスはネームプレートに名前や屋号が入っていなかったが、五号室だけは「参宮弐子」とフルネームで表示されている。

「生真面目というか几帳面《きちょうめん》なのかな」

「警戒心が薄いのかも」

　クロエが鼻を鳴らした。たしかにそういう見方もある。

　土曜日ということもあって参宮は仕事休みだ。それも二川から確認を取ってある。ここで張り込んでいれば彼女の姿を目視できるだろう。

　ガラス扉の向こうにあるエレベーターの扉がチャイムの音とともに開いた。

「マジ!?」

　里美は体をクルリと回して顔を隠した。

エレベーターから降りてきた女性が近づいてくるとガラス扉が開く。その人物は里美とクロエに「こんにちは」と声をかけると、二人の応答を待たずにマンションの外に出て行った。里美たちのことを怪しむ様子はまるで見られなかった。

「今の人よね」

クロエが女性の背中を指さした。

「うん」

女性は間違いなく参宮弐子だった。かなりラフな服装だったので、買い物に出たのだろう。

里美とクロエは早速彼女の後をつけることにした。

「いつもこうだと楽なのにね」

「ホントよ」

里美は参宮から目を離さずに答えた。

一日中張り込んで空振りに終わることも珍しくない。偶然屋の仕事の大半は張り込みであるといっても過言ではない。そうやってターゲットの情報を集めていくのだ。

今日は現地に到着してわずか五分である。

里美の推察通り、参宮は近くのコンビニに入った。二人もそっと店に近づく。入口のガラス扉には「君のナワキャンペーン」と打たれたポスターがデカデカと貼りつけてあった。

「そっか、来月続編が公開されるからね」

クロエがポスターを眺めながら言った。ポスターには七百円お買い上げ毎《ごと》に一回スピードくじを引けるとある。当選すればアニメキャラクターのフィギュア、イラストの入ったタオルやバインダーやマグカップなどのグッズがその場でもらえるようだ。

里美たちは客を装って店内に入った。参宮は買い物カゴの中に日用品や菓子類などを次々と放り込んでいる。それらは駅前にあるスーパーや百均でコンビニより安く買えるものばかりだ。

「明らかにスピードくじ目的ね」

クロエに声をかけると彼女も買い物カゴに無造作に商品を放り込んでいる。「クロエちゃん！」

クロエは舌打ちをしながら商品を戻した。

「タキのフィギュアが欲しいんだよね」

「フィギュアは一等賞じゃない。どうせ当たらないよ。それにミッション中でしょ」

「職務に忠実、オバサンの鑑《かがみ》ね」

「うるさい」

商品を物色しているふりをしながら参宮を観察していると、やがてカゴをいっぱいにした彼女はレジに向かった。そっとレジに近づいて眺めていると会計は五千三百九十円にもなっている。

「七回引けます」

店員がくじの入った箱を差し出した。参宮は取り出し口に手を突っ込んで次々とくじを引き出す。そして三角状のくじを開いていった。

「タキのフィギュア、当たらないなあ」

すべてを開いた彼女は少し失望した口調だった。

「一等はなかなか出ないんですよ」

店員がなぐさめるように言った。

「毎日、引きに来てるのに」

「ですよねぇ、申し訳ないです」

店員が頭を下げた。

「ごめんなさい、そんなつもりで言ったんじゃないの」

参宮は恐縮した様子でとりなした。

それでも彼女はタオル一枚とバインダー二枚、マグカップ一個をゲットしていた。なかなかの当選率だ。

「マグカップ、いいなあ」

クロエが恨めしそうに参宮を見つめている。彼女は商品を抱えると店を出て行った。

「これもらいます」

里美はレジカウンターの上に積まれているスピードくじのチラシを一枚取ると、参宮のあとを追いかけた。彼女はそのまま自宅マンションに入ってしまった。

「スピードくじを引きに行っただけだったね」

クロエがエレベーターに乗り込む参宮を外から眺めながら言った。

「毎日、あのコンビニにくじを引きに行ってるみたいね」

「あのアニメは熱狂的ファンが多いからね。公開当時は聖地巡礼もブームになっていたみたいよ」

「聖地巡礼？」

意味が分からず里美は聞き返した。

「舞台になったスポットを回ることだよ。主人公たちの通っていた学校とか公園とか、あのアニメに出てくるスポットのほとんどが実在しているからね」

「なるほどね。ファンからすれば聖地よね」

この作品は背景の描き込みが相当に緻密で、アニメ作品ながら実写と見紛《みまが》うクオリティを誇っていた。そのためキャラクターはいかにもアニメ的ではあったが、舞台にはリアリティがあった。

「クロエちゃん、だったら双三神社も聖地中の聖地じゃない」

「今はそうでもないみたいだけど、当時はファンでごった返してたね」

どうやらクロエも巡礼したようだ。

「聖地か……使えそうね」

里美はチラシを読みながらつぶやいた。


二月三日。

今日は二川の案件の決行日だ。雲一つない青空が広がり、通り抜けていく風はヒヤリと肌を刺すが陽《ひ》だまりに立つとぬくもりを感じる。

「本当に彼女は来るんでしょうか？」

深緑色のダッフルコートに身を包んだ二川は不安げな顔を向ける。

「準備万端です。きっと大丈夫」

里美は彼を、そして同時に自分を励ました。

これぱかりはやってみなければ上手くいくかどうかは分からない。

あれから作戦を練って入念に仕掛けを施した。ギャラは成功報酬なので失敗すれば最低限の経費しか得ることができない。しかし里美には少なからずの自信がある。ここのところミッション成功率が上がっているのだ。とはいえ給料には反映されないのだが。

「僕の方もできる限りのことはしました」

「それは分かります。橘タキにソックリですもん」

二川は先日言ったとおり、髪型や服装をキャラクターに合わせてきた。特に深緑色のダッフルコートは橘タキのトレードマークともいえる。二川のコートは色もデザインもまったく同じだった。なんでも某アパレルブランドが「橘タキモデル」として限定生産したコートをネット販売したが、あっという間に完売してしまったらしい。二川はそれをオークションサイトから法外な値段で落札したという。

顔立ちはまるで違うのに、キャラクターになり切っているためか橘タキの佇《たたず》まいや雰囲気を纏《まと》っている。ターゲットを一目惚れさせたいという虚仮《こけ》の一念がなせる業《わざ》だ。もしかしたら一目惚れも実現するのではないかとさえ思えてくる。

そしてここは双三神社の階段の上り口である。里美と二川は階段を見上げていた。階段は植え込みと植林で挟まれた形になっており、アニメでは木々の位置や大きさまで忠実に再現されているという。両側ともに幅五メートルほどあり、背の高い木々や大きめの植え込みが鬱蒼《うっそう》と繁《しげ》っていて、山道を上っているような気分になる。

スマートウォッチを確認すると十一時を表示していた。ここに到着してから二時間ほど経過している。

「そろそろ到着すると思いますよ。うちのクロエちゃんがターゲットがマンションを出たところを確認しています」

クロエにはターゲットである参宮を追跡するよう頼んである。四十分ほど前にマンションを出たとクロエから連絡があった。とはいえ行き先が双三神社とは限らない。その後、クロエからのメッセージがないからこちらに向かっているのだろう。

階段の最上部には鳥居が建っていて、くぐり抜けた先に境内が広がっている。緑豊かなゆったりとした境内には本殿、拝殿、そしてご祈禱《きとう》の受付やお守りや絵馬板などを授与する社務所が建っている。鳥居をくぐるとすぐに手水舎《ちょうずや》、そして社務所の前に絵馬掛けが設置されている。

里美は参宮宛に一通の葉書を送った。裏面には『君のナワ』のポスター画像をきれいに印刷してあり、その上に「続編聖地巡礼ツアー抽選券」と打たれている。リアリティを出すためにプロのデザイナーに作成を依頼した。

内容はタイトル通り、『君のナワ』の続編の舞台となる聖地巡礼ツアーの参加者を募るものだ。多数の参加者が予想されるので抽選という形式を取るが、その資格を得るためには二月三日に双三神社の絵馬に「抽選が当たりますように」という願いと氏名を書いて、さらに絵馬掛けに掛けた状態で写真を撮る。その画像を葉書に記載してあるメールアドレスに送るという手はずだ。

もちろんそれらはすべて里美がでっち上げたものである。実際にそんな企画は存在しない。偽装がバレることを防ぐため、抽選条件として守秘義務を強調してある。この内容をネットなどに書き込めば当選しても参加資格を失うというものだ。

律儀で几帳面な彼女は義務を守るに違いない。なんといってもあれほどの熱狂的ファンであれば、なんとしてでも参加したいと願うだろう。

主催者の連絡先も記載されているが、そちらはすべて里美に通じるようになっている。

実は二日前に参宮本人から連絡が入った。

「当日は双三神社に抽選券が届いた人が殺到してしまうと予想されるので、時間をずらしたいと思っているのですが、タイムリミットはあるのでしょうか。葉書には何時から何時までと記載されていなかったので気になって電話させていただきました」

口調からして生真面目さがにじみ出ている。

「実はすべての抽選希望者の方に双三神社を指定したわけではありません。他のスポットで別の行動を写真に収めていただく方もいらっしゃいます。バリエーションがかなりあるので、当日は双三神社に抽選希望者が殺到することはないと思います。またこのような方式にしたのはネットに情報公開した人を特定するためでもあります。たとえば双三神社に関する情報がネットに流されてしまった場合、該当する方たちの資格はすべて無効とさせていただきます」

「それって連帯責任ってことですか」

「申し訳ありませんがそういうことになります」

「分かりました。お忙しいところ、ありがとうございました」

これで彼女がこの偽装企画を外部に漏らすことはないだろう。

この通話で分かったことは、彼女は偽装をまったく疑っておらず、抽選を強く希望しているということだ。当日は万難を排して双三神社に出向いてくるに違いない、という確信が持てた。

双三神社の境内に出入りする箇所は三箇所あり、こちらは南口となる。参宮は電車を使うはずなので最寄り駅からは北口が一番近い。おそらく北口から入ってくるはずだ。

その時、里美のスマホが振動して通知を知らせた。クロエからのメッセージだ。

『ターゲット到着』

とだけ書き込まれている。

「来ましたよ」

「マジですか！」

二川の表情がパッと明るくなった。思ったとおり、北口から入ってきたようだ。そして再び、クロエからのメッセージが届いた。今、参宮は社務所で絵馬板を買い求めているとある。里美は胸をなで下ろした。どうやら偽装を疑っていない。

とはいえこのために彼女は仕事を休んだのだろう。今日は平日である。少しだけ申し訳ない気持ちになる。

「問題はこの階段を降りてくれるかどうかです」

里美は今回の唯一の懸念点を口にした。

葉書に南口の階段を降りてくるよう指示する文章を加えようかと思ったが、さすがにそれはやりすぎな気がして却下した。不自然に思われたら台無しである。

「いや、大丈夫。彼女は絶対にこの階段を降りてきますよ。ヒロインの四葉が橘タキと初めて出会ったスポットですからね。彼女はヒロインのような出会いを強く望んでいるはずだ。だから絶対に降りてきます」

「そうですよね」

なぜか二川に励まされてしまった。里美としても確信めいたものはあった。あの作品の熱狂的ファンであれば、この階段は外せない。タキと四葉の初めての出会いは屈指の名シーンといわれている。

「ほら、来た！」

二川が階段を見上げる目を見開いた。鳥居の下に女性が姿を見せた。

間違いない。参宮弐子だ。

彼女は階段を降りてくる。

ミッションコンプリート。

里美はホッと息を吐いた。仕事はここまでだ。そっと木の陰に身を隠す。

「あの衣装」

二川が顎で参宮を指した。

参宮の服装は明らかに四葉を意識したコーディネートだ。

そうこうするうちにも参宮は階段を降りてくる。

途中、二川の存在に気づいたのか一瞬だけ足を止めた。

「ほら、二川さん」

しかし彼は見上げたまま動こうとしない。険しい表情でじっと参宮を見つめている。

「ど、どうしたんですか」

里美は参宮に気づかれないように二川の背中をはたいた。それでも動かない。

こうしているうちにも彼女はこちらに近づいてくる。その視線は明らかに二川に向いている。橘タキになり切っている彼を意識しているのだ。

なのに二川は階段に足をかけようとすらしない。

「二川さん！」

アニメでタキと四葉は階段の中ほどですれ違っている。その瞬間、四葉がタキに一目惚れするという展開だ。二川はそのシーンを再現するんだと言っていた。それなのにおも階段の下から参宮を見上げている。その表情はさらに険しいものになっている。

そうこうするうちについに彼女は階段の中ほどを通り過ぎてしまった。これではもはや映画と同じシチュエーションとは言えない。

鳥居の下では小さく見えた彼女の姿が今では大きくなって細部もはっきりと確認できるようになった。

あと残り二十数段といったところまで来た。それでも二川は動かない。

「ミッションは果たしましたからね」

里美は動こうとしない彼に向かって念を押した。成功報酬は全額ということになる。

彼は小さく頷いた。それだけ確認できれば充分だ。

「それでは失礼します」

参宮に里美の姿を認められるのは好ましくない。一度は彼女のマンションのエントランスで姿を見られているからだ。

里美がその場を離れようとしたその時だった。

背後から通り過ぎた人影が階段を駆け上がっていった。その後ろ姿に見覚えがある。

「な、なんなの？」

「きゃあっ！」

突然、参宮が声を上げて背中を強く押されたように前のめりになった。

「危なっ！」

パンプスが宙に飛んで、彼女はバランスを大きく崩してまさに転倒している最中だ。

里美にはそれらのシークエンスがスローモーションに見えた。

転倒する寸前で人影は参宮をしっかりと抱き留めた。

「油炭さん？」

人影ははたして油炭だった。彼がすんでのところで参宮の体をキャッチしたことで転倒を免れた。放り出されたパンプスが里美の元まで転がり落ちてきた。もし彼がキャッチしなければどうなっていたか分からない。

「この野郎！」

今度はいきなり怒号を上げた二川が階段を駆け上がった。そして階段向かって右側の植え込みに体を突っ込ませた。

「出てこい！」

彼は植え込みの一部を引っ張り上げてもぎ取ると階段に投げ捨てた。

かなり大きな植え込みだ。彼はそれを蹴飛ばしている。

里美にはいったい何がどうなっているのか分からなかった。

「おい、よせ」

今度は参宮から手を放した油炭が二川を止めに入っている。

里美はとりあえず彼らの元に駆け寄った。

「ちょ、動いてる！」

階段の上に転がった植え込みが動いたので里美は思わず転びそうになった。ここで転倒したら大けがをしてしまう。

「お前、正体を見せろ」

二川が葉っぱや枝を引きちぎろうとすると、それを避けるように植え込みが動く。中から「止《や》めてぇ」と男性の声がした。

「あ、人だ」

よく見ると葉っぱや枝の間から人の顔が見える。顔は墨を塗ったように真っ黒だ。植え込みも人の形をしているではないか。

「ギリースーツだよ」

油炭が言った。そんなやりとりを参宮はポカンとした顔で見つめている。

「ああ、兵士がカムフラージュするやつですね」

戦争アクション映画なんかで見たことがある迷彩着衣だ。草木や小枝などを全身に貼りつけて森林に溶け込ませることによって敵の視覚を欺《あざむ》く効果がある。

二川は無理やりギリースーツを引き剝がすように脱がせた。中からは黒いシャツとパンツ姿の男性が現れた。坊主頭の彼は顔だけでなく頭まで墨で真っ黒に塗りつぶしている。

「あんた、ここの神主か」

二川が声を凄《すご》ませると男性は怯《おび》えた様子で首肯した。

「ずっと茂みに隠れていたの⁉」

少なくともここに来てから二時間、里美と二川は階段の下に立っていた。

「いや、ずっとじゃない」

二川は階段の側方部、鬱蒼とした植え込みと植林の中に足を踏み入れた。しばらく周囲を検分していたが、突然しゃがみ込んで草木をかき分けている。

「なにかあったんですか」

「これを見てくれ」

立ち上がった二川は地面を爪先で小突いている。

里美は植え込みをかき分けて中に入った。

「こんなところに扉が！」

木々や植え込みや土でカムフラージュされているが、地面にはスライドできる鉄製の扉が施されていた。扉を開くと梯子《はしご》が降りている。中を覗《のぞ》き込むと梯子を降りた先は通路になっているようで、境内の方に延びている。

「この通路を使ってここに忍び込んでいたんだな」

二川は扉を閉めると階段に戻った。

「この神主さんはいったい何をしていたんですか」

「参宮さんを突き落とすつもりだったのさ。ほら、これ」

二川は地面からなにかをつまみ上げながら言った。

「紐《ひも》ですね」

釣り糸のように細くてよく見ないと気づかないが、弾《はじ》いてみるとかなり強靱《きょうじん》であることが分かる。

「参宮さんが通り過ぎる瞬間に引っぱって、足を引っかけたんだ。そうだろ」

二川は階段に腰を下ろしたままの神主に向き直った。

「そ、そうです」

彼は観念したのか素直に答えた。

「ど、どうして私を……」

参宮は混乱した様子で声を上ずらせた。

「彼女をターゲットに選んだのは絵馬に書いた氏名だろ」

「え、ええ……」

神主は見開いた目で二川を見つめた。額からの汗が墨の一部を流している。

「絵馬に書いた氏名？」

　里美と参宮の声が重なった。何が起きていたのかさっぱり分からない。

　しかし油炭は鋭利な視線を二川に向けている。そもそもどうして彼がここにいるのか。参宮の転落を未然に防いだのは彼だ。このことを予見していたのだろうか。

　やがてクロエが階段を降りてきた。

「どうなってんの？」

　階段に腰を落とした黒ずみの神主を見下ろしながら里美に聞いてきた。

「さあ？」

　里美としても首を傾げるしかない。

「初めてじゃないよな。二十三年前も同じことをしただろ！」

　二川は神主に詰め寄った。

「二川さん。あんた、人を責められる立場じゃないよ」

　突然、今まで黙っていた油炭が鋭い口調を向けた。里美もクロエも参宮も彼を見た。

「そ、それはそうですけど……」

　二川はバツが悪そうに頭を掻いた。

「あんたは真相を突き止めるために参宮さんや俺たちを利用したんだ。参宮さんに至っては大ごとになるかもしれなかったんだぞ。決して許されることじゃない」

油炭の瞳が揺らめいて見えた。彼の勢いに気圧《けお》されたのか、二川の喉仏が上下に動いた。

「それは大変申し訳ないと思っています」

彼は神主以外の全員に向けて頭を下げた。

「いったいどういうことなんですか」

里美には油炭の言うことも、二川の謝罪の意味もまるで分からなかった。クロエも目をパチクリとさせている。

「水氷くん、俺たちの仕事はアフターが重要だと何度も言ったよな」

「え、ええ……はい」

油炭の言うアフターとは「アフターリサーチ」のことだ。オファーを完遂したクライアントがその後、どうなったかを追跡調査する。里美の仕事がクライアントにどのような影響を与えたかを知ることによって、今後のサービスのクオリティを上げるヒントとなる。また、クライアントが申告内容とは別の目的でオファーしてくることもある。それも見極めなければならない。そうでないと結果的に犯罪に加担したという事態に陥ってしまいかねないからだ。

本来、アフターはミッションコンプリート後にすることである。

「君は二月三日という日付になにも疑問を感じなかったのか」

油炭は人差し指を突きつけてきた。

「橘タキと四葉がこの階段で出会った日ですよね」

「君はどこからその情報を知ったんだ」

「ええっと……二川さんがそう言ってましたよね。原作者である監督がインタビューであのシーンは二月三日だって」

里美は二川をチラリと見た。彼は唇を噛《か》んだまま階段に腰を落とした神主を見下ろしている。

「俺はあれからそのことについて調べてみた。だけどどんなに調べてもそんなインタビュー記事は見つからなかったぞ」

「そ、そうなんですか」

「まさか調べなかったのか」

油炭が声を尖《とが》らせると二川は顔を上げてこちらに向き直った。

「はい……調べませんでした」

「監督のインタビューがでっち上げだとすると、どうしてクライアントは二月三日にこだわったのか。それが気になったんだ」

「そんなことが気になるんですか」

今度は二川が問いかけている。

「そうだよ。俺はこういう小さなことが妙に気になる性分でね。そうなると夜も眠れないほどだ。だから徹底的に調べるのさ。でも、こんな稼業には必要な資質でもある。この性分のおかげで俺は何度も命拾いをしてきたんだ。今回のようにな」

油炭は二川を睨みつけながら言った。

「油炭さん。私、さっぱり分かってないみたいなんですけど」

「どうやらそのようだな。アクシデントディレクターとしてはまだまだひよっこだ」

「悪かったですね」

悔しいがそう言い返すのが精一杯だった。

二川は表情を固くしている。油炭の指摘が効いているらしい。

「二川さん、あんたは数字にこだわる人だ。たとえば初めてうちに来たとき、出入口からソファまで歩数を数えていたよな。あのときは六歩だった。六歩でソファにたどり着くよう歩幅を調整していたんだ。そうだよな」

二川がまた喉仏を上下させた。唾を飲み込む音が聞こえてきそうだった。

それにしても油炭の観察力には驚かされるばかりだ。彼は一度目にしたものを忘れない能力に長《た》けている。

「歩数が今回のこととどう関係すんのよ」

里美の疑問をクロエが尋ねた。

「この前、ネットプライムで一緒に『ナンバー23』を観ただろ」

油炭の言うネットプライムとは定額制の映画配信サービスのことだ。里美も加入していて、よく利用している。さまざまなジャンルの映画が多数ラインナップされていて把握しきれないほどである。

「ジム・キャリー主演の映画だったよね」

「そうだ。彼が演じる主人公はどんな人物だった？」

「23という数字に取り憑《つ》かれた、頭のおかしい男だったわ」

里美は「23？」と聞き返した。23に取り憑かれたという意味が分からない。

「23エニグマだよ。23という数字に特別な意味があると信じて疑わない連中がいるのさ。この世の中の法則は23という数字に支配されているとね。たとえばＤＮＡ。ヒトの一つの細胞には46本のＤＮＡが入っていて、卵子に含まれた23本と精子に含まれた23本が受精によって一緒になっている。他にも人間の身体《からだ》のバイオリズムの周期は23日、血液が全身を一周するのに要する時間は23秒と言われている。円周率の小数点以下五桁までの数字を全部足すと23だし、マヤ暦最後の日付もやっぱり23日だ」

「いやいや、それって単なる偶然じゃないですか」

「偶然なんかじゃない！」

突然、今まで黙っていた神主が声を上げた。

「世界的偉人の多くは23日に生まれたり、死んだりしている。ローマ皇帝のアウグストゥスは9月23日に生まれているし、ジョン・ロックフェラーは5月23日に死んだ。シェイクスピアに至っては4月23日に生まれて、4月23日に死んでいる。東京は23区だし、デビッド・ベッカムのレアル・マドリードでの背番号は23だ。極めつけはアメリカ同時多発テロだ。２００１年９月11日。数字を全部足してみなさい。23になるだろう」

「いやいや、それは違うでしょ」

里美は頭を振って否定した。23にするためには「２００１」は２と１に分けるのに「11」は11として計算する。こんなの牽強付会《けんきょうふかい》以外のなにものでもない。

「ヨハネの黙示録に出てくる獣の数字、６６６も２を３で割った数字だ」

今度は二川が加えた。

「２を３で割れば端数がでますよ。四捨五入すれば０・６６７になりませんか」

「いや、小数点第四位以下を切り捨てれば０・６６６だ」

「なんで切り捨てになるのよ！」

そもそも偉人の誕生日や命日にしても偶然だし、ＤＮＡだってすべての動植物が23本であるとは限らないではないか。

しかし神主も二川も里美の指摘には答えようとしなかった。

「まあまあ、水氷くん。とにかくこの人たちは世界は23という数字に支配されていると強く信じているようだ」

油炭は呆れたように言った。

「もしかして六歩って2掛ける3で6だから？」

「多分そうだろう」

油炭は二川を顎で指しながら頷いた。

「双三神社には恐ろしい秘密がある。23年ごとの2月3日に23にまつわる人間を生け贄《にえ》として神に捧《ささ》げるというならわしだ」

突然、二川が神主に人差し指を突きつけた。

「二川さん、なにを言ってるの？」

先ほどから23とか生け贄とか訳が分からない。

「二川三津代さんのことだね」

油炭が指摘すると二川の表情が強《こわ》ばった。

「誰なんですか？」

「23年前の今日、この階段で転落して命を落とした女性だよ」

「二川って……」

「そう、クライアントのお姉さんだ。当時23歳だった」

「そ、そうなんですか」

里美は二川に問い質《ただ》した。彼は唇を噛みしめながら頷いた。

参宮は彼らのやり取りを神妙な面持ちで見守っている。

「君はそんなこともチェックしてなかったんだな」

油炭が里美に向かって嫌々をする子供のように首を振りながら言った。

「そんな事故があったなんて知りませんでした」

「事故なもんか」

二川は拳を握りしめながらつぶやいた。

「まさか、23年前も？」

「そうさ。あの通路を使って植え込みに潜んで、23段目のところに今日みたいに糸を仕掛けたんだ」

「23段目！」

里美は下から段数を数えた。たしかに参宮が足を引っかけたのは23段目あたりだ。

「でもどうして参宮さんなの。他にも参拝者は訪れてくるでしょう」

「ここでも23だ」

答えたのは二川でなく油炭だった。

「23？」

「名前は参宮弐子さんですよね」

突然、彼は参宮に向き直って問うた。

「え、ええ……そうですけど。どうして私の名前を？」

参宮は目を白黒させている。無理もないだろう。彼女と油炭は初対面なのだ。里美とクロエは彼女のマンションのエントランスですれ違っているが、さすがに覚えていないようだ。

そして彼女の名前を聞いてピンと来るものがあった。

「そっか、参宮の参、弐子の弐ですね」

「ピンポーン」

油炭が正解を告げる。名前の中に23の2と3が含まれている。さらに彼女の年齢は32。ひっくり返せば23だ。

「生け贄はあくまでも23にまつわる人間。二川三津代さんも参宮弐子さんも名前に2と3が含まれる。神主は絵馬に書かれた名前からそれを知った。すぐにギリースーツを羽織って秘密の通路を通って植え込みに身を潜めながらターゲットが階段を降りてくるのを待った。糸はあらかじめ23段目のところに仕込んである。ターゲットが23段目を踏んだ瞬間に糸を引っぱる。足を引っかけたターゲットは階段を転がり落ちるというわけだ」

「な、なんなの、それ？　意味が分からないですよ」

そもそもなんのための生け贄なのか。

「僕の姉さんはあくまで事故だと処理された。僕の両親も知人も、僕自身も当時はそうだと思い込んでいたんです。でもある日、気づいたんですよ。僕は23に支配されているとね」

「あ、二川三郎。2と3が入ってる」

そして彼は参宮と同じ32歳だ。

「誕生日も23日だし、亡くなった父も母もそれぞれ命日は23日でした。僕の実家、マンションなんですけど住所は2丁目3番地だし、203号室なんです。小学校と中学校の出席番号は23番、そして高校は32番だった。さらに父親の勤務先は日産自動車でした」

「日産って……ああ、ニッサンだから2と3ね」

「他にもいくらでもあります。僕は23に支配されているんです」

そう言えば彼の勤務先は日酸コーポレーション、やはりこちらもニッサン、つまり2と3だ。

「馬鹿げてるわ。そんなの偶然に決まってるじゃない」

「そんなこと分かってますよ！　でもどうしても23が頭から離れない。気がつけば日付とか、目に付いた人や物の数を加減乗除してしまう。そうすると決まって23が導き出されるんです。偶然だと言われても間違いなく僕は23につきまとわれているんだ」

「だからこそ双三神社の陰謀を見抜けたわけね」

「それに気づいたのは九年前の今日です。2月3日、そして僕は23歳でした」

「九年前の9は関係ないじゃない」

「二三が六。6をひっくり返せば9になりますよ」

クロエが「そこはひっくり返すんだ」と苦笑をのぞかせた。

「こじつけにもほどがあるわ。他の数字だって単なる偶然よ」

里美の声を否定するように二川が首を横に振る。

「それから僕は双三神社について調べました。すると23年ごとの2月3日にこの階段で転落事故が起きているんですよ。何人かは亡くなっているけど、何人かは負傷で済んでいる。死者が出なかった、つまり生け贄を差し出せなかった年は神主が亡くなっている」

今気づいたが双三神社の双三も2と3を示している。

「そうなのか？」

油炭はひざまずいたままの神主に声をかけた。

「うちに代々伝わる呪いです」

彼の表情には明らかな恐怖が浮かんでいる。

「つまり彼女は呪いを回避するための生け贄というわけか」

油炭が参宮を指すと神主は申し訳なさそうに首肯した。

「お前たちが姉ちゃんを殺したのか!」

彼に飛びかかろうとする二川の背中を油炭が引っぱった。

「よせ。あんただってこいつのことを責められないだろう」

「そうよ! 参宮さんが大変なことになっていたかもしれないのよ。もしそうだったら私は一生悔やんでも悔やみきれないことになっていたわ」

里美がこみ上げてくる思いをぶつけた。

二川は唇を噛みしめると「すみませんでした!」と里美と参宮に向けて何度も何度も頭を下げた。参宮はまだなにが起きたのか把握できていないようでポカンとした顔を向けている。

それでも二川は頭を下げた。

「やっぱり23なのね」

クロエが呆れたように言った。

「なにがよ?」

「頭を下げた回数」

里美は二川の顔面に思いきり拳を叩き込んだ。

エマ

私を見つめる男の瞳は大きく揺れていた。怯えの色がありありと浮かんでいる。

「俺が悪かった。もう裏切らない。だから今回ばかりは助けてくれ」

彼のスペイン語は震えていた。

湿った冷たい地面に腰を抜かした男は色黒で口髭を蓄えている。四十代半ばといったところか。生きていれば私の父親と同じくらいの年齢だ。名前はチコといったか。

彼はこちらに手のひらをかざしながら少しずつ後ずさっていた。

ここは郊外にあるアジトの地下室だ。光源は天井から吊《つる》された裸電球一つなので室内の一部しか照らされない。だからここがどのくらいの広さがあるのかはっきりしない。声の反響具合からしてそれなりの広さがありそうだ。

「殺されるっ！　誰か助けてくれぇっ！」

声を張り上げたところで誰にも届かない。仮にその声を警官が聞いたとしても彼らは助けには来ない。なぜならそんなことをすれば私に殺されると分かっているからだ。

ここでは薄っぺらい正義感は命取りになる。

「エマ。やりなさい」

私の隣に立つカミラの声が聞こえた。こちらもスペイン語。

私の手は黒く硬いものを握っている。

チェスカー・ズブロヨフカ75。

一九七五年に製造されたチェコスロバキア製の自動式拳銃。鋼材のフレームを握ると異様にヒヤリとする。これは私の心理的な錯誤かもしれない。昔のように錯乱したり、激しく胸を打つ鼓動を抑えられなくなるようなことはなくなったが、それでもなんらかの小さな異変は起こる。

チコは涙と鼻水で顔をグシャグシャにしている。父親と同じくらいの年齢ということは、私くらいの年代の息子や娘がいるかもしれない。そうなれば彼の奥さんや両親もいるだろう。しかし彼らがどのような人間であるか想像しようがない。それだけは救われているなと思う。

私はチコの額に照準を合わせた。

「頼む！　娘がいるんだ。彼女は病気なんだよ。俺がいなくなったら娘は生きていけない」

チコは両手を合わせて私にすがりついた。カミラが一歩前に出て男の顔を蹴り飛ばした。チコはもんどりを打つようにひっくり返ると地面に後頭部をぶつけた。

「娘さんのことは気にしないでいいわ。三日以内に見つけ出してあなたの元に届けるから」

「そ、そんな……娘は関係ないだろ」

チコは鼻血を拭いながら弱々しい瞳で私たちを見上げた。

「あなた、『闇の手《マノス・オスキュラス》』を甘く見たわね」

カミラはこれ見よがしにため息をつきながらも、その瞳にはわずかながら相手に対する同情の色が見えた……ように思えた。

「なあ、カミラ、頼むよ。俺にもう一度、チャンスをくれ……どんなことだってするから」

「それは無理な相談ね。知ってるでしょ。魔王《ディアブロ》は裏切りを決して許さないの」

ディアブロは闇の手《マノス・オスキュラス》のボスの呼び名だが、どんな人物なのか知らない。もっともカミラも知らないようで、ディアブロのことを「彼」、時には「彼女」と呼んだりする。そもそも存在すら明らかではない。それなのにカミラを含めて、組織の連中はディアブロのことを心底敬愛し、そして怖れている。

この男には畏敬の念が足りなかったようだ。

「主導したのは俺じゃない。マックスの野郎だ。俺はあいつにそそのかされただけなんだ」

「もちろん把握してるわ、チコ。ほんの一時間ほど前に落とし前をつけてきたばかりだから」

カミラが歌うように告げると、チコの歪《ゆが》みきった表情には絶望《デセスペラシオン》の文字が浮かんでいた。マックスを撃ち殺したときの感触はまだ手に残っている。今日、人を殺すのはこれで二人目だ。三人目はあるのだろうか。

チコは突然、私にこびへつらうような笑みを向けてきた。

「あんた、エマっていうんだろ。子供のくせにスゴ腕の殺し屋《シカリオ》だってことは聞いてる。いいことを教えてやるよ。お前の父親に関することだ……」

「エマ、やりなさい」

チコの言葉をカミラが遮った。しかし父親と聞いて引き金にかけた指が固まって動かなかった。

「お前の父親を殺したのはこの女……」

チコがカミラを指さした。

その瞬間、カミラのナイフが彼の口の中を切り裂いていた。

私は引き金を引いた。額に二発、心臓に一発。地面に崩れおちたチコの体はしばらく痙攣《けいれん》をくり返していたが、やがて動かなくなった。

「この男の言ったことは気にしないで。苦し紛れの嘘《うそ》だから」

「分かってるよ」

今さら両親がどうなっていようと興味はない。そもそも母親といっても底意地の悪い継母《ままはは》だし、父親は継母とともに私を虐待していた。むしろこの手で復讐《ふくしゅう》したいくらいだ。今となっては闇の手《マノス・オスキュラス》が家族だし、私の唯一の居場所だ。

カミラはほのかに笑みを浮かべると私の肩にそっと手を置いた。熱帯の花の香りが漂ってくる。彼女が愛用している香水だ。プエルトリコ出身と聞いたことがあるカミラは浅黒い肌に黒い瞳、そして日本人のような黒髪である。黒のタンクトップに迷彩柄のズボンとキャップは私とお揃いだ。筋骨隆々とした体は引き締まっており、かつては傭兵《ようへい》としてさまざまな戦闘に参加していたという話だ。それも組織のメンバーから聞いた話なのでどこまでが本当なのか分からない。目鼻立ちも整っているがどことなく男性的で、実に私好みでもある。

私はどうやら異性が愛せないらしい。それに気づいたのはここ最近のこと。とはいえ、彼女は見た目、三十代後半ほどなので母親のような年齢である。もしかしたら子供がいる、もしくはいたのかもしれない。

「よくやったわ。きっとディアブロも喜んでいるはずよ」

「ディアブロったって一度も顔を見たことがないわ。どこにいるのかしら」

「どこだっていいじゃない。イエスと同じよ。私たちの心の中に存在してるんだもの」

カミラは私の胸にそっと人差し指を置いた。

「そっか……」

どうも腑《ふ》に落ちないが適当に相づちを打っておいた。ディアブロを否定するようなことを口にするのは危険極まりない。それが裏切りとみなされれば、この男のように容赦なく殺される。そのときはカミラも私に対する温情を捨てるだろう。それができる女性だ。

「そんなことより、お誕生日おめでとう」

突然、彼女は私の首に革紐のネックレスをかけた。ペンダントはどことなく高貴な雰囲気のある女性の顔を彫り込んだ、おそらく外国のコインだ。

「うわあ、きれいなコインだね」

「私が生まれた国のコインで二百年前のものよ」

「年代物なんだね。ありがとう。嬉しいよ」

「すっかりスペイン語が上手になったわね」

それを言われるとなお嬉しい。

「グラシアス・セニョーラ」

「セニョリータにしてくれない」

男の死体が転がる前で二人で笑った。

「十三歳か。ここに来て三年になるのね」

カミラは私の頬をそっと撫《な》でた。その手のひらは氷のように冷たいが心地よかった。

「もうそんなになるのか」

ここに来てからの三年を長くも短くも感じなかった。記憶から抜け落ちている時間も少なくない。

「ということはクロエも十三歳になったってことね」

カミラが思いついたように言った。

ツインテールの髪型の女の子が脳裏に浮かぶ。クロエも私と同じ日本人だ。

「昨日もクロエに勝てなかった」

エアガンを使った銃撃訓練。舞台は複雑に木々が入り組んだジャングルだった。物陰からわずかでも頭を上げるとクロエは瞬時にヘッドショットを放ってくる。

「四連敗中ね。スランプかしら」

「もう次はないんだよね」

「そうね」

カミラは、リンゴを示されて「これはリンゴですか?」の問いかけに答えるように肯定した。

「照準にクロエを捉えても、どうしても撃つことができなかった」

私の言葉にカミラが目を細めた。

「エマ、あなた最近おかしいわ。射撃の精度はクロエに勝っていたから負けるはずがないのに。どうやらあの子に情が移っているようね。でも覚えておきなさい。それはとても危険なことよ。組織の指令に背けばただでは済まない。この男のようにね」

カミラは床に転がったまま体温を失いつつある男を顎で指した。

「本来なら三連敗で殺されるルールだったはずよ。カミラが助けてくれたんだよね」

そのルールのことは噂で聞いていた。実際にそれで姿を消した子もいる。どうなったのかは分からない。

「結果的にはそうなるけど、気の毒だから助けようと思ったわけじゃない。あなたにはシカリオとしての素質がある。殺してしまうには惜しいと考えただけよ」

「そ、そうなんだ……」

カミラの言葉には少々失望を覚えたが、この世界に生きる人間としては当然のことだ。特に温情や慈悲といった感情は危険である。それらが判断を鈍らせ決断を遅らせる。時にはそれが命取りとなる。

あのとき、私はクロエに殺意を向けることができなかった。だから引き金が引けなかったのだ。

「ここだけの話なんだけど、クロエがあなたにチャンスを与えるよう直談判《じかだんぱん》してきた。

もしあなたを殺せば、私も自殺するって自分の首に刃物を当てたわ」

「ほ、本当なの」

カミラの言葉に浮き上がるような気持ちになった。

「そんなことでクロエを死なせるわけにはいかない。あの子は特別だからね」

「特別？」

「正確に言えばあの子の父親がね」

クロエから父親は防衛省の官僚だと先日聞いたばかりだ。国家機密を扱う部署に所属しているとも。

「偉い人なんだよね」

「本当かどうか知らないけどディアブロにも通じてるって噂もある」

カミラは声を潜めた。ディアブロを神格化しているここでは、そのことを口にすることすら危険なことなのだ。

「そ、そうなんだ」

私はいかにも初耳と言わんばかりに驚いた顔を装った。そのことは先日、クロエ本人が漏らしていた。といっても本人も確信には至っていないようだった。

「あなたのお父さんだって企業の偉い人だったんでしょう」

カミラは私の髪にそっと触れた。くすぐったいが心地よい。

「会社では偉くても人間的にはちっとも偉くないわ」

「そうね。生きてる価値のない人間よ」

カミラは冷たい口調で言い放った。彼女が父親を殺したのは本当なのかも知れない。

「私もクロエに負けちゃったから価値のない人間とみなされるのね」

「そのことはもういいじゃない。あなたはこうして生きている。選択さえ誤らなければこの先だって生きていけるの」

「最近、そうまでして生きたいなんて思わなくなったよ」

私は息を吐いた。小さい頃は死ぬことが怖くて怖くて仕方なかったのに、今はそうでもない。むしろそれを望んでいるかもしれない。

「大人になったのよ。十三歳だもの。でもね、あなたの人生はこれからよ」

「一生、シカリオとして生きていくのね」

カミラはなにかを言いかけたが、笑顔でそれを取り繕ったようだ。

「でも、同じ状況になったら自信がないわ」

「同じ状況って？」

カミラは浅黒い小さな顔を傾げた。

「クロエを殺せるかどうか分かんないってこと」

彼女はそれについて何も答えず、「おやすみ」といって部屋を出て行った。

クロエとの出会いは十歳の誕生日だった。偶然にも彼女と生年月日が同じだったので同時に十歳となったというわけだ。

私は錆《さ》びた配管がむき出しになっている、灰色の天井を見上げた。

とかげが這《は》いずっている。

「クロエ……」

私は何気なしにそっと名前を呼んだ。

それに呼応するかのように、今より幼い顔立ちの私とクロエがぼんやりと浮かんできた。

あのときの記憶はまるで消えかけの雲のように曖昧模糊《あいまいもこ》としている。

私たち家族は父親の仕事の関係で南米エルネスト共和国で生活していた。母親を早くに亡くしていて、継母との関係は最悪だった。彼女は明らかに継子《ままこ》の私を邪魔者扱いしていた。そんな彼女に対して私は常に反抗的な態度を示した。とはいえ当時九歳だった私は、腕力で大人にかなうはずもなく最後はいつも屈服させられていた。

父親はそんな私の味方になってくれなかった。

むしろ父親も私を邪魔者扱いするようになった。継母に反発すれば容赦のない拳骨《げんこつ》が飛んできた。そのうち両方から暴力や兵糧攻めで虐《しいた》げられるようになった。

私は完全に家の中で孤立していた。

死にたいと何度も思った。だけど死ぬのは怖くて怖くてどうしようもなかった。

悩みを相談する相手もいなかった。エルネスト共和国の公用語はスペイン語で、ここに来てからまだ一年ちょっとの私には言葉の壁があまりにも厚すぎた。九歳では日本語だって怪しい。難しい漢字は読めないし、意味の分からない熟語だって多い。そんな私にスペイン語など使いこなせるはずがない。父親はともかく継母だって当時はかなり苦労していたくらいだ。

周りには日本人の姿をほとんど見かけない。学校に行ってもクラスメートに日本人はいなかった。

私たちは父親が勤める「菱形商事」が用意した家に住んでいた。広めの庭にはプールがあって、家も豪奢《ごうしゃ》でかなり広かった。どんなに立派で広い家でも、私はいつも一人ぼっちだ。そんなときに思うのは病気で亡くなった母親の笑顔。継母の姿は母親の闘病中にも見え隠れしていた。きっと父親は病魔に苦しむ母親を横目に浮気していたに違いない、と子供ながらに確信していた。

そして何よりエルネスト共和国は治安が劣悪だ。

政情は昔ほどに乱れていないにしても、安定しているとは言い難い。なにより麻薬や人身売買カルテルの存在がある。家から一歩外に出るだけで、彼らの邪悪な気配を感じることができる。明らかに日本とは違う、どす黒く淀《よど》んだ空気でこの国は満たされている。当然、児童誘拐など日常茶飯事だ。だからこの国の学校に通う日本人の子供たちは、両親やメイドたちが送迎する。

駐在当初、しばらく父親か継母が私を学校まで送迎してくれたが、今ではそれもなくなった。彼らにとって私は誘拐されようが死のうが、どうでもいい存在になってしまった。

だから今はバス通学をしている。乗客の中に日本人は私だけだ。同世代の日本人を見かけることは稀《まれ》である。

学校でも私はいつも孤立していた。本当はクラスメートたちとコミュニケーションを取りたいと思っているのだが、リスニングはまだしも思うように言葉が出てこない。

幸い、いじめられることはなかったが、クラスメートたちはそれとなく距離を取ってくる。わざわざ意思疎通の難しい日本人を相手にするのが面倒だったのだろう。そんなこともあって私はいつまで経《た》ってもスペイン語が上達しなかった。

そして私の人生を大きく変えた出来事が起きた。

日付もはっきりと覚えている。なぜならその日が母の命日、そして私の十歳の誕生日だったからだ。

私は学校から真《ま》っ直《す》ぐ家には帰らず、一人でゲームセンターに寄っていた。最初に足が向いたきっかけは別にゲームが好きなわけではなく、父親と継母がいちゃつくあの家に帰りたくなかったからだ。二人の暇つぶしで私はからかわれたり虐げられたりする。

そんな私も将来のことを考えたことがある。

――シカリオになりたい。

シカリオになって二人に復讐してやる。

本気でそんなことを考えていた。

そんな私がハマったゲームのタイトルがまさに『シカリオ』だった。シカリオになって単身、敵カルテルを殲滅《せんめつ》するという内容だ。ハンドガンやショットガン、マシンガンなどを駆使して多勢の敵を蹴散らし、時にはナイフを使って敵の幹部を暗殺する。

父親や継母の苦しむ顔をイメージしながらプレイすると爽快感が倍増する。私はいつも二人を殺すことを想像しながら、学校が終わると毎日のようにプレイしていた。

それでもいつかは帰宅しなければならない。帰りが遅くなると私に関心なんて向けないくせに継母は嫌味を、父親はうるさいことを言ってくる。その日はいつもよりかなり帰宅が遅くなっていた。

さすがに父親の怒号を覚悟して玄関をくぐったが、家の中は妙に静かだった。リビングからテレビの音が聞こえてくる。二人はそこにいるのだろう。

しかし私はなんとも言い知れぬ、異様ともいえる胸騒ぎを覚えていた。廊下を進んで奥に向かう。頭の中で「これ以上進んではならない」と警告灯の真っ赤な光を撒き散らしながら警報が鳴っていた。リビングに近づけば近づくほど体温が下がっていくのが分かる。

玄関からリビングまでの数秒が一時間にも二時間にも感じられた。

リビングに足を踏み入れると冷凍庫に入ったのかと思うほどに冷たく感じたがそれがすぐに錯覚であると分かった。

ソファには父親と継母の姿があった。

隣り合った二人はぐったりとうなだれてピクリとも動かなかった。テレビにはカルテル同士の抗争を報じる内容のニュースが流れていたようだが、スペイン語なので詳細までは聞き取れなかった。血で汚れた床に数人の男たちの死体が転がっている。日本では決して見られない光景だ。

「お父さん……」

返事はないと分かっていても声をかけた。

なにかの間違いであってほしいという願いがあったのかもしれない。しかしその願いはかなわなかった。シャツに広がる赤い染みも、額にあいたいくつかの赤黒い穴も本物だった。周囲に漂う鉄分を含んだような生臭い匂いが血であると感覚的に分かっていた。

そのときだった。

目の前が真っ暗になって身動きが取れなくなった。

頭に黒い袋を被《かぶ》せられ、羽交い締めにされていることに気づくまでしばらく時間を要した。お腹《なか》に衝撃を受けて声が出なくなった。何者かが私のお腹を殴ったようだ。

私の意識はゆっくりと、しかし着実に闇に落ちていった。


頬に痛みを感じて目が醒《さ》めた。瞼《まぶた》を開くと電球の光が眩しく感じた。カビの臭いが鼻《び》腔《こう》をついた。

「よかった……生きてる」

少女の顔が電灯の光を遮った。知らない顔だ。

私は彼女の手を借りて起き上がった。

「あなた、日本人なの？」

父親と継母以外から久しぶりに聞いた日本語だ。顔立ちと色白の肌はどことなく外国人の血が入っていそうだと思ったが、発音がネイティブだった。

「うん。一応、日本人」

彼女は私と同年代だと思うが、妙にしわがれた、ハスキーボイスだった。後に彼女に直接言って喧嘩になるのだが「子供のくせにおばさんっぽい」と思った。だけどツインテールを揺らす顔立ちは人形のように可愛らしい。学校の制服だろうか。白いシャツにチェック柄のスカート。見た感じから仕立てが良さそうだ。お嬢さんやお坊ちゃんが通う学校なのかなと思った。しかしシャツと彼女の顔、そして手足は塵埃《じんあい》で汚れている。

彼女の手を借りてなんとか立ち上がる。

部屋の壁は石造りで六畳ほどの広さだ。窓がなく、頑丈そうな鉄製の扉で塞がれている。吊り下がった裸電球二つが室内と二人をぼんやりと照らしている。ここには私と少女だけしかいない。

「私たち誘拐された……んだよね？」

「少なくとも大統領の晩餐会《ばんさんかい》に招待されたわけじゃなさそうね」

恐る恐る問いかける私に対して、少女はさらりと答えた。

「ねえ、どうしてそんなに涼しい顔をしていられるの。怖くないの？」

「……よく分からないんだ」

少女は首を傾げながら、どことなく自嘲しているような口吻だった。

「分からないってなにが？」

「だから、あんたの言う『怖い』ってことが」

「怖いが分からない？」

最初は日本語に不自由していて意味が分からないのかと思った。だけど発音は完璧だし、頭が良くないようにも思えなかった。むしろ制服からしてちゃんとした教育を受けているといった印象だ。

「具体的にどうなるの」

「背筋が冷たくなったり、心臓がドキドキしたり、体が動かなくなったり」

少女は「フーン」と納得がいかないような表情で相づちを打った。上手く伝わっていないようだ。本当に怖いという感情を分かっていないらしい。

頓珍漢なやりとりのおかげか、私も恐怖感が薄らいでいた。もし一人だったら取り乱していたと思う。むしろ言葉の通じる同年代の女の子と会話ができることが楽しかった。思えば久しぶりのことだ。

「クロエ。雨宮クロエ」

少女は唐突に自己紹介をした。

「私は成海《なるみ》エマ。よろしくね、クロエちゃん」

「ちゃん付けなんて止めてよ。虫酸《むしず》が走るわ」

クロエは眉をひそめた。

「うん、分かった。よろしくね、クロエ」

「こちらこそ、エマ」

私はクロエと握手をした。彼女の手のひらはほんのりと温かかった。

「クロエはどうやってここに連れてこられたの」

「不意打ちにあった。迂闊《うかつ》だったよ」

彼女は唇を噛みながら首を横に振った。フルフルと揺れるツインテールが可愛らしかった。

なんでも背後から襲われて薬を嗅がされたらしい。

「私なんて布袋を被せられてお腹を殴られたんだよ。まだ痛みが残ってるよ」

「女子を殴るなんてサイテーなヤツらだね。どうせろくな教育を受けてこなかったんだよ」

クロエは吐き捨てるように言った。

「きっとヤバい人たちなんだろうね」

「さしずめ麻薬とか人身売買カルテルじゃないかな」

「カルテル……」

私はハマっていたゲームを思い出した。カルテルという言葉を知ったのもあのゲームがきっかけだ。ゲームの中で多くのカルテル構成員たちを屠《ほふ》ってきたが、まさか自分が彼らに誘拐されるとは思ってもみなかった。今も現実感がない。

「私たちどうなっちゃうのかな」

「変態のおっさんたちにイヤらしいことされたり、臓器を抜かれたりするんじゃないの」

クロエはあっけらかんと答えた。イヤらしいことも臓器のこともなんとなく想像がついた。詳細にイメージしようとすると吐きそうになるので、考えるのを止めた。クロエの表情にはこれといった変化が見られない。怖いが分からないというのも本当のようだ。

そんな彼女のことが羨ましく思えてきた。

「きっと警察が助けに来てくれるよね」

「どうかなあ。この国の警察は当てにならないから」

「だって警察って正義の味方じゃないの」

少なくとも私の中ではそんな認識だ。悪い人たちを捕まえて罰を与える、それが警察だろう。

「この国の警察はカルテルの連中に買収されているからね。下手に逆らうと警官でも殺される国だよ」

「そ、そんなぁ……」

私は全身の力が抜けてしゃがみ込んだ。じわりと涙が浮かんでくる。

「とにかく隙を見て脱出するしかないね」

「どうやって？　武器もなにもないんだよ」

「エマ、諦めちゃだめだよ。とにかく生き抜くことだけを考える。なにが起きてもだよ」

　クロエは地面に膝を突くと私と目を合わせて力強く言った。

「う、うん……」

　彼女の言葉で折れそうになっていた気持ちが持ち直した。

「エマのお父さんはなにをやっている人なの？」

「菱形商事の社員だよ」

「菱形商事かぁ、立派だね」

「全然そんなことないよ」

　菱形商事は名の通った大企業だ。日本にいた頃、友人のお母さんに父親の会社名を告げると「立派ねぇ」と感心された。とはいえ商社ってなにをしているかよく分からない。父親に仕事の話を聞けるような雰囲気でもなかったし、正直興味もない。ただ仕事は忙しいようで帰りが遅くなることも多かった。

　最後に見た父親の姿を思い出す。額に赤黒い穴が二つあいていた。拳銃で撃たれたのだろう。継母も同じ死に方をしていた。

母親を病気で失ったときのような、大きな悲嘆に暮れないで済んだだけ救われている。

やはり父親に対する情はとうの昔に消え失《う》せていたのだ。

ただ、これで私は完全に孤独の身となった。父親も母親も兄弟がいなかったし、祖父母は私が生まれる前に亡くなっている。そして私も一人っ子だ。

「クロエのお父さんは？」

「その話、今しなくちゃダメ？」

クロエの瞳がギラリと光った。

「そ、そんなことないけど」

彼女の瞳に殺気すら感じて私はたじろいだ。

突然、鉄製の扉が開かれた。

私は驚きのあまりのけぞってしまった。

入ってきたのは一組の男女だった。筋骨隆々とした男のほうは鋭い目をしていて口髭を蓄えていた。

そして浅黒い肌の女性は見るからに南米系だ。二人とも三十代中盤に見えた。迷彩柄のジャケットとズボンを着用している。兵士かなと思った。

「どっちがエマ？」

女性がスペイン語で問いかけてきたので私は手を挙げた。彼女は私の顎を持ち上げると観察するように覗き込んできた。ほのかに熱帯の花の香りがする。

「ふん、半年もつかしら」

彼女は乱暴に私を突き飛ばしたので尻餅をついた。

「だったらお前さんがクロエだな」

男性は同じようにクロエの顎に指をかけて持ち上げている。

「おっさん、マジで殺すよ」

クロエは射抜くような目つきを男性に向けている。

「クロエ、止めなよ」

私は思わず彼女に声をかけた。反抗すれば殺されるかもしれない。

「ほぉ、なかなか骨がありそうなガキじゃねえか。日本人《ハポネサ》のくせにな」

「あたしたちをどうするつもりよ、変態おっさん」

クロエは尚《なお》も反抗的な口調で問いかけた。

「そんな言い方するなよ。俺はお前の先生《プロフエソール》になるんだぜ」

髭面の男性は愉快そうに答えた。

「先生？　頭悪そうだけど計算とかできるの」

クロエは流暢《りゆうちよう》なスペイン語で挑発した。

「口の減らないガキだな。痛い目に遭いたいか」

男性がクロエに顔を近づけて唸《うな》るように告げるが、彼女は尖ったままの視線を逸《そ》らさない。

「ほら、立ちなさい」

「は、はい」

今度は女性のほうが尻餅をついたままの私に指示した。私は言われるままに立ち上がった。怖くてクロエみたいに反抗的になれない。

「こっちの子は素直ね」

女性の言葉に男性は肩をすぼめた。

「素直というより臆病なだけだろ。長くはもたねえな」

「やってみなければ分からないわ。時には臆病だからこそ命拾いすることもある」

「どっちにしても競争だな。楽しみにしてるぜ」

男性は不敵な笑みを向けている。

「今のところ、五勝三敗で私がリードしてるわよ」

「次は負けねえぜ。おら、行くぞ」

「放してよ！」

男性はクロエの腕を引っ張り上げると強引に部屋を出た。彼女も必死に抵抗したが腕力では到底かなわない。あっという間に姿が見えなくなった。

「クロエ！」

「うるさい！」

女性がいきなり平手打ちをした。

なんて冷たい手なの……。

「あなたたちはなんなの？　私をどうするつもりなの」

私は頬を押さえながら女を見た。彼女はほんのりと両方の口角を上げている。

「クロエとはまた会える日が来るわ。それまでにしっかりと鍛えるからね」

「鍛えるってなによ！」

私はたどたどしいスペイン語をぶつけた。女性はフンと鼻で笑う。

先ほど男性が「競争だな」と言っていた。それと関係があるのだろうか。

「一つだけ覚えておきなさい。ここは今まであなたが生きてきた世界とはまるで違う。学校や家庭で教わったことなんてまったく通用しない。誰も助けてなんてくれないし、生き延びたければ自分でなんとかするしかない。そのためには徹底的に冷酷になりなさい」

女性のゆっくりとはっきりとした発音はスペイン語に不自由な私でもなんとか聞き取れる。

私は女性のあとについて部屋を出た。外は通路になっていて窓がなかった。床も壁も埃《ほこり》にまみれていて古い建物であることが分かる。どうやら古いビルかなにかの地下のようだ。

「逃げたければ逃げてもいいのよ」

女性は振り返るとからかうように言った。

「行くところなんてないよ」

父親も母親も兄弟もいないし、この国に頼れる知り合いはいない。

「そうでしょうね」

彼女は意地悪くニヤリとした。

私はしばらく彼女のあとについて通路を進んだ。

「よぉ、カミラ。新しいペットかい」

扉の前に立っている南米系の若い男が彼女に声をかけた。

――この人、カミラっていうのか。

「カルロス、この子に手を出したら私が許さないからね」

「へいへい、分かってるって。俺だって命が惜しいからな」

カルロスは大げさに両手を広げた。ただ本当にカミラのことを怖れているようだ。バネのありそうな引き締まった体型からして彼女はたしかに強そうだ。

「この子はこの部屋にするわ」

「どうぞ、セニョリータ」

カルロスは慇懃《いんぎん》に鉄製の扉を開けると私にも入るように促した。中は先ほどと同じほどの広さだった。こちらも窓がなく、裸電球一つだけだった。隅にはマットレスと便器が設置されている。室内に充満した饐《す》えた臭いに私は思わず呼吸を止めた。

「ふん、日本人はきれい好きだからな」

私の表情を見てカルロスが薄ら笑いを浮かべた。

どういうわけか部屋の真ん中には背の低い、木製の丸椅子が一つだけ置かれている。

室内はまるで映画で観た刑務所や収容所の独房を思わせた。

「今日からここがあなたの部屋よ。あなたの住んでいた豪邸みたいにはいかないかもしれないけど、慣れれば案外居心地も悪くないと思うわ」

住めば都ということか。スペイン語でなんと言うか分からない。

「私はやっぱり殺されるの？　それとも男の人たちにヒドいことされるの」

「多くの場合、そうなるわ。でもあなたとクロエは運がいいわね。ディアブロに見込まれたのよ」

「ディアブロ？」

「今後の運命はあなた次第ね。これだけは覚えておいて。あなたが期待に応えられないとディアブロが判断したとき、どうなるかは分からない」

「だからディアブロってなんなのよ？」

「今は気にしなくていいわ。あなたが私たちにとって必要な人間になったときに組織やディアブロのことを知ることになる。今は生き抜くことだけを考えなさい。さあ、そこにしゃがんで」

突然、カミラは部屋の真ん中に置かれた木製の丸椅子を指した。座面から床まで三十センチほどしかない。子供用だろうか。私はその上に腰掛けた。

「腰掛けるんじゃない、しゃがみ込むの」

カミラは椅子の脚を蹴飛ばした。また平手打ちされるのが怖かったので私は言うとおりに座面の上にしゃがみ込んだ。座面は狭いし、背もたれがついてないのでこの上で安定を取るのが難しい。さらに脚が歪んでいるのか椅子もがたついている。

「落ちそうだよ」

「ルール1、絶対に地面に足をつけないこと」

「難しいよ」

足や腰の筋肉に思った以上の負担がかかっている。ちょっとでも油断すると椅子ごと転がってしまいそうだ。

「一時間ごとに休憩をあげるから頑張ることね」

「一時間も……」

耐えられるかどうか自信がない。

カミラは私の左右の腕に大きな洗濯バサミのようなクリップを挟んだ。そのクリップは壁から延びているコードとつながっている。

「ルール2、クリップを外さないこと」

「なんのクリップなの？」

「ルール1を破れば分かるわ」

嫌な予感がしたが地面に足をつけてみた。

「きゃあっ！」

全身に痺《しび》れるような痛みが駆け抜けて、私は椅子から転げ落ちた。

今までに経験したことがない衝撃と痛みだった。あまりの苦しみに呼吸がままならず体に力が入らない。

「電気ショックよ。ルール1を破ると今のようになるわ。そしてルール2を破れば、部屋の外にいるカルロスが入ってきてあなたを半殺しにする。そのつもりでね」

「いったいなんなの……」

なんとか立ち上がりながら声をふりしぼった。

こんなことをする意味が分からなかった。カミラを睨みつけようにも彼女の姿が滲《にじ》んではっきりしない。

「嫌なら拒否してもいいのよ。そうなれば死んだ方がマシだと思うほどに怖い目に遭うことになるけどね」

その「怖い目」を想像するだけで吐きそうになる。殺されなくても地獄なのは間違いない。それを思えばここはまだ天国かもしれない。椅子の上にしゃがんでいればいいだけの話なのだ。

「分かった、やるから！」

私は椅子の上に足を乗せて立ち上がるとそのまましゃがみ込んだ。地面はすぐ目の前にあるのに、足場が極端に狭い高い鉄塔の上にいるような気分だった。

「あそこを見て」

カミラは天井の隅を指さした。今まで気づかなかったが小型カメラが設置されている。

「あのカメラでずっと監視してるからね。足を床につけたりクリップを外せば罰が下るわよ」

私は唾を飲み込んだ。もう二度とあの電気ショックを食らいたくない。

「まずは今から一時間。ブザーが鳴ったら椅子から降りていいわ。あそこに赤いランプがあるでしょ」

カミラは別の壁を指した。そこには赤ランプが埋め込まれている。

「あのランプが赤いうちは地面に足をつけてはダメよ。でも休憩タイムになるとランプが青になる。青い間は自由にしていいわ」

「おしっこしたくなったらどうすればいいの」

「次の休憩時間まで耐えることね。そうならないようにしっかり管理する。漏らして汚したら自分できれいにしなさい。ずっとこの部屋にいることになるんだから、汚いのは嫌でしょ」

カミラは肩をすぼめながら言った。椅子にいる間はなるべく水分を取らないようにしようと思った。「どのくらい続けるの」

「こちらがいいと言うまでよ。でも休憩時間のほかにちゃんと食事と睡眠もとれるようにするから安心して」

この状況でいったいどうやって安心なんてできるのよ。

「なんのためにこんなことをするの？」

「じゃあ、頑張って」

カミラは私の質問に答えず部屋の外に出て行った。

部屋の中はしんと静まった。一気に孤独感が襲ってきた。今ごろクロエはどこでなにをしているのだろう。彼女も同じ目に遭っているのだろうか。彼女のことだからきっとあの男性に楯突《たてつ》いているに違いない。それでヒドい目に遭っていなければいいんだけど……。

鉄製の扉の向こうにはカルロスがいるのだろう。とにかく今は椅子から落ちないように持ちこたえなければならない。

カメラはじっと私を見つめていた。電源ランプと思われる赤い小さな光が点灯している。やはりここは収容所だ。改めて誘拐されたのだと実感した。

早くも時間の経過が分からなくなった。二十分経ったような気もするし、数分かもしれない。ただ時間の流れが遅くなったように感じる。

そんなとき脳裏に浮かんできたのは亡くなった母親だ。あの頃は父親も私に愛情を向けていてくれてとても幸せだった。三人で東京ディズニーランドに行ったときのことを思い出す。あの頃の母親はまだ元気で一緒にはしゃいでいた。父親はベンチに腰掛けて、そんな私たちを楽しそうに眺めていた。レストランで晩ご飯を食べて「また来年もこような」と言って私の頭を撫でた。そのときの幸せそうな父親の顔は今でも覚えている。

だけど次の年になってその約束は果たされなかった。母親が入院したからだ。それをきっかけに家族は急変した。父親は母親の見舞いにも顔を出さなくなり、家を空けることも増えていった。たまにあっても私を見る目が明らかに変わっていた。

邪魔者、厄介者を見るような目。

そのころから後に継母となる女の姿を見かけるようになった。彼女に向ける父親の眼《ま》差《ざ》しが、一年前の私や母親に向けるものと同じだったので、父親とこの女は近い将来結ばれるんだなと思った。そのうち私の心は父親から離れていった。もっとも父親も同じだったけど。

もう一度、幸せだったときの両親の笑顔を思い浮かべてみよう。

しかし彼らの顔にはモザイクがかかっていて意識を集中しても思い出すことができない。

足の筋肉の痛みに我に返った。座面から落ちないよう足腰に力をいれようとすると太《ふと》腿《もも》やふくらはぎの筋肉がプルプルと震える。それに連動するように椅子もがたついた。

私は座面のふちに手をかけてバランスを保った。

床に足をつけば電気が全身を貫く。今までに経験したことのない痛みと衝撃。虫歯の痛みなんて比べものにならない。思い出すだけで下腹部が締めつけられる。もう二度と味わいたくない。

私は足の位置や角度を変えたりしながら、なんとか足腰にかかる負担を小さくしようと努力した。しかし足の筋肉が震えながら悲鳴を上げている。額から流れる汗が床に落ちた。

足を伸ばしたい。筋肉を揉《も》みほぐしたい。だけどそんなことをすればバランスを崩してしまう。楽な姿勢に変えることすら厳しいのだ。

私はカメラを見上げた。ずっと目を離さず監視しているのだろうか。もしかしたら担当者が席を外しているかもしれない。しかし電気ショックが怖くて足を伸ばすことができなかった。

それから私は目をつぶって時間が過ぎるのを待った。

楽しいことを考えよう。

しかし痛みと疲労でなにも思い浮かばない。そのうち足が痙攣してきた。

「お願い、持ちこたえて」

私は太腿やふくらはぎに拳骨をぶつけた。痺れた筋肉は徐々に力が入らなくなっていく。このままでは椅子から落下してしまう。

「もう……ダメ」

ついに限界がきた。

そのとき室内にブザーが鳴り響いた。壁のランプが赤から青に変わる。

私は床に飛び込むように転がり落ちた。頬が埃まみれの冷たいコンクリートの床に叩きつけられる。その冷たさが心地よい。

私は床によだれを垂れ流しながら呼吸を貪《むさぼ》った。気がつけば全身汗でグショグショに濡《ぬ》れている。

ずっと倒れたままでいたかった。

扉が開く音がして人が入ってくる気配がした。背中を反らせて見上げるとカミラが私を見下ろしていた。彼女は腰を落とすと私の髪の毛を摑《つか》んで顔を持ち上げた。

「よく頑張ったわね。でも本当の地獄はこれからよ」

彼女が手を放すと私は顔面を床にしたたかに打ちつけた。

「お願いだから、もう帰してよぉ」

私は床に頰をつけたまま濡れた声で懇願した。

「ここでは泣き言は一切通用しないわ。死にたくなければやるしかない」

足腰を鍛えるためなのか、それとも他に目的があるのか。後者だったとして、それがなんなのかさっぱり思いつかない。

「このことは誰にも言わないから」

「無駄ね。とりあえず今はゆっくり休みなさい。休憩は三十分。ブザーが鳴ったら椅子に戻るのよ。モタモタしてると電気ショックを食らうことになる」

カミラは私のふくらはぎを二度、三度揉んだ。ひやりとした感触が気持ちよかった。

やがて扉の音が聞こえてカミラの気配が消えた。

私は全身に力を入れて立ち上がった。筋肉の痛みや痺れや疲労はかなり治まってきた。

私はそのまま椅子に腰を下ろした。壁のランプを見つめながら一分一分を嚙みしめるように過ごした。

椅子の上の一時間は気が遠くなるくらい長く感じたのに、休憩の三十分はあっという間に過ぎていく。

先ほどのブザーが鳴ってランプの色が青から赤に変わる。私はそのタイミングで両足の踵《かかと》を座面に乗せた。

今から一時間。

耐えられるだろうか。


「きゃああああああ！」

私は床の上でのたうち回った。熱い衝撃が体中を駆け抜けていく。痛みなのか痺れなのかも分からない。全身を火で炙《あぶ》られながら肉や骨を砕かれているような苦しみだった。地獄とはまさにこのことではないか。

私は苦しさのあまり思わずクリップを外してしまった。突き抜けるような衝撃が嘘のように収まったが苦悶《くもん》の余韻がすぐには抜けない。

直ちに部屋の扉が開いて人の気配が飛び込んでくる。

「またお仕置きだな」

「お、お願い……もう許して」

私はカルロスに手を合わせて懇願した。

「悪いな、こうする決まりなんだよ」

カルロスは私のシャツの背中をめくり上げると手にした筒の先を近づけた。電気式の焼きごてだ。先端は十字状になっていてオレンジ色の光を放っている。彼は容赦なく先端を私の背中に押し当てた。

ジュッという音と一緒に息が止まってしまいそうな痛みが焼きついた。

私の絶叫が部屋に響きわたった。やがて肉の焦げた臭いが私の鼻腔を撫でた。いっそのこと気絶したいのにそうはならない。

「背中が十字架だらけになっちまうぞ。おら、立てよ」

カルロスは私の脇腹を蹴り上げる。私は口や鼻から血を流しながら立ち上がった。彼は決して容赦しない。言うことを聞くまで何度でも蹴ってくるし、焼きごても当ててくる。それが怖いので従うしかない。

あれから何日経ったのだろう。

部屋に窓がないから日時の感覚がつかめなくなっている。こうしている今が昼間なのか夜なのかも分からないし、たまに部屋に入ってくるカミラやカルロスも教えてくれない。一日の試練が終わると食事が与えられる。食事は一日一回だが、メニューはちゃんとしていて量もある。味つけも継母の料理よりはずっとマシだ。

食事が唯一、私が人間らしく過ごせる時間だ。そして同時に至福の時でもある。この部屋にはテレビも本もない。もっともそれらを楽しむ体力と気力が残されていないが。部屋にシャワーが設置されていないので、カルロスから濡れたタオルが渡される。それを使って彼が見ている前で全身を拭く。カルロスの視線にほのかな熱気を感じたが、私の体に触れてくることはなかった。カミラのことを怖れているのだろう。

私は来る日も来る日も椅子の上だった。電気ショックも焼きごてもカルロスの暴力も、何度受けても慣れることはない。とはいえ当初に比べたら随分と耐性がついたように思える。もっとも今でも声を上げてしまうけど。

私はどうしたら罰を受けずに済むのだろうと、そんなことばかりを考えながら、ただひたすら時間が経過するのを待っていた。

再び、椅子の上に戻る。床に落ちるとそれまでの時間はリセットされる。つまりまた一時間、耐えなければならない。

足腰が鍛えられたのかコツを覚えたのか、ある程度は耐えられるようになった。しかしやはり一日の終盤になると限界がやって来る。

私の試練はその後も続いた。

電気ショックや焼きごての苦しみに悶絶しながら、不毛ともいえる毎日を送っていた。そのうち私は考えることを止めた。これが一番楽であることを悟ったからだ。

「私は存在しない。私はここにいない」

椅子の上に戻るたびに私は自己暗示をかけた。目をつぶり、耳を塞いでできる限り、外部の刺激をシャットアウトする。

それから罰を受ける回数が減ってきた。

さらに同じような毎日がくり返されて、私の頭の中は既にいろんな部分が麻痺《まひ》していた。両親や友人知人たちの顔がぼんやりとしか思い出せない。ここ数日の出来事も曖昧模糊としている。思い出せるのは毎日の食事のメニューだけ。

もし扉が開いたままにされていたとしても私は外に出ようとはしないだろう。仮に出たとしても戻ってきて自らの手で扉を閉める。カミラやカルロスに口答えしたり反発することもなくなった。

とにかく私は自らに降りかかることすべてに疑問を感じなくなっていた。理不尽を理不尽と思わず、不条理すべてを受け入れていた。そうすれば苦しまずに済むことが分かってきたからだ。

ブザーが鳴って、壁のランプが赤から青に変わった。

私は椅子から降りるとマットレスに腰掛けた。休憩時間になるといつもこうしながら次の試練を待っている。

扉が開いてカミラが姿を見せた。彼女は私に近づくとおもむろにシャツの背中をめくった。

「カルロスには随分やられたわね。彼のこと憎いでしょ」

カミラは私の隣に腰を下ろすと抱き寄せた。

「別に」

私は本音を告げた。カルロスに対して憎悪の念はない。かといって友情も愛情も感じない。道端を歩いている犬と変わらない。

「仕返しに行きましょう」

「え？」

私はカミラの顔を見た。彼女はほんのりと笑みを浮かべている。

「あなたの背中、火傷《やけど》だらけよ。この傷は一生消えないわ。許せないわよね。そうでしょ」

彼女の瞳がギラリと光った。

「うん」

試されている、そう直感した。ここで否定すればまた電気ショックを食らうかもしれない。すでにカミラに反発する気持ちは完全に失せていた。とにかく電気ショックだけはごめんだ。あれは夢にも出てくる恐怖なのだ。

「じゃあ、行くわよ」

カミラは立ち上がって部屋の外に出ると指招きをした。そこにカルロスの姿はなかった。

「部屋を出て……いいの？」

「いいわよ」

彼女はあっけらかんと答えた。私は恐る恐る従った。部屋の外に出るのは久しぶりだ。何週間ぶり、いや何ヶ月ぶりなのか。そもそも今日が何月何日で今は何時なのか。私には時間の感覚がなくなっていた。

「ついてきて」

私はカミラの後に従った。薄暗い通路を進むと以前、クロエと一緒に閉じ込められていた部屋の前を通りかかった。

クロエはどこでどうしているのだろうか？

クロエのことを考えるのも久しぶりだ。試練を受けていた当初は彼女のことを一日に何度も考えた。再会したいと何度も祈った。

さらに通路を進むとカミラは突き当たりの扉を開いた。

「さあ、入って」

彼女に促されて部屋の中に入る。室内はがらんとしている。電球の数が少ないので奥の方は墨汁で塗りつぶしたように真っ暗だ。生ぬるい風が私の肌をぬるりと撫でた。その空気にどことなく鉄を思わせる生臭さを感じた。

「あれを見て」

カミラが指した方を見るとカルロスがいた。カミラの声の反響具合からしてそれなりに広い部屋のようだ。

「カミラ、止めてくれよ！」

カルロスは鉄製の椅子に腰掛けていた。表情を歪めながら体を左右にねじらせている。近づいて見ると両手は肘掛けに、両足は脚部に太い針金でしっかりと固定されていた。腰には椅子と繋《つな》がるベルトが回され、首も体もがっちりと固定されて椅子に磔《はりつけ》にされている。そして彼は一糸まとわぬ姿だった。筋骨隆々とした肉体と陰部を曝《さら》けだしていた。父親以外で男性の局部を目にするのは初めてだ。

「俺がなにをしたっていうんだよ！　お前にこんなことされるいわれはないぞ」

カルロスは目を剝《む》いて怒鳴った。

「たしかにあなたに落ち度はないわ。でもこれはディアブロの意思なの」

「なんだって⁉」

彼の口元に多くの皺《しわ》が寄った。

「シカリオの誕生儀式の生け贄にあなたが選ばれたの。光栄なことよ」

カミラはカルロスに顔を近づけて神妙な面持ちで告げた。

「ふざけんなっ！」

彼はカミラの顔に唾を吐きかけた。彼女は表情を変えずに顔を拭う。

「個人的にはあなたのことは嫌いじゃなかったわ。こんな出会い方をしていなかったら普通に恋人になっていたかも知れないわね」

リップサービスにも本音にも聞こえた。

「頼む、助けてくれよ。俺だってお前のことを愛しているんだ」

カルロスはすがるように訴えた。カミラを愛しているという言葉に嘘はないだろう。

上手くは説明できないが、彼の瞳を見てそう感じた。

「分かってるでしょ。ディアブロの指令は絶対よ。私にはどうすることもできないわ」

「だったらせめてお前の手で楽に殺してくれ」

男は湿った声で懇願した。

私の前では絶対的な男が今では小動物のように怯えている。

「ごめんなさい。私が手がけることも楽に殺すこともできない。分かってちょうだい」

カミラはそっとカルロスの頰を撫でた。彼は必死に体をよじらせるが床にボルトで固定された鉄製の椅子はびくともしない。

「エマ、これを持って」

カミラがそっと差し出した手にはサバイバルナイフが握られていた。

私はそれを受け取るとつぶさに確認する。年季が入っているうえにまるで手入れが行き届いていない。グリップは手垢《てあか》にまみれているし、刃部にはところどころ錆《さび》や赤黒い汚れが浮いている。この汚れは血の塊に思えた。さらに刃こぼれを起こしていて切れ味が悪そうだ。

「これを使って彼を殺しなさい。制限時間は三分よ」

「えっ⁉」

私はカミラを見た。彼女は私の目をじっと見据えている。

「三分を過ぎても彼が生きていたら覚悟なさい。今度は彼とあなたの立場が逆転するわ」

つまりカルロスに殺されるということか。

「ちょ、ちょっと待てよ！　エマ、俺が悪かった。そりゃあ、痛かったよな。でもやりたくてやったわけじゃねえんだ。ディアブロの命令だから仕方なかったんだよ」

彼は白目を血走らせながら訴えた。

私はナイフを握ると彼にゆっくりと近づいた。そうするに従って鼓動が激しく胸を叩く。

「俺には老いたお袋がいるんだよ。俺が死んだらお袋は一人ぼっちだ。そんなんで生きていけない。いくら子供のお前だって分かるだろ！」

「本当なの？」

私はカミラに確認をした。彼女は「本当よ」と頷いた。

カルロスの母親のことを思うと胸がチクリと痛んだ。私はじっとカルロスを見つめた。

彼は抵抗することを諦めてすすり泣いている。

私は決心がつかず彼の前で立ちつくしていた。

「あと二分よ」

カミラの冷酷な声が告げた。どうしてこういうときは時間が経つのが早いのだろう。

「俺を殺してみろ。一生その罪を背負うことになるぞ。お前を呪ってやる。悪霊となって一生つきまとってやるからな」

「あと一分」

カミラの乾いたコールが部屋に響いた。

「ごめんなさいっ《ロ・シエント》！」

私は彼の胸に刃を叩きつけた。

「うぎゃあ！」

しかし骨に当たったのか刃は深くまで入らない。切れ味の悪さも影響しているのだろう。私は焦ってナイフを引き抜いた。傷口から血があふれ出てくる。

「エマ、時間がないわよ」

私は首筋を切りつけた。しかしこちらも表面を裂くだけで大した傷にならない。カルロスは恐怖と痛みで顔を強ばらせていた。

目の前が真っ赤になった。

「急ぎなさい、エマ」

「うわあああ！」

私は力いっぱい何度も何度も彼の首を切りつけた。カルロスが叫び声を上げるたびに傷口は深まっていく。皮膚が破れ、肉が裂けた。どろどろと血液が流れる。それでも致命傷にならない。私は全身の力を使って開いた傷口に切っ先を差し込んだ。ブチブチと繊維が切れるような感触が伝わってきて、切っ先は深くめり込んでいった。そこでナイフを引き抜くと、傷口から大量の鮮血が吹き出した。顔に生ぬるい返り血が降りかかる。

やがてカルロスの首はガクンと折れて、うなだれたまま動かなくなった。

「ギリギリだったわね。いいわ、合格よ」

カミラはカルロスの傷口を確かめると私に向かって親指を立てた。

私はナイフを床に放り投げるとその場で尻餅をついた。体中の力が抜けてしまった。

カミラはそんな私を無理やり立たせた。立っているのがやっとだった。

——殺した……人を殺してしまった。

全身の震えが止まらない。カミラはそんな私の体をそっと抱きしめた。

「偉いわ。よく乗り越えたわね。あなたはこれからシカリオとして生きていくの。私のようにね」

熱帯の花の香りがした。そして彼女の体はいつだって冷たい。

初めて殺した男の死体が目の前にあった。

私はぎゅっと目をつぶってカミラの胸に顔を埋《うず》めた。

第二章

男性がうっすらと瞳を開いた。

「よかったぁ、意識が戻った」

里美は男性に向けて手を振った。

「ここはどこ?」

男性はまるで魂を奪われたようなぼんやりとした表情で辺りを見回した。

「聖バルバロッサ病院です」

室内には消毒液の臭いがほんのりと広がっている。

「つまり……ここは病室ってこと?」

「ご覧の通りですよ」

男性はベッドの上に横たわっている。四人部屋で他のベッドも寝間着姿の患者で埋まっていて、それぞれに家族や見舞客がついていた。一番奥の患者のサイドテーブルにはフルーツの詰め合わせが置いてあった。

『伊東先生、大至急、第二外科室にお願いします』

館内放送でドクターを呼ぶメッセージが流されると廊下の方で慌ただしい足音が通り過ぎた。

大きめの窓枠はビルが建ち並ぶ夜景を切り取っていた。遠くの方に東京タワーが見える。ここが都心に位置することが分かる風景だ。

「カーテン閉めますね」

里美はカーテンを閉めて周囲の視界を遮った。

「君はたしか、水氷……里美さんだよね」

男性は目を凝らしながら里美を見つめた。

「そうですよ。いきなりひっくり返ったからビックリしましたよ」

「いきなりひっくり返った？」

男性は曖昧《あいまい》な口調で聞き返した。

「椅子から転がり落ちて床に頭をぶつけたんです。ねえ」

「ごめんなさい。あなたがお酒に弱いことを忘れてたの」

里美の隣に腰掛けている女性が申し訳なさそうな顔を向けている。

「弐子ちゃん」

男性は女性の名前を呼んだ。

彼女は参宮弐子だ。

「弐子さんのせいじゃないわ。あれはお店が悪いのよ。店員が他の客と間違えてウォッカベースのお酒を持って来ちゃったんだから」

「ウォッカだって……マジかぁ」

「前にもウォッカを飲んで気を失ったことがあったよね」

「ウォッカは本当にヤバいんだ。そうかあ、店員が間違えたんだ」

そのとき外から救急車のサイレンが聞こえてきた。

「六郎《ろくろう》さんも救急車に乗ったんだよ。あのときも乗ったよね」

六郎は目をパチクリとさせた。

「救急車なんて記憶にないよ。前回も覚えてないけどさ」

彼は頭の中をかき混ぜるように髪の毛をクシャクシャにした。

「そりゃそうよ、気を失っていたんだもの。病院はどこもいっぱいで四つ目でやっと受け入れてもらえたんだよ。それはともかく、どこまで覚えているの」

六郎はこめかみを指先で叩《たた》いた。

「ええっと……君と一緒に六本木の居酒屋で飲んでいたら、水氷さんに声をかけられたんだよね」

弐子は首肯する。

「そうよ。彼女とは最近知り合ったの」

双三神社の神主の陰謀によって殺されそうになった彼女を救ったことがきっかけで知り合いになった。物騒な内容なので詳細は六郎に伝えていない。

「弐子さんがお店にいたからビックリして思わず声をかけちゃいました。図々《ずうずう》しく一緒に飲もうだなんて誘っちゃってごめんなさい」

里美は二人に向けてペコリと頭を下げた。

「謝ることなんてないよ、里美さん。人数は多い方が楽しいでしょ。ねえ、六郎さん」

弐子の言葉に彼はうんうんと頷《うなず》いた。

「そこらへんのくだりは覚えてるよ。里美さんはアシスタントディレクターをやってるって言ってたね」

「そうそう、ADです、AD。こっちもいろいろあって憂さ晴らしに一人飲みしてたんです。そしたらお二人を見かけてつい声をかけてしまったというわけです」

アシスタントでないのは説明が面倒なのでそのままにしてある。

「そうだったんだ」

「そのあとの会話の内容とか覚えてます？」

「かなり酔っていたのかなあ。ぼんやりとしか覚えてないや」

「アニメ映画の『君のナワ』の話題で盛り上がったじゃないですか」

「そうだったっけ」

そのあたりで彼はすでに酩酊《めいてい》していた。

「そうですよ。特に六郎さんが橘タキにソックリだって」

「ああ、それはよく言われるね」

たしかに彼はタキに酷似している。先日の二川三郎のようにファッションやヘアスタイルで似せているのではなく、顔立ちがアニメと実写の違いはあれどタキそのものだ。顔が似ていると声まで似てくるものなのだろうか。彼の声はタキの声優の声そのものだ。むしろあのアニメ映画の制作陣が六郎をモデルにタキを生み出したのではないかと思えるほどだ。

彼は書店員で、弐子が行きつけとしている書店で勤務していた。作品の大ファンである弐子が彼に声をかけるのは必然だろう。二人は恋人関係ではないが、連絡を取り合うようになり、たまには二人で映画を観《み》たり食事をしたりする仲になったという。

「私も六郎さんをお店で見かけてビックリしましたもん。弐子さんがタキと一緒にいるって。映画のワンシーンかよって目を疑いましたよ」

「ファンの人たちがタキにソックリな彼をひと目見ようと書店にやって来るそうよ」

弐子が苦笑しながら言った。

「そりゃあそうでしょうよ。六郎さんの書店は聖地巡礼スポットですよね」

「そんな大げさな」

六郎は少し迷惑そうに言った。実際、業務に支障が出たこともあるそうだ。

「弐子さんと一緒に『君のナワ』を観たと聞きましたけど」

「その当時、映画のことはまったく知らなくてね。彼女に『観たらビックリするよ』と言われて、予備知識を一切入れずに一緒に観に行ったんだ。たしかにビックリしたよ。『俺が出てるじゃん!』って」

里美の隣で弐子がケラケラと屈託なく笑っている。たしかにアニメの主人公が自分とソックリだったら驚くだろう。

「それにしてもやっぱり23なのね」

里美のつぶやきに六郎も弐子も怪訝《けげん》な顔を向けた。

「なにが23なの」

六郎が尋ねる。

「2と3を掛け合わせると6だから」

「あ、そう言えば」

弐子も今初めて気づいたようだ。

「なんのこと?」

六郎が小首を傾《かし》げた。

「ああ、なんでもないの。気にしないでください」

23のエニグマの話は長くなるし今回は無関係だ。

「ところで僕は急性アルコール中毒でここに運ばれてきたんだよね」

六郎はベッドの上でもがくように体をよじり始めた。

「そうだと思うけど。どうかしたの」

弐子が心配そうに尋ねた。

「なんか拘束されているみたいで体が動かせないんだ」

「そういえば急性アルコール中毒にしては大げさよね」

六郎の体には妙に大がかりなバイタルサインメーターのコードや、さまざまな薬液のチューブが繋《つな》げられている。

「ちょっとごめんなさい」

弐子は掛け布団をめくってみた。

六郎の体は拘束ベルトによってベッドに固定されている。これでは起き上がるどころか手足を動かすこともできない。

「どういうこと?」

「さあ」

里美と弐子は顔を見合わせた。

「いくらなんでも大げさすぎやしないか」

六郎の顔には不安の色が浮かび上がっていた。

そのとき白衣姿の男性とナース姿の女性が病室に入ってきた。

「五島《ごとう》六郎さん」

二人は六郎のベッドサイトに近づくなりフルネームで彼の名前を呼んだ。

五島の「五」は2と3を足した数字だと今さらながらに気づいたが指摘しなかった。

「先生、俺は急性アル中なんですよね」

六郎は白衣姿の男性に訝《いぶか》るような声で聞いた。

長身なドクターの胸に掲げられたネームプレートには「脳外科医・財前五郎」と顔写真付で印字されていた。付き添いのナースは小柄な女性だ。こちらのプレートには「花森ケイ子」とある。

「もちろん急性アルコール中毒の症状が出たのは間違いありません。しかし検査の結果、それだけではないようです」

財前の重苦しい口調に六郎は表情を硬くした。

「な、なにかあるんですか」

「最近、体調に変化はありませんでしたか。動悸《どうき》がするとか吐き気がするとか、夜眠れないとか食欲がないとか」

「いいえ、全然元気でしたよ。食欲もいつも通りだし、夜もぐっすりです。昔から健康だけには自信がありました。酒に弱いだけです」

「そうですかぁ……」

財前は付き添いのナース、花森と顔を見合わせた。

「なんなんですか？　ヤバい病気ならはっきり言ってくださいよ。もしかして癌《がん》なんですか」

「癌ならどれほどいいことか……」

財前は居たたまれないといった目つきで六郎を見つめた。

「癌よりヤバいんですか」

「はい。この病気と比べたら癌なんて突き指みたいなものです」

「癌が突き指⁉　どんだけヤバいんですか」

「これを見てください」

財前が指示すると花森は手にしたファイルを差し出した。さまざまな書類やフィルムが挟み込まれている。その内容物を六郎に提示する。

「これは五島さんの脳の断層写真です。いわゆるCT画像ですね。ひっくり返ったときに床に頭部を強打したという報告を受けたので一応、撮影してみたんです」

財前が手にしているフィルムには断層写真が並んでいる。

「ほら、ここを見てください」

彼はそのうちのひとつを指さした。六郎は顔を近づけて目を凝らした。

「こんなの見せられても僕には分かりません」

「そうですよね。専門的な説明は省きますがこの陰影がとても問題なのです」

「どんな病気なんですか」

「ギャラクティック・ファントマ症候群」

財前は死刑判決を言い渡す裁判長のように告げた。

「なんかめっちゃヤバそうじゃないですか！」

「五島さんが想像している以上にヤバい病気です。さらにステージ4まで進行しています」

医師は深刻そうに言った。六郎の顔が一気に青ざめる。

「どういう病気なんですか」

「簡単に言えば体を少しでも動かすたびに細胞が死滅していく病気です」

「だからベルトで固定してあるんですか」

「その通りです。話をする際の唇や瞼《まぶた》の動き程度なら問題ないのですが、起き上がったり歩き回るのは禁物です。あっという間に細胞が壊死《えし》して苦しみ悶《もだ》えた挙げ句の果てに全身から血を噴き出して死ぬことになります」

「そ、そんなあ……」

五島は絶望的な声を震わせた。涙があふれ出している。

「せ、先生、なんとかしてください、彼を助けてあげてください！」

弐子が財前にすがりついた。しかし医師は首を横に振った。

「残念ながらこの病気は世界でも症例が二つしかない。治療方法が見つかってないんです」

「お、俺は死ぬんですか？」

「まあ」

「何日ですか。俺の余命は何日ですか」

「日よりも時間で表わした方が」

医師は言いにくそうだった。

「そ、そんなに短いんですか！　だったら何時間ですか⁉」

「私の口からはちょっと……」

「正直に言ってください。知らされないと覚悟のしようがない」

「こういうの苦手なんですよぉ」

財前は困ったように頭を掻《か》いた。

「頼みますよ」

「じゃあ、ヒントだけ」

「お願いします!」

六郎は頭を下げた。

「なくて七癖あって……ほにゃらら」

「四十八時間!」

なくて七癖あって四十八癖。

財前の謎かけは里美にもすぐに分かった。

「最長でそれくらいだと思ってください」

ドクターが追い打ちをかけるような補足をする。

六郎は突然頸椎《けいつい》を失ったようにがくんとうなだれた。

「五島さん、なにか心残りややり残したことはありませんか。残された時間を悔いのないように過ごすべきです」

ナースの花森が優しい声で告げた。

「そうですよ、六郎さん。やり残したことはないんですか」

里美も六郎に言った。

「心残りはあるさ。でも体が動かせないんだからどうしようもない」

半ば投げやりな口ぶりである。無理もないことだろう。

「私たちが力になるわ」

弐子が六郎に顔を近づけた。彼女の瞳は慈愛に満ちている。

「そうよ。私も協力します。なんでも言ってください」

里美も同調した。

しかし六郎は思いあぐねるように虚空に視線をさまよわせている。

「どうしたの、六郎さん。なにか迷いでもあるの」

「どんなに望んだところで、こんな状態では僕の思いは届かないしかなわないから」

「そんなこと言ってたら死んでも死にきれないわ。もしかしてそれってこの前言っていた人のことなの？」

弐子の言葉に六郎はコクリと頷いた。

「誰のことなの？」

里美は彼女に問いかけた。

「六郎さんには好きな人がいるの。その人に思いを告げられてないんだよ」

「そうだったんだ」

「いや、もういいんだよ。彼女には別に好きな人がいるんだから」

「関係ないですよ、そんなの。その男性から奪っちゃえばいいじゃん」

　里美は自嘲気味な笑みを浮かべる六郎を励ました。

「いやいや、俺はそいつには逆立ちしたってかなわない。だからいいんだよ」

　彼はイヤイヤをしながら顔を背けた。

「いいんだなんて絶対に嘘《うそ》よ。あなたの部屋に置いてある小さな金庫の玩具《おもちゃ》に彼女への思いを封印してるんでしょ」

「な、なんでそのことを……」

　六郎は顔を向けて目を丸くした。

「先月、一緒に飲んだとき言ってたよ。あの中に自分の気持ちを封印してるんだって」

「え？　俺、そんなこと言ったの」

「うん、ちょっとやけくそ気味に酔ってたね。そのうえウォッカを呷《あお》って気絶したから救急車呼んだけど」

「マジかぁ」

　六郎は青くなっていた顔を赤らめた。

「なんなんですか、その金庫の玩具って」

　質問したのは花森だった。財前も興味深そうに耳を傾けている。

「先々月かな。彼の部屋で飲んだ時、チェストの上に金庫の玩具が置いてあったんですよ。ダイヤル回して開くタイプの金庫ですね。いじってみたら彼にメッチャ怒られたんです」

「そりゃそうだよ。人の金庫を勝手に開けようとしてんだから」

「でもあんなに目くじら立てることもないじゃない。結局、どんなに中身を聞いても教えてもらえなくてずっと気になってたんですよ」

「もしかしてそれを聞き出すために今日は俺を酔わせたのか」

「そだよ」

弐子はあっけらかんと答えた。

「で、酔っ払った五島さんはなんて言ったんですか」

花森が先を促した。

「心から好きな人がいるんだけど、自分は絶対に相手にされないから諦めるしかない。だからその人に対する思いの品をあの金庫の中に封印しているんだと……」

「もう分かったから！」

六郎はさらに顔を真っ赤にして話を止めた。

「すごくロマンチックじゃないですか」

花森がうっとりした目で言う。

「これは医師としての意見だけど、彼女にアタックした方がいい。絶対にした方がいいですよ」

財前が強く主張した。

「どこが医師としての意見なんですか」

「心残りや後悔の念は細胞をさらに蝕《むしば》む。病は気からということわざはまさにそのことを示している」

「なるほど。お医者さんがおっしゃると説得力が違います」

里美の言葉に財前は照れたような笑みを浮かべた。

「そんなもんですかねぇ」

六郎は相変わらず訝しげだ。

「そんなもんなんだよ」

「でも好きでもないうえに余命幾ばくもない相手に告られても困りますよ、普通。彼女は優しい人だから俺の思いを受け入れてくれるかもしれない。でもそれって俺に対する同情に過ぎません。結局、俺の告白は彼女にとっては迷惑以外なにものでもないわけですよ」

六郎は投げやりに唇を尖《とが》らせた。

「弱虫」

突然、花森が冷ややかに言った。

「え？」

六郎は少し驚いた様子で彼女を見た。

「五島さんは相手の女性を気遣っているようなふりをしているけど、本当は自分が傷つくのが怖いだけなんですよ。この期に及んで相手の本当の気持ちを確かめる勇気がない弱虫です。たしかにそんなあなたのことを魅力的に思う女性はいないでしょうね」

「おいおい花森くん、言い過ぎだぞ」

財前がたしなめるが、花森はプイと顔を背けた。

「ごめん、私も同じ意見」

「うん、私も」

弐子に続いて里美も同意した。

彼の主張は先方への思いやりでも優しさでもない。ただの臆病だ。

六郎はしばらく天井を見つめながら考え込むように黙り込んだ。

一同、しばらく彼を見つめた。

やがて彼は自嘲気味に口を開いた。

「この期に及んでか……たしかに今はまさに『この期』だよな」

「六郎さん、なんでも言って。私、できる限りのことはするから」

弐子は口調に力を込めている。里美も強く頷いた。

「ありがとう。それなら二人にはお願いがある」

六郎は弐子と里美に向き直った。

「何をすればいいの」

弐子が聞く。

「例の金庫を開いてほしい。中に入っているものをここに持ってきてほしいんだ」

「そんなのお安いご用だよ」

弐子は快諾した。

「で、暗証番号は？」

里美の問いかけに六郎の笑みは不敵なものに変わった。

「ヒントはリーゾス」

「は？」

里美は素《す》っ頓狂《とんきよう》な返事をした。

「だから暗証番号のヒントだよ」

「ここに来て謎解きなの」

「僕にとっては人生最後のイベントだからね。呆気《あっけ》なく終わらせたくない」

そういう彼の気持ちは分からないでもない。

しかし正直面倒だ。

「分かったわ。金庫の中身を持ってくる」

弐子は六郎の思いを汲《く》み取ったように疑問を挟むことなく了承した。

「じゃあ、よろしく頼むよ。金庫を壊して開けるのはNGにしてくれよ。家の鍵は僕の財布の中に入ってるはずだ」

ナースは「所持品は引き出しの中です」とベッドサイドの収納棚を指した。弐子は引き出しを開いて六郎の財布から鍵を取り出した。

「里美さん、行こう」

弐子は里美の腕を引っぱった。

「ちょっと待って、言い忘れたことがある」

六郎は病室を出て行こうとする里美たちを呼び止めた。

「どうしたの？」

「金庫の中身は紙袋に入ってる。ここに持ってくるまで絶対に紙袋から出さないこと。それは約束して」

「ええ、約束するわ。六郎さんの最後のお願いだから」

里美たちは廊下に出た。二人して建物の出口に向かう。

「ところでヒントの『リーゾス』ってなに？」

「さあ……」

里美の問いかけに弐子は首を傾げた。

時刻は夜の八時半を回っていた。

六郎の自宅マンションは世田谷公園の近くだった。

弐子のマンションから徒歩圏内であるが最寄り駅である池尻大橋駅や三軒茶屋駅からは少し離れている。築浅でモダンなデザインの十階建ての物件だ。外から確認できるベランダの広さからして単身者用だろう。それでも家賃は十万を超えるというのだから都心の家賃は高すぎると思う。

弐子は鍵を使ってエントランスのオートロックを解除した。

エレベーターに乗り込んで六階に向かう。

六郎宅の玄関扉はエレベーターから一番近くに位置していた。

キーシリンダーに鍵をさし込むと簡単に解除できた。

「おじゃまします」

里美と弐子は不在の部屋に声をかけながら入り込んだ。中は1LDKの間取りだ。ダイニングキッチンが三畳、リビングが六畳ほどで室内はきれいに整頓されている。

リビングの壁には『君のナワ』のポスター、書棚には橘タキのフィギュアが飾ってある。迷惑そうにしていたが本人もまんざらでもなさそうだ。

「これよ」

弐子がチェストの上の置物を指さした。たしかに里美たちがイメージする一般的な据え置き型金庫のデザインである。扉には数字と目盛りが刻印されたダイヤルがある。回してみるとカリカリと歯車が嚙《か》み合うような、思った以上に本格的な質感があった。一人暮らし用炊飯器を一回り小さくしたサイズの小箱といったところか。

手にしてみるとずしりとした重みがある。足の小指に落とせば大変なことになりそうだ。

「玩具だというからもっと安っぽい作りだと思ってたわ」

「金庫ごと持ち運べるからセキュリティとしてはどうかしらね」

「たしかにそうね」

六郎は壊すのはNGと言っていたが素人ができる仕事ではなさそうだ。重みと質感から本格的な堅牢《けんろう》性である。

「それでは解錠しましょうかね」

里美は金庫をテーブルの上に置いて向き合った。

「問題は暗証番号よね」

弐子も金庫を見つめている。

「なんで謎解きにするかなあ。めんどくさ」

「自分のことで少しでもいいから苦労してほしいのよ。男の人ってそういうとこあるじゃない」

「単なるかまってちゃんだよ」

里美は小さく息を吐いた。

「ヒントは『リーゾス』……」

弐子はスマートフォンを取り出して検索を始めた。

「なんて出てきた？」

「企業やサロンやカフェの名前がいっぱいヒットする」

「会社名や店名に採用されるくらいだから、縁起が良かったり好感度が高いワードなんだよ、きっと」

さらに弐子は検索を進めた。

その間、里美は適当にダイヤルを回してみる。当たり前だが行き当たりばったりではヒットしない。そもそも暗証番号が何桁なのかも不明なのだ。

「リーゾスってラテン語らしいわ。ＲＩＳＵＳと書いてリーゾスと読むのね」

「ラテン語なんて今どきバチカンと一部の学術用語でしか使われてないわよ。それで意味はなんなの？」

「英語でいえばスマイルね」

「笑うとか笑顔とか」

それがどう暗証番号につながるというのだろう。

二人はテーブルの上の金庫を眺めながら考え込んだ。

気がつけば壁掛けの時計は九時を回ろうとしている。

「私、ちょっと思いついたんだけど」

弐子が手を挙げて金庫に近づいた。

「どうぞ」

ヒントに心当たりがない里美が促すと弐子はダイヤルに手をかけた。


それから十五分後には里美たちは病室に戻っていた。医師の計らいもあって彼の両手は拘束から外されていた。もちろんベッドから出ないことが絶対条件だ。

弐子は六郎に茶色の紙袋を手渡した。彼との約束通り、中身は確認していない。触った感触から手のひらの上に載るサイズの小箱が収まっているようだ。

「金庫、開けられたんだ」

「六郎さん、暗証番号に私の名前を使うの止《や》めてくれる？」

「ごめん、ごめん。なにかと覚えやすいからさ」

ヒントはリーゾス。ラテン語でスマイルだ。

弐子は「２５２５」とダイヤルを回しながら目盛りを合わせた。

するとガチャンと音がしてなんなく扉が開いた。中には茶色の紙袋が入っていたというわけである。

リーゾスはスマイルの意味。スマイルはニコニコ笑う。だから２５２５だ。そしてニコニコは「弐子弐子」でもある。たしかにこれなら忘れようがない。

正解を知ってしまえばなんとも拍子抜けのする謎解きだった。もっともこんな暗証番号にしたことが恥ずかしかったのだろう。だからの謎解きである。

弐子と里美はそれを手にするとすぐにマンションを出て、タクシーに乗り込むとこの病室に戻ってきた。病室にはすでに財前と花森の姿はない。

「この病院はこんな時間でも面会を許してくれるんだね」

「う、うん……ナースの花森さんに無理言って入れてもらったんだ。ほら、あなたの最後の頼みだって知ってるでしょう」

「そっか。僕なんかのために悪いな」

六郎はそっと紙袋の中を覗《のぞ》いた。

「で、中身はなんですか？」

里美はあらためて尋ねた。隣に立っている弐子がごくりと唾を飲み込んでいる。何度でも言うが、二人とも約束を守って中を覗いてはいない。

六郎は何も答えずに袋の中に手を突っ込んだ。

そして中から小さな箱を取りだした。表面に肌触りの良さそうなワイン色のベルベットが施されていて高級感がある。彼はその箱を弐子の目の前に近づけるとカパッと音を立てて開いた。中には指輪が台座に収められていた。カットされたダイヤのそれぞれの面が光を反射させている。

弐子は複雑そうな表情でその指輪を見つめている。

「これを誰に渡せばいいの」

彼女はしぼり出すような声で聞いた。

「どうしてそうなるんだよ。暗証番号は君の名前なんだよ」

六郎の瞳には熱がこもっている。

「え？　つまりこれって……」

「君につけてほしいんだ」

六郎はそっと弐子の手を取ると指輪を彼女の指に通した。

「六郎さんが思いを伝えられなかった人って弐子さんだったの」

「うん。でも彼女には橘タキという絶対的な恋人がいるからね。いくら似ているからといっても俺はタキそのものにはなれない。だから……」

「諦めていたというわけね」

先読みした弐子が吐息をついた。

「ミッションコンプリート！」

里美は高らかに宣言する。するとベッドに寝込んでいた患者たちが立ち上がった。

「皆さん、お疲れでした。もう帰っていいですよ」

里美が声をかけると彼らは会釈をしながら病室を出て行く。

「どゆこと？」

六郎が目を丸くしている。

患者と入れ違いに財前と花森が慌てた様子で駆け込んできた。

「水氷くん、すぐに撤収だ。次の人たちが待ってるから」

「分かりました。すぐに片づけましょう。六郎さん、ちょっとごめんなさい」

里美は六郎に繋がっている薬液のチューブを引っぱって抜いた。チューブには注射針などなく、彼の体にテープで貼りつけてあるだけだ。

「ちょ、ちょっと！」

「動かないで、もう時間がないんで」

「時間がないってどういうことなんだよ」

「この部屋、ドラマの撮影に使われるみたいなんですよ。すぐに明け渡さなくちゃいけないんです」

「明け渡すってここ、病室だろ?」

「説明するのが面倒なんだけど、ここはスタジオです。病室スタジオ」

「スタジオ?」

そうこうするうちにドラマの撮影スタッフらしい人たちが病室に入ってきた。

「すいません、すぐに撤収しますんで」

「急いでくれよ。こっちも時間が押してるんだよ」

ディレクターらしいサングラスの男が不満げに言った。

「さあ、六郎さん、ここ出るから」

弐子が六郎の拘束ベルトを外した。

「俺、動いたら死ぬんだけど」

「大丈夫、死なないから。さあ、立ち上がって」

彼女は六郎の腕を引っぱった。彼はされるがままに立ち上がった。

「よかった、時間ギリギリだったな」

白衣姿の財前が安堵《あんど》したように言う。

「時間ってなんの時間ですか？」

尚《なお》も状況が呑《の》み込めていない六郎が尋ねる。

「ここのスタジオのレンタル時間ですよ。ギリギリセーフ」

「レンタル料金ケチるからよ」

ナースの花森が財前を肘打ちした。


それから三十分後、里美たちは近所のファミレスに入っていた。

里美と弐子、そしていまだパジャマ姿の六郎。さらに油炭とクロエが同じテーブルを囲んでいた。

「つまり俺は君たちにはめられたってわけ？」

六郎はまだ混乱している様子だ。

「まあ、そういうことになりますね」

里美は申し訳ない気持ちで言った。

「じゃあ、この人たちも病院の人じゃないの」

六郎は油炭とクロエを見た。二人とも白衣姿とナース姿のままだ。

「いや、こういうコスプレ、一回でいいからやってみたかったんだ。なあ、クロエ、お前もそうだろ」

「私は別に……」

クロエは相変わらず不機嫌そうだが、ナース服を着たときはノリノリだった。そもそも自分の方から参加すると言い出したのだ。

「じゃあ、あのギャラクティックなんとかという病気も」

「ギャラクティック・ファントマ症候群。あれも出任せ。なんかヤバそうな病気でしょ」

病気の名づけ親は油炭だ。そんな不自然なネーミング、バレると反対したのだが本人は相当に気に入ったようで勝手に採用した。もっとも六郎は真に受けたようだ。

「六郎さん、本当にごめんなさい」

弐子は心から申し訳ないと言わんばかりに深々と頭を下げた。

「どうしてこんな手の込んだことをしたの」

「あなたから好きな女性がいると聞いて、その人が誰なのかどうしても知りたかった。それで諦めようと思ったの。でもいくら聞いてもあなたは教えてくれなかったじゃない」

最後の言葉は少し責めるような口調になっていた。

「だって君は橘タキにぞっこんだったから。君の話すことはいつだってタキのことばかり。実在しないアニメキャラだけど心から惚《ほ》れているんだと思ったよ。どんなに努力をしたって僕はタキにはなれない。そもそもこの世の中に実在する僕がリアルじゃない二次元キャラにかなうわけがないじゃないか。リアルな人間は誰だって負の感情や闇を持ち合わせてる。年だって取るし、社会のしがらみに染まっていく。いつまでも変わらないタキのように、君の理想でなんかいられない。だから自分の思いを金庫の中に封印したんだ」

暗証番号が彼女の名前だったことはそういう意味があったのだ。

「たしかにあなたに惹かれたきっかけはタキにそっくりだったからよ。そして私は本気でタキに心を奪われていた。でもどんなに愛しても恋い焦がれてもタキには血が通ってないし体温がない。それで気づいたの。どんなに神様を愛していても神様とは一緒になれないのと同様、タキとも結ばれないって」

「そりゃそうよね」

クロエが鼻で笑った。里美は見えないようテーブルの下の彼女の膝を突いた。

「六郎さん、あなたが二次元の沼に沈みかけていた私を引っ張り上げてくれたの。気がついたらいつの間にかあなたばかりを見ているようになったわ。それなのに好きな人がいると聞いてすごく傷ついたんだ」

弐子は悲しげに顔を伏せた。

「それでこんな手の込んだことをしたんだね。あの病院が作りものだったなんて今でも信じられないよ」

不治の病も嘘だと分かって拍子抜けしたのか、彼に激昂《げきこう》する様子はなかった。

「まあ、よかったじゃないか。雨降って地固まったんだ。お二人の思いが通じ合ったんだから」

油炭が手打ちとばかりに一拍手をして立ち上がった。

「ところであなたたちは何者なんですか」

六郎が油炭を見上げた。

「人を幸せにする単なるコスプレ好きさ。本来なら人の幸せを見届けてからひっそりと立ち去るところなんだけど、君を嘘の病名で混乱させてしまったからね。特別に種明かしをしたというわけさ。そもそも今回は正式なミッションではなくて、アフターだから」

「アフター？」

「ああ、こっちの話だから気にしないでください」

里美が代弁した。

二川三郎の件で里美たち偶然屋は弐子を命の危険に晒《さら》してしまった。油炭の介入がなければ彼女はとんでもないことになっていたかもしれないのだ。

　双三神社での出来事のあと、弐子が里美に相談を持ちかけてきた。それが六郎の恋愛相手を知りたいということだった。里美は彼女を危険に晒したお詫《わ》びという意味を込めて、今回のミッションを無料で手がけることにしたのだ。これも偶然屋なりのアフターフォローだ。

「それにしても結局、今回は『君のナワ』と同じようなストーリーになったじゃない」

　またもクロエが鼻を鳴らした。

「本当にそうですね」

　弐子も笑った。

　映画の中盤、主人公のタキとヒロインの四葉にも似たようなエピソードがあった。四葉はタキに好きな人の存在を知らされて、その女性が誰なのかを突き止めようと奔走するという内容だ。しかし結局、女性の正体は四葉自身だったというオチがつく。

「とりあえず二人ともお幸せに」

　油炭がクロエと一緒に今度こそ席を離れた。

「じゃあ、私も行くね」

「里美さん、ありがとう。感謝してるわ」

　弐子の指には今回の戦利品ともいえる指輪が光っていた。

「なにに感謝してるの？」

「え？」

彼女は心の中を見透かされたようにバツの悪い笑みを一瞬だけ浮かべた。

「ううん、なんでもない。お幸せにね」

里美はバイバイと手を振ると油炭の背中を追いかけた。

その途中、先日読んだアニメ雑誌のインタビュー記事を思い出していた。それは『君のナワ』の原作者でもある監督へのインタビューだ。

その中で彼は四葉の真意について答えていた。

『彼女がタキの恋愛相手を突き止めようとしていたのは、その現実を受け止めて諦めるためではなく、その女性を始末しようと考えていたからです。しかしそのストーリーは刺激的すぎるし作品の空気に合わないとシナリオが書き換えられてしまいました』

——その女性を始末しようと考えていた。

里美は振り返る。

六郎と弐子は幸せそうに肩を寄せ合っていた。

あの二人は本当の意味で幸せになれるのかな。

「結果オーライね」

里美は独りごちると店を出た。

心地よい夜風が彼女の頬を撫《な》でた。

エマ

目を閉じて精神を集中させた。

左前方、そして右前方、さらに後方に気配がする。私は目を開くと、そっと近くの太い木の幹に背中をつけて身を隠した。握った拳銃をリロードする。敵は残り三人。私の研ぎ澄まされた感覚はレーダーに等しい。こればかりはカミラをも超えていると自負している。

アジトに身を隠していたターゲットの始末には成功した。ターゲットはこのエリアを取り仕切る麻薬カルテルの大物幹部だ。アジトは見るからに屈強な男たちに囲まれて、厳重なセキュリティが敷かれていた。

私は単身で警戒網を突破して、持ち込んだスナイパーライフルで窓からわずかに姿を見せたターゲットを狙撃した。完璧なヘッドショットを決めたのでターゲットは生きていないだろう。彼の頭部はスイカのように破裂したのだ。

本来ならショートキルで確実な死を見届けたいのだが、敵陣の警戒が厳しすぎて近づくことがかなわなかった。そこでロングキルに切り替えたわけだ。

しかし逃走の過程で敵の一人に姿を見られてしまい、彼らに追われているというのが現状だ。周囲は木々の枝が複雑に入り組んだ森、というよりジャングルの中。

ここに至るまで追っ手のうち七人は始末した。その際に彼らの放った銃弾が私の左腕をとらえた。幸い銃弾は貫通したが出血と熱く痺《しび》れるような痛みが広がっている。私は木の幹に巻きついていた蔓《つる》をちぎって左腕に強く巻いた。傷口の出血が弱まった。

利き腕じゃなくてよかった。

そう思った瞬間、二十メートルほど前方に人の影がよぎった。反射的に銃口を向けて引き金を引く。手に伝わる衝撃とともに手応えを感じた。人影は吹っ飛ぶ形で草陰に消えた。私はすぐにその場を離れると、人影の位置まで移動した。地面には男が横たわっている。右胸に赤黒い穴と血の染みが広がっていた。男は息も絶え絶えの状態でうつろな瞳を私に向けていた。その目は温情を訴えている。

私は男の額に二発撃ち込んだ。

頭に二発、胸に一発撃ち込めば死は確実。これはカミラの教え、いや言いつけである。敵に情けは禁物だ。やらなければこちらがやられる。実際にそうやって命を落としたという話を嫌というほど聞かされた。

そうこうするうちに敵の一人が近づいてきた。その頃には私は身を隠しながら移動してすでに敵の背後に回っている。森の中でも足音を立てない術《すべ》は心得ている。

ほら、ごらん、クロエ。相手は全然私に気づいてないよ。

武器はコンバットナイフに持ち替えている。刃背《はむね》には鋸歯《きょし》状の刻みが施されている。

残り二人は得意のステルスキルでいこう。

私は男の背中に飛びかかった。不意を突かれた男は私を投げ飛ばそうと手を伸ばしたが、その前に私のナイフが彼の喉元を切り裂いていた。たまらず転倒した男の首、脇の下、大腿《だいたい》部の三箇所を手早く突き刺す。頸動脈、鎖骨下動脈、大腿動脈を切断すれば声を上げることなく数秒で絶命する。闇雲に切りつけていれば反撃されるのがオチだ。

さらに背後に気配を感じた。

私は振り返ると手にしたナイフを投げつけた。それは見事に敵の左胸にヒットした。怯《ひる》んだ相手に向けて頭に二発を撃ち込む。男は糸が切れた操り人形のように頽《くずお》れた。

私は銃口から流れる煙に息を吹きかけた。まるでアクション映画のワンシーンだなと、笑い声を漏らしてしまった。

周囲に敵の気配はもうない。どうやら追っ手を殲滅《せんめつ》できたようだ。

合流地点はここから一キロ先である。そこでカミラが私の帰りを待っている。とはいえ油断をするわけにはいかない。この世界には気配を完全に消すことができる人間が存在する。クロエがそのうちの一人だ。さすがの私のレーダーでも気配を消した彼女を捉えることはできない。

私は息と足音を殺しながら、木々や草陰に身を潜めて移動した。

しばらく進むと視界が一気に開けてきた。そこには一台のジープが駐《と》まっていた。運転席の扉を背もたれにしながらカミラが立っている。

私は彼女に近づくと「ミッションコンプリート！」と告げながら、ハイタッチをした。

「今回のミッションはかなり難しいと思ったけどよくやったわ。あら、左腕大丈夫？」

「こんなのどうってことないよ」

「戻ったら消毒しましょう。きっとディアブロもあなたの活躍ぶりには目を瞠《みは》るわね。私としても鼻が高いわ」

カミラは嬉《うれ》しそうに言った。そんな彼女を見ているとこちらも嬉しくなる。

「だってクロエに負けていられないもの」

「負けてないわよ」

クロエも難易度の高いミッションを次々とクリアしている。彼女の髭面《ひげづら》の教官ミカエルもカミラに劣らず優れているのだろう。

「でも昨日の組合いでは押さえ込まれてしまったわ」

クロエとはたまに格闘技を組まされる。互いに木製の武器を持ったり、素手だったりとさまざまだ。エアガンを使った銃撃戦もある。

他にも私やクロエのように誘拐されてきた子供たちが数多く訓練を受けている。しかしそのほとんどが負傷したり精神を病んだりして一年以内に脱落していく。彼らがその後どうなったかは分からない。おぞましい噂《うわさ》を何度も耳にしたことがある。私はそれを怖れてひたすら訓練に耐えてきた。訓練といっても実際に人を殺すし、殺されそうにもなる。

そんな私でもあの電気ショックの恐怖だけはいまだに克服できないでいる。訓練の結果が芳しくないと、例の丸椅子の上にしゃがまされて容赦なく電気ショックを与えられた。

このような毎日を送っているといろんな感情が麻痺《まひ》してきた。特に悲しいという感情が薄らいだ。そして人の命を奪うことに対するためらい。最近は息を吸うような、水を飲むような感覚で殺せる。人を殺すということに疑問を感じなくなってきた、というよりなにも考えないようになった。

先ほどの大人たちでも私のような少女を目の当たりにすると一瞬、引き金を引くことを躊躇《ちゆうちよ》する。それが私にとって絶好の隙になる。彼らが動く前には頭に二発、胸に一発を撃ち抜いている。

私はジープに乗り込んだ。カミラの運転でアジトに戻る。

アジトは郊外に建つ、年季の入った四階建ての雑居ビルだ。内部はかなり広くなっており、ここで格闘技や射撃などのトレーニングを積んでいる。覚醒剤や銃器が大量に保管されているし、拉致してきた敵カルテルのメンバーを拷問したり殺したりもする。さらには死体の処理もここで行われる。

エントランス周囲には常に武装した見張りが立っているので、敵もおいそれとは近づけないし、私のように誘拐されてきた者たちも逃げられない。警察とも通じているようで、彼らが踏み込んで来ることもない。

見た目は雑居ビルだがちょっとした要塞だ。

私たちの部屋は地下にある。

自室に戻ってしばらくくつろいでいると扉がノックされた。相変わらず部屋の真ん中には例の丸椅子が置かれているし、部屋の隅の天井には監視用のカメラ、そして壁の穴から延びるコードにつながっているクリップ、そして壁の中には赤と青に光るランプが埋め込まれている。

私は扉を開いた。

外に立っていたツインテールの少女が「はあい」と手をあげた。

「クロエ！」

私は嬉しさのあまりクロエに飛びついて抱きしめた。

「エマ、無事に帰ってきたのね」

彼女の息づかいが耳元に感じられる。そしてツインテールの片方が私の頬を撫でた。

「あんたこそ。ヤバいミッションだったってカミラから聞いたよ」

「どうってことなかった。あたし嫌いなんだよね」

「なにが？」

「命乞いするおっさん」

「言えてる」

エマも命乞いをされたことが何度もある。一度も見逃してやったことはない。温情を見せればこちらがやられるのだ。

「ジェシーのこと知ってる？」

「あの子がどうしたの」

私は首を横に振りながら尋ねた。ジェシーとは数少ない生き残りの同年代の女の子で、やはりシカリオとして訓練されている。敏捷《びんしょう》さではとてもかなわないし、特にショートキルのエキスパートだ。ナイフを手にしたら超絶的な強さを発揮する。私たちの中でも一、二位を争うシカリオだろう。真っ向勝負しても勝てる気がしない。ジェシーにはカミラも一目置いていた。

私とクロエはマットレスに腰掛けた。

「死んだわ」

「マジ？」

私は目を見開いた。

「あの子にしては珍しくしくじったのね」

「そうなんだ……」

二人の間に重苦しい空気が流れた。また一人、同年代のシカリオがいなくなってしまった。

「あたしたち、いつまでこんなことさせられるんだろうね」

クロエがつぶやくように言った。

「そんなこと言ったらマズいよ」

私はカメラを見た。この会話は監視されているのだろうか。組織を批判したり反発するようなことを口にすれば電気ショックの罰が与えられる。しかし大人たちが部屋に乗り込んでくる様子はなかった。監視人がいたとしても日本語だから内容が分からなかったのかもしれない。クロエとの会話は基本、日本語である。

「ここにいたらあんたもあたしもいつかは死ぬわ」

「う、うん……」

それは言われるまでもなく分かっている。だけどそのことは考えないようにしてきた。

「そろそろここも潮時だと思わない？」

「どうするつもりなの」

「脱走するんだよ」

クロエは顔を近づけた。決意のこもった眼差《まなざ》しだ。

「ディアブロが許さないよ」

「ディアブロ、ディアブロってさ、一度でも顔を見たことがあんの」

「ないよ」

私は首を横に振った。

「あたしも一回も会ったことがない。ミカエルもないって言ってた」

「カミラもないみたい」

「本当に存在するかどうかも分からない人に忠誠を誓うって変じゃない？」

「カミラは神様みたいなものだと言ってたわ」

「ふん、バカバカしい。どちらにしてもあたしは一生シカリオなんてごめんだからね。日本に帰ってなりたい自分になるんだ」

「なりたい自分ってなんなのよ」

「小説家」

「クロエ、本が好きだものね」

彼女はよく読書をして一人時間を過ごしている。そんな彼女にミカエルはどこから調達してくるのかさまざまな小説を与えていた。彼にとってクロエは娘同然なのだろう。

カミラも私のことは良くしてくれている。

「ラブクラフトは最高よ。あたしもあんな小説書きたい」

ラブクラフトという作家は知らないが、彼女は目を輝かせた。

「でもどうやってここを出るの」

「一人では難しいね。エマも一緒に行こうよ。協力すればなんとかなるよ」

私はフルフルと首を振った。

「私は行かないわ。ここを出たところで行くところなんてないもの」

「そっか……」

クロエは沈んだ声で言った。

「あんたには家族がいるからね。両親とも元気なんでしょ」

思い切って彼女の家族のことを聞いてみた。彼女は家族の話題を何かと嫌がった。

やはりこの話になって少し不機嫌そうな顔をしている。

それでも私はクロエのことを少しでも知りたかった。

「ママは死んだ。病気でね」

クロエの声はわずかに沈んだ。

「そうだったんだ。私の母親もそうだよ」

「うん、知ってる」

私の家族の話は何度かしていた。

「お父さんは偉い役人さんだったよね。たしか防衛省って聞いたけど」

そのことはカミラから聞いている。エルネスト共和国に駐在しているようだ。

「国家機密を扱う部署にいるよ」

「国家機密だなんてすごいじゃない。スパイみたいでカッコいいわ」

「裏ではヤバいことしてるみたい。それに私とは血が繋がってないからさ。本当の父親じゃない」

つまりステップファザーということか。

「でも家族なんでしょう。生みの親より育ての親って言うじゃない」

日本の諺《ことわざ》を久しぶりに口にした。

「本当の意味での親だったらこんなところに子供を送り込む？」

「ど、どういうことなの」

クロエは拉致されてきたわけではないのか。

「あいつは私を特殊部隊のソルジャーかなんかに仕立て上げるつもりなんだよ」

「ソルジャーって……お父さんは防衛省《マノス・オスキュラス》のお偉いさんなんでしょう」

「防衛省なんて闇の手と大して変わらない。誘拐、暗殺、謀略、サボタージュ。裏で何をやってるか分からない連中よ。ディアブロの正体があいつだったとしても私は全然驚かない」

「ええっ⁉　あんたのお義父《とう》さんがディアブロなの」

クロエの話は衝撃に他ならなかった。

そんなことカミラが知ったらなんて言うだろう。

「早まらないでよ。確信なんてないんだから」

「びっくりしたぁ」

「でも組織とつながっているのは間違いないわ。だから私は特別扱いされてるの」

クロエの義父ってどんな人物なのだろう。

「なんで防衛省が闇《マノス・オスキュラス》の手なんかとつるんでんのよ」

「毒をもって毒を制すつもりなのかな。よく分からないけど国際社会もいろいろ闇が深いんだよ」

「だから抜け出すの？」

クロエはあっさりと首肯した。

「いつまでもあいつの言いなりになるつもりなんてないから。こんなふざけた組織、さっさと抜け出して逆にぶっつぶしてやるわ。そしてもしあいつがディアブロだったら私の手で殺してやる」

彼女は握り拳を突き出した。

「クロエが逃げ出すとミカエルもただでは済まないよ。連中に処刑されるかもしれない」

その〝連中〟には私やカミラも含まれるだろう。

「う、うん……それは悪いと思ってんだけど」

クロエの表情が曇った。彼女にとってもミカエルは身内同然なのだろう。いつも減らず口ばかり叩いているけど。

「今の話は忘れることにする。だけど私はクロエが幸せになれるんだったら全力で応援するよ」

「ありがとう。でも考えておいて。一緒に日本に帰ろうよ」

彼女は立ち上がると真《ま》っ直《す》ぐな眼差しを私に向けた。

「怖くてできないよ」

私が答えると彼女の顔にわずかに失望の色が浮かんだ。でも本当に怖い。脱走に失敗すればどうなるか。恐ろしくて想像したくない。仮に上手《うま》くいったとしても今度はカミラの立場が危うくなる。

「エマ、ここはあんたが思っているほど甘くないよ。そのうち本当の地獄を見ることになるわ」

私が何も答えずにいるとクロエはため息をついて部屋を出て行った。

私は手のひらの上の古いコインのペンダントを見つめた。

カミラからもらった誕生日プレゼントだ。

古いコイン。カミラの故国のコインだ。

十三歳。三年前、私は誘拐されてここに連れてこられた。

そして同じ年で誕生日も同じクロエと出会った。

クロエは大丈夫だろうか……。

彼女から脱走の話を聞いて一週間が経《た》っていた。アジト内を散歩している姿をよく見かけるようになった。誰も気づいていないようだが、彼女は注意深く視線を壁や天井や床に向けている。散歩をしているふりをしながら脱走経路を探っているのだろう。

アジトには多くのメンバーが常に詰めている。私たちは日常的に監視されて、怪しい素振りを見せようものなら電気ショックなどの罰が与えられる。あの苦しみを受けるくらいなら、彼らの軍門に降《くだ》ったほうがマシだ。脱走失敗なんかしようものなら、どんな仕打ちが待っているか分からない。想像するだけで背筋が凍りつく。

しかしクロエの決意は固いようだ。

彼女は有言実行の人間である。近いうちに脱走を決行するだろう。もし脱走が成功すれば、もうクロエとは二度と会えないかもしれない。いや、失敗しても同じだ。そう思うと胸を掻きむしりたい気分になる。クロエのいない日常なんて考えられない。彼女がいたから今まで生きてこられたのだ。

いや、それ以上の感情があることに私は気づいている。

クロエを愛している。

やはり私は同性愛者だ。それはなんとなく気づいていた。男性に性的魅力を感じない。以前はジェシーやカミラにも似たような感情を抱いていた。しかしある日からクロエに対する思いが募り始めた。やがてそれは抗《あらが》えないほどに高まっていた。

なんとかクロエを思い留《とど》まらせたい。

彼女から離れたくない。失いたくない。

私の正直な気持ちだった。

「ねえ、なにを考えてるの」

突然、カミラが顔を覗き込んできた。

「な、なんでもないっ！」

私はフルフルと顔を振った。

しばらく彼女は私の瞳の変化を探るように見つめていたが顔を離した。

「長生きしたければ妙なことは考えないことよ」

カミラは私の心中を見透かしたような笑みを浮かべるとその場を立ち去った。

私はコインを握りしめた。ヒヤリと冷たかった。


次の日。

「エマ、ミッションが入ったわ。直ちに準備して」

扉が開いてカミラが顔を覗かせた。四日ぶりのミッションだ。また見知らぬ誰かを殺《あや》めなければならない。しかし心がざわつくことはなかった。

人を殺すことに慣れてしまっている。

「イエッサー」

私は戦闘服に着替える。黒のタンクトップに迷彩柄の長ズボンとキャップ。ベルトのナイフホルダーポーチには愛用のコンバットナイフが収まっていて、どんな時でも瞬時に取り出すことができる。刃は常に研ぎ澄まされているので切れ味は抜群だ。急所さえ捉えればどんな屈強な相手でも瞬殺することができる。

実際、このナイフの餌食になった人間は数知れない。これまでに一体何人の命を奪ってきたのだろう。十人を超えたところで数えるのを止めた。私にとっては意味のない数字だ。むしろ殺した人数が増えることで逆に私の寿命が減っていくような気がした。

私はカミラのあとについて奥の広間に入った。ここは格闘技のトレーニングに使われる。テニスコート半面ほどの広さで、床にはマットが敷かれている。

そして部屋の中央には一人の男性と少女が立っていた。

「クロエ？」

果たして二人はクロエと彼女の教官であるミカエルだった。クロエも私と同じ戦闘服姿だった。二人とも険しい表情を向けている。

「ミッションじゃなくてトレーニングよね」

私はカミラに問い質《ただ》した。

「いいえ、これは正式なミッションよ」

カミラは感情を失ったように表情を消していた。その顔はまるで能面を思わせた。

「どういうことなの？」

クロエが相手ならいつもトレーニングだ。武器もエアガンやゴム製のナイフだったりする。しかし私が今、身につけているのは本物のコンバットナイフである。見たところ、クロエも同じだ。

「最終試験だよ」

答えたのはミカエルだった。クロエは険しいままの表情を崩さないでいる。しかしその瞳は獲物を見つめる猛獣のように鋭利な光を放っていた。

「なんなの？　それ」

「あなたたちどちらか生き残った方が正式なシカリオになれるの」

　今度はカミラが答えた。

「つまり……クロエと戦えってこと？」

「そうよ」

　彼女はゆっくりと頷いた。

「クロエは特別じゃなかったの」

「本当に特別なのかどうか、それが試されるの」

　その冷えた瞳は家族同然だと思っていたカミラではなかった。目の前に立つのはまるで別人物だ。それはミカエルにも言えることだった。

「たしかにクロエは特別扱いされてきた。俺もよく知らないが彼女の父親はとんでもない有力者でディアブロとも通じてるらしい。そんなお嬢さんに人殺しなんてさせるわけにはいかないからな。俺はあくまでも非殺傷戦闘員として訓練してきたんだ」

「そうなの？　クロエ」

　クロエは表情を変えず何も答えなかった。今まで彼女の中にただならぬ殺意を感じながらも血の臭いが嗅ぎ出せなかった。その疑問が今になって氷解した。彼女は人を殺めたことがないのだ。

「だけどそれは父親の意向ではなかったようだ。先方はあくまでクロエを優秀で非情な暗殺者に仕立てることを望んでいた。血のつながりがないとはいえ、育ての娘にそんなことをさせるなんて恐ろしい父親だよな」

クロエは表情を変えない。じっと私を見つめている。眼光の鋭さも衰えない。

「クロエは人を殺めるという壁を乗り越えなければならない。だからあなたは彼女にとって通過儀礼の生け贄《いにえ》なの」

カミラが静かに言い加えた。

「生け贄だなんて……」

「そうさせないことが、エマ、あなたにとっての通過儀礼となる。分かるわね」

彼女の声にまるで体温を感じない。

「辛《つら》いのは分かるよ、エマ。しかし愛情を断ち切ってこそ、真のシカリオになれる。これは俺たちも通ってきた道なんだ」

ミカエルは神妙な面持ちで言った。彼も愛する者を手にかけて生き抜いたのだろう。

カミラもそうだ。

「クロエが死ぬかも知れないんだよ！」

私が本気になればいくらクロエでもただでは済まない。それは逆にも言えることだが。

「俺は心血を注いでクロエを育て上げた。クロエは俺にとっての最高傑作だ。非殺傷戦闘員とはいえ甘く見ない方がいい。お前には殺せないさ」

ミカエルの口調には自信が窺《うかが》えた。

「エマ、あなたならやれるわ。必ずクロエに打ち勝てる。今日があなたにとって最大の試練になるわ。乗り越えなさい。クロエをこの世から消し去って真のシカリオになりなさい」

カミラの言葉が遠くの方から聞こえてくるような気がした。

気がつけば鼓動が激しく胸板を叩いている。私は深呼吸をして遠のきそうになる意識を呼び戻した。

もうやるしかないのか。

いつかこんな日が来ることをなんとなく予感はしていた。

――エマ、ここはあんたが思っているほど甘くないよ。そのうち本当の地獄を見ることになるわ。

先日のクロエの言葉が思い浮かぶ。

クロエ、あんたの言うとおりだったよ。

私はクロエと五メートルほどの距離をとって向き合った。彼女は相変わらずギラついた瞳を私に向けている。カミラやミカエルと同じでいつものクロエではなかった。全身が殺気で漲《みなぎ》っている。

「ルールを説明する。武器はナイフのみ、制限時間は五分だ。五分後に二人とも生きていたらその場で処刑する。つまり引き分けはない。敗者は殺された者、勝者は殺した者だ」

最終試験はなんともシンプルなルールだった。もし引き分けた場合、ミカエルもカミラも容赦しない。彼らは筋金入りのシカリオだ。手塩にかけて育ててきた、我が子同然の私たちを躊躇することなく撃ち殺すだろう。

「勝てば晴れて訓練生を卒業ってことね」

「それは楽しみね」

クロエが初めて口を開いた。こんな時でも減らず口を叩ける彼女のことを羨ましく思った。

私はナイフホルダーポーチから刃物を引き抜くと構えの姿勢をとった。クロエも同じように構えている。ナイフを使った格闘技はクロエを相手に今までに何度となくこなしてきた。もちろんナイフは本物ではなくゴム製だ。戦績は五分五分といったところだ。銃撃戦は四連敗中だが、ナイフにおいてはほぼ互角である。

私は呼吸を整える。全身にアドレナリンが駆け巡るのを感じる。視野が少しだけ狭まった。その真ん中にクロエを捉えている。これも訓練の賜《たまもの》だろう。どんなときでも瞬時に戦闘モードに入ることができる。

「それでは始め！」

ミカエルのかけ声と同時に二人は腰を落として姿勢を低くした。私はナイフを逆手に握り直す。

その瞬間、クロエが目にも留まらぬ速さで突進を仕掛けてきた。彼女の刃先が私の目の前を紙一重で素通りする。二の手、三の手が私に襲いかかる。それらをナイフではじき返すと、刃部は小気味よい金属音を立てながら火花を散らした。

「まさかこんなことになるとはね」

私はクロエの瞳から目を離さず声をかけた。

「だから言ったでしょ」

たしかにクロエの言うとおりだった。

——ここにいたらあんたもあたしもいつかは死ぬわ。

やはり闇《マノス・オスキュラス》の手は非情だった。彼らは愛情も友情も認めない。シカリオとして鍛え上げた子供たちですら、優れたシカリオを生み出すための生け贄として消費する。

そうこうする間にもクロエは変則的な連続攻撃を仕掛けてくる。私は体術を駆使してそれらをかわした。トレーニングと違って互いの武器は本物だ。一回でも体に触れればそれは致命傷になり得る。クロエの攻撃は着実に急所を捉えていた。

次は私の番だ。

フェイントを交えながら相手の急所を切りつけるも、いずれもかわされて空を切った。

「三分経過！」

ミカエルのコールが聞こえた。

あと二分。

「エマ、手を抜くんじゃないよ」

「あんたこそ、動きにキレがないよ」

まだクロエも私も本気を出していない。両者が本気を出せば一瞬で勝負がつくはずだ。

勝敗の行方は実力よりも運が左右するだろう。

相手が繰り出す技に対して私が繰り出す技。

クロエがグーを出したとき、パーを出せば私の勝ち、チョキを出せば負け。それだけのことだ。つまり両者の力はまったく互角だということ。

私は一メートルほどの間をおいて向き合った。体は常に左右に揺らしている。呼吸も安定している。

私が下す決断は一つだけ。

クロエを殺すか、自分が死ぬか。

「チャンスは今しかないわ」

クロエが小さく声をかけてきた。唇をほとんど動かしていないのでミカエルやカミラはやり取りに気づいていないだろう。これもシカリオとしての訓練の賜である。

「チャンスってなんのよ？」

私も同じスキルを活《い》かして問い返した。

「ここからエスケープするって言ったでしょ」

「どうすんのよ」

「あんたはミカエルをお願い。あたしがカミラを仕留めるから。それがいいでしょ？」

「本気で言ってんの？」

クロエは真剣な眼差しで頷いた。

このままでは確実に私かクロエのどちらかが命を落とす。決着がつかなければ二人もろともだ。

もはや選択の余地はない。

私はチラリとカミラとミカエルに目をやった。彼らとの距離は五メートルほどある。

クロエに向き直ると彼女は目で合図を送ってきた。

二人に近づくよ。

私たちは向き合い牽制《けんせい》しているふりをしながら徐々にミカエルとカミラに近づいた。

「四分経過！」

すぐ近くでミカエルの声がした。

私は目をつぶって精神を集中した。そうやって気と力を溜《た》めるのだ。クロエも同じことをしている。

次の一撃が私の本気となる。

「残り三十秒！」

私は呼吸を整えた。さらに精神が研ぎ澄まされていく。全身に力が漲ってきた。最高潮だ。

「残り十五秒！」

ミカエルのコール。

瞼を開くとかっと目を見開いたクロエが頷いた。

「きえええええっ！」

私は全身全霊を解放してミカエルに飛びかかった。私の繰り出したナイフは彼の首の皮一枚を切り裂いた。

さすがは選《え》りすぐりのシカリオだ。決死の一撃はすんでのところでかわされた。しかし、意表を突かれたことで彼は体勢を大きく崩している。私はその隙を見逃さなかった。

二発目は大腿動脈を切り裂いて、三発目は肝臓を直撃した。

「うぐっ！」

怯んだミカエルの首筋に切っ先を叩き込んで引き抜くと、傷口から鮮血が吹き上がった。

彼が崩れ落ちる前にクロエに向き直る。

「クロエ！」

彼女は床に倒れていた。

クロエの不意打ちもカミラには通用しなかったようだ。それどころか返り討ちに遭ったのだろう。クロエはうめき声を上げながら体をよじらせている。

「だから言ったのよ、どんな相手にも油断はするなって」

カミラは床に転がったミカエルに向かってしんみりと言った。彼はピクリとも動かない。

「私はクロエと一緒にここを出るわ。シカリオなんかになりたくない！」

私は武器を構えながら声を張り上げた。

「闇の手《マノス・オスキユラス》を甘く見ないほうがいいわ。逃げたところで、組織は地の果てまで追ってくる。私たちからは絶対に逃れられない」

「望むところよ！　私たちに手を出すヤツは全員殺してやるんだから！」

カミラはフウッと息を吐いた。

「だったら私を倒しなさい、エマ。これがあなたにとっての本当の最終試験になるわ」

彼女は腰のベルトに携えたケースからコンバットナイフを引き抜くと、姿勢を低くして構えの姿勢に入った。拳銃を持っているはずだが、使うつもりはないようだ。勝てる気がしなかった。

すでに彼女の放つ気に圧倒されている。スピードもパワーも到底かなわない。トレーニングでも一矢を報いたことすらないのだ。

さらに不意打ちではなく真っ向勝負である。彼女にとって私を仕留めるなど赤子の手をひねるようなものだろう。

今さら後戻りはできない。

こうなったらイチかバチかだ。自分の持っているすべてをぶつけてやる。傷を一つでも負わせられれば御の字だ。

どうせ私は死ぬ。それがカミラの手によるものであれば本望だ。せめてクロエだけは逃がしたい。

私は再び全神経を集中させた。最大限に気とパワーを溜めると先ほど以上に全身に力があふれてきた。

次の攻撃が私の人生の総決算よっ！

テンションがレッドゾーンに突入して振り切れた。

私は目を見開いた。

「いやあああああっ！」

全力でカミラに飛びかかると彼女の首筋めがけてナイフを叩き込んだ。

手応えがあった。

――嘘……。

刃先は彼女の頸部にめり込んでいた。引き抜くと鮮血が吹き出した。彼女は首を押さえながら片膝を突いた。

「なんで……」

カミラが今の一撃をよけられないはずがない。なにが彼女に起きたのか。

その答えはクロエにあった。床に倒れていた彼女のナイフはカミラの踵《かかと》を切り裂いていた。それによって反応が遅れたのだ。

「くそ……私としたことが」

カミラは充血した瞳で私を見つめた。その光は徐々に虚《うつ》ろになっていく。

「油断したね、カミラ」

私はカミラの左胸にナイフを突き刺した。心臓が切り裂かれる手応えが伝わってきた。ナイフを引き抜くと彼女は前のめりになって倒れた。床に血溜まりが広がっていった。

「クロエ！」

私はクロエに駆け寄った。

「大丈夫、かすり傷だから」

私の肩を借りてクロエは立ち上がった。右肩を切り裂かれているが傷は深くない。彼女はミカエルのズボンのベルトを引き抜くと、腕に強く巻いて応急的な止血処置をした。そしてミカエルとカミラから拳銃を回収した。私はカミラの拳銃を受け取った。

「行くよ！」

「せめて最後のお別れをしよう」

私は扉に向かおうとするクロエを引き留めた。

「そうだね」

私たちは床に転がる二人に向けて手を合わせた。

——カミラ、生まれ変わったら私のお姉ちゃんになって。

私は濡《ぬ》れた瞼を拭った。クロエの白目もほんのりと充血している。

「行こう。見つかったらマズい」

「うん」

私たちはそっと部屋を出た。通路には誰もいない。そのまま警戒しながらクロエの後について進む。

「どうやって出るの？」

武装した見張りに固められているエントランスから出るわけにはいかない。そんなことをすればあっという間に蜂の巣にされてしまうだろう。突破は絶対に不可能だ。

「厨房《ちゅうぼう》に隠し通路がある。シャフトみたいに狭いから匍匐《ほふく》じゃないと進めない」

「そんなものがあったの」

よくぞ突き止めたものだ。

「いざという時のための逃走経路ね。あと、隠し部屋なんか見つけたよ。金塊がたくさん詰まってた」

「さすがは組織のアジトね」

私たちは足音を殺しながらキッチンに向かった。チキンを焼く香りが鼻腔《びこう》をくすぐる。私たちの食事は調理を得意とする数人のメンバーが担当している。彼らの料理の腕はなかなかだが、凶悪人であることに変わりはない。

扉の外から厨房を覗くと四人の男が調理をしていた。いずれも屈強な体つきをしていて拳銃やナイフを身につけている。

厨房はちょっとしたレストランの広さがあって設備も整っており、調理台やコンロ台やシンク台が並んで室内に通路を形成していた。壁には大型の冷蔵庫が設置されている。コンロの一つが修理中のようで扉が外されて内部の配管が見えるようになっている。台の上には工具箱が置かれていた。

「隠し通路はどこにあるの」

「一番奥。ちょうどあのデブの足下よ」

クロエは太った男を指した。彼は楽しそうにフライパンを振っていた。

「全員仕留めないとたどり着けそうにないね」

そのときだった。

館内にサイレンが鳴り響いた。

「どうやらバレたわね」

クロエが舌打ちをしながら言った。早くもミカエルとカミラの死体が見つかったようだ。

遠くの方から「ガキを捜せ」という男の声が聞こえた。

厨房の四人も調理の手を止めて警戒態勢に入った。全員武器を手にしている。

「超マズいことになったね」

私は拳銃の安全装置を外した。

「おい！　いたぞ」

突然、通路に現れた男に見つかってしまった。彼はすぐさま発砲してきた。私たちはたまらず厨房に飛び込んだ。調理台と冷蔵庫に挟まれた通路に身を潜めた。

私は反射的に拳銃を取り出して、一番近くに立つ男を撃った。頭部に血煙がパッと広がった。

身を屈《かが》めた瞬間、調理台の上に置いてあったパイナップルがはじけ飛んだ。誰かがシヨットガンを撃ち込んだようだ。

敵は厨房に三人。一分もすれば厨房の外も固められてしまう。

ここから逃げ出すためには隠し通路に入るしか選択肢がない。

「ガキだからと油断するな！　二人とも相当の手練《てだ》れだぞ」

厨房の出入口から声がする。すでに何人か集まっているようだ。

クロエは収納扉を開いて、中から調理用の包丁を取り出した。そしておもむろに立ち上がると、手にした包丁を投げつけて再び身を屈めた。

「ぎゃあっ！」

と男の声がした。包丁がヒットしたようだ。銃声がして銃弾がキッチンシンクに直撃する振動が伝わってきた。

「クロエ、今度という今度こそヤバいよ」

「いつものことでしょ」

余裕の台詞《せりふ》だが口調から強がりであることが伝わってくる。

彼女は匍匐しながらコンロのところまで移動した。

そのときだった。

頭上からリンゴの形をした物が落ちてきて床に転がった。

M67破片手榴弾《しゅりゅうだん》、通称アップルだ。

「グレネード！」

私は反射的にその場を飛び退《の》いた。次の瞬間、爆発音と衝撃が私の体を震わせた。腕に焼けたような痛みが走る。キーンと強い耳鳴りがして、水中に潜っているように鈍い音しか聞こえない。周囲の調理台やコンロは爆風の威力で倒れたり位置がずれていた。床に倒れていたクロエも上半身を起こそうとしている。

「クロエ、大丈夫？」

私は彼女に声をかけた。

「大丈夫！　あんたは？」

クロエの顔は煤《すす》ばんでいた。私もそうだろう。

「多分大丈夫」

私は手早くダメージをチェックした。ところどころ火傷《やけど》と擦り傷ができているが動けないほどではない。短く安堵の息をついた。

私は勢いよく立ち上がると厨房の出入口に銃口を向けた。ちょうど男が二発目のアップルを投げようとしているところだった。連射すると男は投げる前にバランスを崩して床に倒れた。

「逃げろ！」

男の声がした瞬間に衝撃が皮膚を震わせた。出入口の扉や壁が吹き飛んでいた。広がる爆煙に向けて私とクロエは乱射した。何人かの男の叫び声が入り交じって聞こえた。

今度は逆から銃声がした。厨房の中の生き残り二人が発砲してきたのだ。そちらに銃口を向けるとすでに敵の姿は消えていた。身を屈めて調理台の陰に隠れたのだ。

そうこうするうちにも出入口に敵の気配が集まってきた。

隠し通路の扉を開くためにはどうしても奥に潜んでいる二人を仕留める必要がある。

私は頭をわずかにあげて状況を確認する。出入口に詰めているシカリオが発砲してきたのですぐさま頭を引っ込める。

「クロエ、二時の方向にガスボンベがある」

私は一瞬だけ目に触れたものを報告した。クロエも頭を上げてすぐに引っ込めた。

「確認した。あれは使えそうね」

「イチかバチかだね」

私たちは匍匐前進で移動して先ほどの爆心地付近まで戻った。ガスボンベとの距離をとるためだ。

「一気に仕掛けるよ」

「オーケー」

私は頷いて深呼吸をした。

「一、二の三！」

私たちは瞬発的に立ち上がると調理台付近に置かれているガスボンベに向けて連射した。ポンポンと音を立てながらボンベ本体に小さな穴がいくつも空いていく。そのうちシュワーとガスが漏れる音が聞こえてきた。

「や、止めろ！」

調理台の向こうから男の声が聞こえてくる。

それでも私たちは射撃を止めなかった。

激しい閃光《せんこう》と爆音。

声を出す前に私の体は宙に浮いて壁に激しく叩きつけられた。

ゆっくりと目を開くと二秒前とはまるで違う風景が広がっていた。爆心地周囲は真っ黒になって形あるものは大きくその姿を崩していた。位置がずれた調理台の上には黒ずんでちぎれた、太く逞《たくま》しい腕が載っていた。隠れていた男たちは無事ではないだろう。

私はすぐさま全身を確認した。ところどころに痛みが走るが、骨折や致命的な裂傷は見当たらない。四肢を動かしてみる。麻痺や運動障害も出ていないようだ。

「クロエ」

クロエは片手で押さえた頭を振りながら立ち上がろうとしている。

私は肩を貸して彼女を立たせた。

「うん、大丈夫みたい」

額から血が流れているが傷は深くないようだ。

「よかった。すぐにここを出よう」

私たちは床に倒れたコンロや調理台を飛び越えて、隠し通路の入口がある一番奥の壁に向かった。すぐ近くに男の死体が転がっている。首と右腕がちぎれている。

鉄製の扉は床近くに設置されていて、引き戸になっている。鍵は施されていないようだ。クロエはしゃがみ込むとそれに手をかけた。

「早く、やつらが来るよ」

厨房の出入口には男たちの影が見え隠れしている。私は彼らに向けて発砲した。

「ダメだ、開かない」

「な、なんで？」

「今の爆発で金属が歪《ゆが》んじゃったみたい」

クロエは扉に手をかけて力任せに引っぱっている。しかし動く気配がない。さすがに素手では難しそうだ。

そうこうするうちに敵も厨房の中に入ってきたようだ。彼らは入口付近の調理台を壁にして身を潜めている。

「クロエ、マズいよ」

「バールや釘《くぎ》抜きのようなものがあれば、こじ開けられるかもしれない」

「工具箱があった！」

私は指を鳴らしながら言った。

修理中のコンロ台の上に工具箱が置かれていた。あの中に入っているかもしれない。

しかし件《くだん》のコンロは敵が潜んでいる入口に近い。さらに先ほどの爆風で吹き飛んでいるはずだ。調理台やコンロ台、そして冷蔵庫が倒れたり、位置がずれたりで先ほどとは大きく様相が変わっている。

「それに賭けるしかないわね」

工具箱の中身を確認したわけじゃないので、どんな工具が入っているか分からない。

「残りの弾は大丈夫なの」

私は弾倉カートリッジを確認しながら聞いた。

「十発くらいかな」

「私も同じくらい」

「まあ、なんとかなるでしょ」

クロエ、強がりであることがバレバレだよ。

しかしそんな彼女の存在が心強かった。

「クロエ、援護して。私が取ってくるよ」

「だ、大丈夫なの？」

クロエは目を丸くした。

「任せて。じゃあ、頼んだよ」

私は身を屈めながら工具のあった台に近づいた。

前方で男が顔を出してこちらに銃口を向ける。次の瞬間、相手の拳銃が弾《はじ》き飛ばされた。

ナイスショット！

私は心の中でクロエに声をかけた。

さらに閃光とともに銃声が聞こえてくる。私はその隙を突いて一気に工具箱が置いてあったコンロ台まで距離を詰めた。コンロ台は倒れていてすぐ近くの床に工具箱が落ちていた。

それを拾おうとしたとき、銃声とともに工具箱が弾かれた。私は反射的に身を伏せると素早く銃口を前方に向ける。照準と男の額がピタリと一致している。引き金を引くと男は大きく体をのけぞらせながら後ろに倒れた。

クロエの銃撃はまだ続いている。敵は五人以上いるようだ。

私は工具箱を開いて中身を確認した。

「ラッキー」

快哉《かいさい》が口を突いて出た。釘抜きとセットになったハンマーが入っていた。これを使えば扉を開けられる。

それを取り出して戻ろうと思ったそのときだった。

目の前に鉄製のリンゴが転がった。

アップル！

私は無意識のうちにつかみ取っていたM67破片手榴弾を投げ返した。

銃声と同時に痺れるような痛みが私の右肩を捕えた。

その直後に破滅的な衝撃に襲われる。

アップルは私のすぐ近くで爆発したのだ。

またも私の体は宙に浮いてクロエのいる方に吹き飛ばされた。

「エマ！」

クロエの声が遠くに聞こえる。

私は立ち上がろうとしたが、今度は体が動かなかった。右足と左腕が変な方向に曲がったうえに骨が突き出ていた。脇腹には金属製の大きな破片が深々と突き刺さっている。それを引き抜こうにも手に力が入らない。

床にはハンマーが転がっている。

私は拳銃を握った右腕を上げて敵に照準を合わせようとした。しかし右肩に激痛が走る。見ると肩の肉が大きく削られていた。それでも敵のいるであろう方に向けて発砲した。

私は拳銃を床に置いてハンマーを拾うと、力いっぱいクロエのいる方に投げた。着地したそれは床を滑っていった。床に伏せているクロエが手を伸ばしてそれを拾い上げた。

「クロエ、逃げて」

「置いていけるわけないでしょ！」

もはや金切り声になっている。こんなクロエを見たことがない。

「私は無理。せめてクロエだけでも」

私は拳銃を拾い上げると煙の陰に見え隠れする敵に向けて発砲した。彼らも応戦してくる。そのうちの一発が私の右胸を貫いた。肺が破裂するような衝撃とともに呼吸ができなくなった。

「ここは私が食い止めるから！」

それでも私はありったけの声を張り上げた。

「バカなこと言わないでよ！」

クロエの声が濡れていた。彼女の顔は見えないが、脳裏に浮かぶ。

愛《いと》しいクロエの顔が。笑ったり怒ったりとぼけたりしている。

「今すぐ逃げろ！　私の犠牲を無駄にすんな！」

声を振り絞った直後に血を吐いた。

思うように呼吸ができない。肺の中が血液で満たされていく感触があった。視界が徐々に狭まり暗くなっていく。それでも私は人影に向けて発砲を続けた。

まだまだやれる！

そのときクロエのいる方から金属が外れるような音が聞こえた。

よかった……扉が開いたのだ。

敵の銃声がさらに激しくなる。そのうち何発か私の体を貫いたようだがもう痛みを感じなかった。

それでもまだ意識は残っている。

「エマ、ごめん！」

クロエの震える声が聞こえてから間もなく彼女の気配が遠のいた。

明確な殺意をまとった人影がこちらに近づいてくる。

私は彼らに照準を向けて引き金を引いた。しかし手応えがない。

どうやら弾切れのようだ。

「おい、一人逃げ出したぞ」

「逃がすな！」

男たちの声がする。

大丈夫……クロエなら逃げ出せる。

瞼を開いているはずなのに何も見えなかった。痛みも寒さも感じない。

「私、死ぬんだ」

乾いた笑い声が広がった。敵の声だと思ったが、自分が発していることに気づいた。不思議と死ぬことに対する恐怖を感じなかった。むしろやっと死ねるという安堵すら覚えた。

クロエ、生まれ変わったら今度は普通の友達として出会いたいね……。一緒の学校に通って勉強したり、映画を観たり、美味《おい》しいものを食べたり。キスなんてしたら彼女はどんな顔をするだろう。きっと驚くよね。でもニコリと笑ってこう言うに違いない。

「殺すよ」

クロエと過ごす風景が浮かんでくる。

人が死ぬ直前に見る幻想だと分かっているけど、もう少しこの幸せに浸っていたい。

しかしそれはすぐに打ち消された。

銃声。

頭が吹き飛ぶような感触と一緒に、私の意識は電源を切ったテレビ画面のようにプツリと途切れた。

第三章

里美はクシャミを連発させた。

四月に入ると恒例の花粉症に悩まされる。鼻をムズムズさせながらもコンビニのレジで支払いを済ませる。お気に入りのハムサンドとラテ。今日のランチである。

洟《はな》をかみながらオフィスに戻ると見覚えのある男性がソファに腰掛けて油炭と向き合っていた。

「帆足《ほあし》さん、来てたんですね」

「おお、里美ちゃんか。辞めずにまだ続いていると油炭から聞いて感心していたところだ」

帆足英明《ひであき》が片方の口角を気障《きざ》ったらしく上げた。

「ええ、そろそろ昇給の交渉もしたいところなんですけどね」

「本業は司法試験浪人生だってな」

「それは言わないでください」

里美は握り拳を向けた。司法試験のことに触れられると胸がチクリと痛む。当初描いた人生設計では今ごろ年収三千万円の女弁護士としてブイブイ言わせていたはずだ。それがどういうわけかこのザマである。

足りない生活費はパチンコでなんとか補っている。経済的にはタイトロープだ。かと言って高収入男との結婚に逃げようなんて思わない。彼氏も好きな人もいないが大学時代、モテなかったというわけでもない。ただ里美とつき合う男はどういうわけかクズみたいな輩《やから》ばかりだった。そんなわけで男は信用できないし、頼りにもしたくない。

目の前にいる帆足英明は油炭同様顔立ちが整っているが、どこか危険な雰囲気を醸し出している。特に目つきは過去に何人も人を殺したことがあるのではないかと思えてしまうほどに異様なギラつきを放っている。「職業当てクイズ」に出ていたら迷わず「殺し屋」と答えてしまうところだが、警視庁捜査一課の刑事だというのだから驚きだ。この男、ひとつひとつの仕草や口調がいちいち気障なのでところどころでイラッとしてしまう。

「そうそう、仏《フツ》に関する気になる情報があってな」

「なにが『そうそう』だ。今回一番のハイライトじゃないか」

油炭がわずかに身を乗り出した。

「ハイライトは俺の武勇伝だろ。里美ちゃんも聞くか？　大学時代、皇族のお姫さまと

い る。

「……」

里美は即答した。そんなインチキ臭い武勇伝、お金をもらっても聞きたくない。奥のソファに寝そべって読書しているクロエは相変わらず猫のように我関せずを決め込んでいる。

「さっさと教えろ」

油炭は痺《しび》れを切らした様子で促した。

「まず言っておくと仏の野郎の行方は杳《よう》として知れない。お前の方はどうだ」

「いいや、こっちもさっぱりだ」

油炭は肩をすぼめた。

仏は安倍川正樹《あべかわまさき》のネット掲示板上でのハンドルネームである。

安倍川正樹。

無垢《むく》な人々を巧みに誘導して破滅に追いやってきた悪魔のような人間。

「そうか……お前でも難しいか」

「何年かかろうが必ず見つけ出すさ。あいつだけは野放しにしておくわけにはいかない」

油炭の表情に異様な凄味《すごみ》が浮かんで里美は思わず後ずさりしそうになった。

「だな。お前にとって絢香《あやか》さんの弔い合戦だ」

今まで人を小馬鹿にしたような軽い口調だった帆足が神妙になった。

絢香は油炭の実姉である。彼女は数年前に渋谷駅前スクランブル交差点で起きた通り魔殺人事件に巻き込まれて命を落としている。犯人はその場で服毒自殺を遂げている。彼を犯行に奮い立たせたのが仏だと油炭も帆足も考えている。

それも異常なほどに手の込んだ執念深い方法で。

絢香のフィアンセも仏を追っている最中に急峻《きゅうしゅん》な階段から転落して命を落とした。警察は不慮の事故と断定したが、油炭はもちろん里美もそうは考えていない。

里美たちはその仏をギリギリのところまで追いつめた。しかし彼は入院中の病院から姿を消してしまった。あれから油炭は足取りを追っている。

とにかく言えるのは、仏は今まで油炭が相手にしてきた連中とは格が違うということだ。里美自身、仏の差し金で何度か命を落としそうになった。できれば関わりたくない相手である。

「さあ、教えてくれ」

油炭は指招きをした。

「手がかりになるかどうかも怪しいぞ」

「どんな些細《ささい》な情報でも構わない」

「最近、炭疽菌《たんそきん》を培養していたヤツが逮捕された」

「ああ、それなら知ってる。タンス預金だよな」

ソファで読書中のクロエがプッと吹き出している。

里美は舌打ちを鳴らした。

それはともかくそのニュースなら先日観《み》たばかりだ。町田慎哉という油炭と同じくらいの年齢の男性だった。

「タンス預金？　なんのことだ」

帆足が聞かなくてもいいことを聞き返す。

「なんでもない。で、動機はなんだ。バイオテロでも起こそうとしたのか」

「こいつが頑固なヤツで絶対に口を開こうとしない。今も黙秘を続けている」

「俺に任せてくれれば洗いざらい吐かせるけどな」

「そうしたいところだが、警察は真面目なおじさんたちの集まりでね。お前がやるようなことはできないんだ。それはともかく、もう一人、別件で新井弘隆《あらいひろたか》という男を逮捕した。こちらは爆発物製造の容疑だ」

「爆発物ってなんだ」

「爆弾だよ。ダークウェブから材料を大量に購入してやがった。マヌケにも爆破実験をしているところを通報されてお縄になったというわけだ」

「今度は爆弾テロか」

「こちらは趣味でやってましたの一点張りだ」

「さすがに信じてないだろ」

「当然だ。町田慎哉と新井弘隆。この二人には二つの共通点があった。まずは同じ年の生まれ。そしてもう一つは慶特中学の教育実習生の経歴があるということだ」

「慶特だと！」

油炭はソファから立ち上がった。

「慶特中学って仏も実習生でしたよね」

帆足は「ああ」と頷《うなず》いた。慶特中学はエリート養成学校と呼ばれている超がつく難関校だ。

「かつて仏が受け持ったクラスの生徒たちがおかしくなって殺傷沙汰になった。俺はあれもヤツが仕込んだものだと確信してる」

油炭が感情を押し殺すような声で言った。その声のわずかな震えに畏怖めいたものすら感じられた。

成績不振だった生徒が優等生のクラスメートを殺傷したという痛ましい事件。当時、実習生だった仏は無垢な生徒たちを成績で分断させ、劣る者たちに筆舌に尽くしがたいコンプレックスと優等生に対する憎悪を植え付けた。三年にわたる学校生活の中でそれらが肥大してやがて爆発したというわけだ。

「そして二人とも出身大学は違うが仏と同期の実習生だ。つまり当時、仏と実習を通じて顔を合わせていたということになる」

「二人はその後も仏と連絡を取り合っていたのか」

「今のところそれは不明だ」

仏は異常な警戒心の持ち主である。連絡を取り合っていたとしてもその痕跡は残さないだろう。だからこそ今まで悪行の数々が発覚してこなかったのだ。

「正直、警察は仏なんてマークしていない」

「無能どもめ。税金の無駄遣いもいいところだ」

「俺としては耳が痛いところだが、無理もない。一連の仏の手口を説明したところでその内容はあまりに荒唐無稽だ。上司は聞く耳を持たん」

「そりゃそうだろうな……」

油炭の顔に失望の色が浮かんだ。

たしかに仏の手口は実現性や再現性が高いとはいえないものばかりだ。司法試験浪人の里美から見ても起訴はおろか、立件も難しいだろう。そしてそれこそが仏の最大の武器といえる。偶然屋以上に偶然を演出しているのだ。

ここまでくると人間の仕業とは思えない。

仏は正真正銘の悪魔なのかもしれない。端整な美しい顔立ちの悪魔。あの端整なルックスと甘い声に多くの人たちが魅了されて、そして破滅していった。

「帆足、とりあえず感謝する。ヤツの足取りを追うのは雲を摑《つか》むような話だが、先方に接触しうるヒントになるかもしれない」

「俺の方も動いてみるが警察には期待しないでくれ」

帆足は申し訳なさそうに言った。

「お前が信じてくれているだけで充分だ。引き続きよろしく頼む」

「さて、そろそろ戻らないとな」

帆足はソファから立ち上がった。

「里美ちゃん、あいつをしっかりとサポートしてやってくれ。なに、そのうち給料もあげてくれるさ」

彼は里美の肩をポンと叩《たた》いた。

これってセクハラなんですけど。

「帆足、余計なことは言わなくていい」

「全然、余計じゃないですよ！」

里美が訴え終わらないうちに帆足はオフィスを出て行った。

「とりあえず容疑者二人のことを調べてみよう。水氷くん、よろしく頼むよ」

「はい、はい」

仏に関してはもともと里美の案件のアフターだ。思えば仏と関わることになったきっかけは、オフィス油炭の採用テストだった。場所はプラネット錦糸町店。あの一件の裏に仏が暗躍していたなんて夢にも思わなかった。とはいえ手がけてしまった以上、最後までやり遂げる責任がある。

責任感と正義感だけは人一倍強い。だからこそ弁護士が天職だと思うのだが、世間はそれを許してくれない。

とりあえず里美は自分のデスクについてパソコンに向き合った。

「おや、クロエ。今日はもう帰るのか」

「キャンプの説明会があるから」

「キャンプだと。お前が？」

「悪い？」

「いや、別に全然悪くないがお前にしては健全すぎる」

里美も同感だ。

「なんだか特別なキャンプなんだって」

「どう特別なんだよ」

「よく分からないんだけど、ジーニアス・オデッセイとかいう文部科学省主導のプロジェクトらしくてそれに参加することになった」

「ああ、聞いたことがある。知能やスポーツや特技など卓越した能力を持った子供たちを全国から集めて特別学習させる国家主導のプロジェクトだろ。お前、選ばれたんだな。すごいじゃないか」

「別にそうでもないよ。面倒臭いし」

クロエは相変わらず退屈そうに答える。

「嫌なら断ればいいだろ」

「パパがうるさいんだよ」

クロエの父親は高級官僚だと言っていた。彼女は家族の話をしたがらないので詳細は知らない。

「そのキャンプっていつなんだ」

「五月二十一日から三日間」

今日は四月十日だからまだ一ヶ月以上先だ。

クロエは帰り支度を終えるとそのままオフィスを出て行った。

「クロエちゃんってそんなにすごいんですか」

ジーニアス・オデッセイ・プロジェクトについては里美もネットの記事で読んだことがある。国が主導するいわゆる異能養成プロジェクトだ。そうやって将来のエリートを

あれ」
「あいつの身体能力は普通じゃないだろ。それでいて知能指数も高い。チェストの上の
　油炭は里美の近くに設置されているチェストを指した。その上には複雑な形状をした
金属体が置いてある。里美はそれを手に取った。
「これはパズルですね」
　複雑な形状のそれは二つに分離している。一種の知恵の輪のようなものだ。パーツを
組み合わせてから外してみようと動かしてみるがまるで外せる気配がない。
「それは難易度スーパーウルトラ級のパズルだ。俺は半年かけても外せなかった。それ
をクロエに渡したら五分もかからなかった。驚いたよ」
　油炭は大げさに肩をすぼめた。
「それはすごい。天才ですね」
「ああ、こんなところに置いておくにはもったいない人材だ。彼女みたいな子供が将来
の日本を引っぱっていくんだな」
「いやあ、それはどうかなあ。いくらなんでも性格に難ありすぎでしょ」
「それは否定しないが」
　二人は声を上げて笑った。

いつもクロエに言い負かされている身としては、わずかながらに溜飲《りゅういん》が下がった気がした。


三日後。

里美は午前中に仕上げた報告書を油炭に提出した。ソファに腰掛けた彼はしばらくそれを読み込んだ。

「なるほど、慶特中学の実習生は四人一組の班を作って教育論をディスカッションしているんだな」

「そうなんです。逮捕された町田慎哉と新井弘隆は宇田川《うだがわ》正樹と同じ班だった。思いきり接点がありますよ」

帆足もそこまでは把握していなかったようだ。ちなみに三人とも教師の道には進んでいない。

「宇田川正樹……仏か」

油炭の表情がわずかに険しくなった。

仏は人生において何度か名字が変わっている。彼は静岡県浜松市で幼少期を過ごし、そのときは福家《ふくいえ》姓だった。彼の実の両親は不明で養護施設から福家夫妻に引き取られた。中学卒業と同時に父親の仕事の関係で東京に引越し、名門である慶特高校、そして慶特大学へと進学。大学二年のときに交通事故で両親を亡くしており、遠縁にあたる宇田川夫妻と養子縁組を組んで彼らの姓を名乗るようになった。慶特中学の実習生だったのは大学四年のときだ。

その後、養父母の死亡により再び福家の姓を名乗るが、安倍川家具の令嬢と結婚して彼女の姓となった。彼の妻となった女性も事故死している。それによって大きな遺産を受け継ぐこととなった。養父母にしろ、資産家の娘である妻にしろ、死因に不審は認められていないとされているが、額面通りに受け取ることはできない。

それはともかく実習生時代は宇田川姓である。彼と町田が同じ慶特大学、新井は里美と同じ早稲田大学出身である。

「もう一人、砂見和真《すなみかずま》という人物が同じ班のメンバーになっています」

砂見は東明大学教育学部を卒業している。

「こいつも教師にはならずサラリーマンか」

砂見はコネクトアビリティという企業に勤務している。教育関連事業を手広く手がけている企業で株式も公開していた。資本金十二億円、従業員数千三百人。教育関連業界ではそれなりに名の通った会社である。

「この砂見も仏に通じてる可能性がありますね」

「ああ、プンプン臭うな」

油炭は鼻翼をヒクヒクさせた。

「今のところ警察沙汰にはなってないようです」

「よし、砂見の動向を探ろう。上手《うま》くいけば仏に行き着くかもしれない」

「方法はどうしましょう」

「一番手っ取り早いのは会社に潜り込むことだな。というわけで任せた」

油炭の口調は「コンビニでジュースを買ってきてくれ」みたいなノリだった。

「はい？」

「だからコネクトアビリティに潜入するんだよ」

「そ、そんな007みたいなことはできませんよ」

里美は首をフルフルと振った。油炭は時々、無茶振りをしてくる。

「いやいや、泥棒みたいなマネをしろと言っているわけじゃない。ほら、これを見ろ。求人募集をしてるだろ」

彼は手にしていたスマートフォンの画面を向けた。そこにはコネクトアビリティのサイトが表示されている。そして短期のアルバイトを募っていた。内容はいくつかのプロジェクトの補助らしい。雑用要員といったところだろう。時給もあまりいいとは言えない。

「本格的なスパイですね」

「ワクワクするだろ」

「ええ、まあ……」

ワクワクもドキドキもしないが、ターゲットのことを知るには会社にスタッフとして紛れ込むことが一番手っ取り早い。

「色仕掛けを使ってもいいぞ」

「そういうことはしません」

「まっ、そういうタイプじゃないな」

「スーパーセクハラですよ」

この雇い主にはしばしばイラッとさせられる。

里美はサイトを通じて先方にメールを送った。それから二時間ほどしてから折り返しメールが届いた。二日後に面接をしたいという内容だ。

「まずは面接をクリアしないとな」

「が、頑張ります……」

さんざん面接を落とされてきたことがトラウマになっている。里美のトーンは油炭の表情を曇らせるほどに落ちていた。

「バイトさん、これらのコピーそれぞれ五十部、大至急お願い」

スーツ姿の男性が里美のデスクにファイルをどさりと置いた。名前は知らないがまだあどけない顔立ちからして里美より年下だろう。身長も里美と同じくらいで男性としては少し低めだ。おそらく入社して一年目か二年目と思われる。

ここはJR有楽町駅にほど近いオフィス街にあるインテリジェンスビルの十五階。コネクトアビリティのオフィスだ。

懸念していた面接はすんなりとクリアすることができた。本命じゃないとどうしてこうも簡単にいくのだろう。思えば学生時代、里美に声をかけてくるのは本命じゃない異性ばかりだった。

司法試験浪人生という肩書きから法務に強いだろうと思われたようだ。たしかにまったくの素人よりは把握しているつもりだが、弁護士の資格があるとないとではまるで別世界であることを思い知らされる。浪人生の里美は時給千円にも満たない職場で、年下の新入社員にコピー取りを押しつけられる。

どうして早稲田大卒のエリートで勉強家だった私がこんなことしなくちゃならないの

よ。

「こういうの不満?」

彼は少し心配そうに里美を見つめている。コピーを押しつけたことに後ろめたさはあるが悪気はないようだ。

「全然大丈夫ですよ」

里美は笑顔を取り繕うとファイルを抱えて立ち上がる。心の中で「ファック!」と毒づくことを忘れない。

私はスパイ。そう、スパイとしてここに潜入しているのよ。あなたのような給与労働者とは違うの。

そう考えると少しだけ気持ちを立て直すことができた。

「河原《かわはら》です、よろしく」

河原は申し訳なさそうにペコリと頭を下げた。よく見ると入学したばかりの高校生でも通りそうな童顔で、なかなか可愛《かわい》らしい顔立ちをしている。

「水氷です」

里美が会釈を返すと河原は安堵《あんど》したように破顔した。どこか憎めない弟を思わせるキャラクター。年配の女性社員に人気がありそうだ。

「水氷さんはここに来てどのくらいなの。あまり見かけないけど」

「一昨日《おととい》、入ったばかりです」

初出勤は面接を受けてから八日後だった。採用の連絡が来たとき、ガッツポーズを取ったのは油炭だった。とりあえずミッションの第一段階はクリアだ。

そして今回のメインミッションは砂見和真という人物を探って、仏と接点がないか調べることである。

はやくアクションを起こしたいところだが、まずは会社になじむことが先決だ。

この二日で何人かの従業員たちと話をしたがまだ砂見の姿を確認していない。

露骨に聞き回ると訝《いぶか》られてしまうし、そのことが仏のアンテナに引っかかろうものならこちらが返り討ちに遭いかねない。

仏は異常な警戒心の持ち主だ。自身のことを探ろうとしたり接触しようとする者の気配がわずかでもあれば看過しない。

相手が相手だけに慎重に行動する必要がある。

とはいえそろそろ行動を起こしたいところでもある。いつまでもこの会社に留《とど》まるつもりもない。

そもそもここの業務は退屈だしさっぱり面白くない。二日で飽きてしまった。もともと雑用は向いていないし、人に使われるより顎で使う立場になりたい。

「水氷さんは出身はどこなの」

「静岡市です」

「マジですか！　僕は三島だよ」

河原は嬉《うれ》しそうに目を輝かせた。

「だったら同じ静岡県人ね」

たしかに同じ出身県の人と出会うとそうでない人よりシンパシーを感じる。特に東京に住んでいるとそういうことが多い。そういえば担当した面接官も静岡県出身だと言っていた。もしかしたら今回の採用はそのことが少なからず影響していたのかもしれない。

「大学は？」

「早稲田だけど……」

「すごいじゃないですか」

河原は大げさに目を見開いた。

「学歴なんて意味ないわ。今ではバイトで底辺生活よ。あなたは正社員でしょ」

「僕なんて大学の先輩のコネだよ。先輩、人事部なんだよね」

彼は声を潜めた。里美の大学時代の友人にも先輩のコネで就職できた者は少なくない。やはり体育会系に所属していると有利なようだ。

「河原さんはどちらの大学なの」

「東明大学だよ」

「東明⁉」

今度は里美が大きく目を開く番だった。

「そんなに驚くことかな」

「い、いや、知り合いの知り合いが東明大学出身でここの社員だと聞いたから」

慌てた里美は咄嗟《とっさ》にでっち上げてごまかした。

「そうなんだ」

河原は疑う様子もなくつぶらな両目をパチクリとさせた。こんな仕草も可愛らしい。

東明大学は偏差値的には中の上、中堅ランクといったところだ。

そして東明大学の名前に反応したのは理由がある。

砂見和真も東明大学出身なのだ。

ラッキー！

里美は心の中で快哉《かいさい》を叫んだ。

「この会社は東明大学出身者が多いのかな」

「そうでもない。僕を入れて……四人かな」

河原は指折り数えながら答えた。

「私にもそのコネを持つ先輩を紹介してほしいわ」

「正社員希望なの」

「そりゃそうですよぉ。バイトなんてボーナスも福利厚生もありませんからね」

里美は懇願するように胸の前で手を組み合わせた。

「桑田《くわた》さんっていう人なんだけど、話を通しておこうか」

里美は思わず出そうになった舌打ちを呑み込んだ。

砂見ではないのか。

「急がなくてもいいですよ。もう少しここの仕事に慣れてからにしたいので」

「そっか、そうだよね」

河原はおっとりとした口調で言った。きっと水玉のネクタイも母親が選んだものに違いない。

「他のお二人はどんな方たちなの？」

「斎藤さんは専務でかなり年配の人。まだ一度も会ったことがないや。もう一人は砂見さん。なんかのプロジェクトリーダーをやっている人だよ。二、三度飲みに連れてってもらったことがある」

ビンゴ。ここにきてやっと砂見の名前が出てきた。

「あれ？　もしかしたら知り合いの知り合いって砂見さんって名前だったかも」

「そうなんだ。もしよかったら砂見さんと桑田さんを誘って四人で飲み会開こうか」

「ぜひぜひ！　すごく楽しみです」

それよ、それを待っていたの。

「そのとき桑田さんに水氷さんのことをアピールするよ」

「い、いや、まだそれは……そのための飲み会みたいで失礼でしょう。河原さんの印象も下がると思うわ」

「水氷さんは気遣いができる人なんだね」

河原は感心した目で里美を見た。

「そんなことないですけど」

「それじゃあ、さっそく桑田さんと砂見さんには連絡する。いつなら空いてる？」

「いつでも空いてます！」

「オッケー。じゃあ悪いけどコピーお願いします」

「了解です」

河原はスマートフォンを取り出しながら里美から離れていった。さっそく桑田に連絡を取っているようだ。

「よっしゃあ！」

里美は小さくガッツポーズを取った。

こんな順調に砂見に接触できるとは思わなかった。

どうやら今回のミッションは僥倖《ぎょうこう》に恵まれているようだ。

その時、スマホの着信音が鳴った。画面をチェックすると油炭からのメッセージだ。開いてみると一言だけ表示された。

『油断するな』

そうそう、相手はあの仏だ。

どこに彼のアンテナが潜んでいるか分からない。

里美は再び気持ちを引き締めて五十部のコピーにのぞんだ。

飲み会は三日後に開催された。

場所はJR新橋駅近くのスペイン料理が美味《おい》しいと評判の店だ。仕事を終えて現地に到着したのが午後六時半。

ちなみに飲み会の会費を油炭は珍しく認めてくれた。とはいえ経費になるのは当たり前のことなのだが。

河原の名前で予約してあるというので店員に告げると、個室に案内された。そこには河原ともう一人男性が着席していた。

「水氷さん、紹介するよ。こちらが人事部の桑田さん」

「初めまして。バイトの水氷です」

　里美は会釈をしながら席に着いた。桑田は油炭と同年代だろう。短髪で肌つやが良い、スポーツマンを思わせるさっぱりとした顔立ちをしている。笑顔がチャーミングだ。

「河原くんから話は聞いているよ。早稲田卒なんだってね。優秀じゃないか」

「いえいえ、もうホントに全然」

　学歴の話をされると胸がチクリと痛む。

「高学歴なのにこれかよ」と言われているようで辛《つら》い。実際、桑田の表情と口調からそういうニュアンスが感じ取られた。

　それから互いの自己紹介と身の上話が始まった。どうやら桑田は里美が正社員としてふさわしいかどうか見極めようとしているようだ。

　こんなときくらい仕事から離れたいよ、と思わないでもない。

　そもそもこの会社に勤めるつもりなんてさらさらない。

　なぜなら私はスパイだから。

　運ばれてきた料理は評判になっているだけあっていずれも美味だった。特に魚介がふんだんに使われたパエリアは絶品だ。ワインが進みそうだが、こんなところで酔っ払うわけにはいかない。

　しかし肝心のターゲットが姿を見せない。

「砂見さん、おっそいなあ」

河原が腰を浮かせて店の出入口を覗《のぞ》き見ながら言った。

「GOPのリーダーだから忙しいんだろう」

「砂見さん、GOPなんですね」

河原が椅子に腰を戻した。

「GOPってなんですか」

「ジーニアス・オデッセイ・プロジェクトを略してGOP」

「ジーニアス・オデッセイ……」

最近その名前を聞いたばかりだと思ったが数秒後に思い出した。クロエが参加するという知能やスポーツや芸術などに秀でた能力の持ち主である子供たちを養成する文科省主導のプロジェクトだ。子供たちは全国から厳正に選抜されるという。

「知ってる?」

桑田が里美に顔を近づけた。

「ええ、知り合いの……知り合いの知り合いの女子中学生がそのメンバーらしいんですよ」

ここで身内の名前を出さない方がいいだろう。そこから里美の素性を突き止められてしまう可能性がゼロではない。

「GOPに選抜されるんだから相当にすごい能力の持ち主なんだろう」

「性格は最悪ですけどね」

「会ったことあるの」

「いえいえ、本当に知り合いの知り合いの知り合いというだけで面識はありません」

たしかにクロエの身体能力は卓越したものがある。格闘になったら一般的な成人男性であればとてもかなわないだろう。そこらへんのチンピラや不良グループなら彼女一人で殲滅《せんめつ》してしまう。

さらに格闘技だけでなく周囲の気配にも敏感だし、自らの気配を消してしまうことにも長《た》けている。いつも気づけば事務所のソファで寝そべりながら読書しているが、いつからそこにいたのか分からないのだ。まるで忍者である。

あの技量はどこで身につけたのだろう。

身体能力だけでなく、知能も高いと油炭が言っていた。なんでも成績は学年上位らしい。彼女の通う聖グノーシス学園の偏差値は相当に高い。あの学校で上位であれば東大も夢ではない。それでいて勉強をしている姿を見たことがない。

やはりGOPに選ばれるだけの天才なのだろう。

そこへもって可愛らしいルックスの持ち主でありなおかつお嬢様だ。

恵まれすぎにもほどがある。

もっともあの口の悪さでそれら長所のすべてが帳消しだが。

「GOPはうちにとっても最重要案件だ。なんたって文科省主導の国家的プロジェクトだからね。それだけに大きな資金が動くことになる。失敗は許されない」

「そんなにすごいプロジェクトなんですか」

GOPについてはネットのニュース記事で読んだくらいで詳細までは知らない。

「ああ。これからの日本を支えていくのは次の世代の子供たちだ。早いうちから優秀な人間を見出《みいだ》してリーダーとして育成する。リーダーがダメだとつぶれてしまうのは国も会社も一緒さ」

「会社の場合、それを見出すのが人事部というわけですね」

河原が言うと桑田はまんざらでもなさそうに頷いた。

「実際にはどんなプロジェクトなんでしょうか」

「まだスタートしたばかりのプロジェクトさ。とりあえず優秀な子供たちを集めて集団行動をさせるところから始めるようだ。互いに刺激を与え合って、競争意識を高めるのが狙いだそうだ。そして自身がリーダーであるという自覚を持たせる。ここだけの話、それらの働きかけがエリート意識の肥大につながらないか、個人的には懐疑的だ。だいたいが特権意識の塊みたいな役人連中が主導だからね」

桑田は指でつまんだワイングラスを揺らしながら言った。ほんのりと顔が赤くなっている。

クロエがGOPのキャンプに参加すると言っていたことを思い出す。たしか五月二十一日だ。今日は四月二十八日だからもう一ヶ月を切っている。

「でもそんな重要な案件のリーダーを任されている砂見さんってすごく優秀なんですね」

「あの人は優秀だよ」

答えたのは河原だった。桑田も「たしかに優秀だ」と同意した。

「どう優秀なんですか」

「仕事ができるだけじゃない。なんていうかこう……日本の将来を本気で案じているというか。自分の業績のためじゃなく、日本の未来を見据えた仕事をしている。なにかと熱いヤツだよ」

どうやら桑田も砂見という人物には一目置いているらしい。

突然、河原がポケットからスマホを取り出して画面を見た。

「あっ、メールが来ました。やっぱり仕事で遅れていたみたいです。でも会社を出たからあと五分で到着するって書いてあります」

それからきっちり五分後に男性が里美たちのテーブルに近づいてきた。

「遅れてすまん」

「先に始めてたぞ」

桑田が手を振ると男性は「おう」と応じた。そして薄手のベージュのジャケットを脱いでハンガーに掛けると里美の隣の席に腰掛けた。

「こちら水氷さんです」

すかさず河原が紹介したので「ども、水氷里美です」と頭を下げた。

「砂見です」

砂見はおしぼりで手を拭きながらほんのりと微笑《ほほえ》んだ。

彼の鋭利な視線は里美を捉えていた。

あ、結構好みかも……。

シャープでクールな顔立ちながら二十代男性の青臭さが抜けて、大人の色気を醸し出している。

鍛えているのか、しなやかな体つきがシャツの上からも分かる。

おっと、いかんいかん。

いくら好みでも見とれている場合ではない。相手は仏と通じている危険人物かもしれないのだ。

互いに自己紹介をしているうちに注文した砂見のワインが届いた。

四人はあらためて乾杯した。

「どうだ、相変わらず忙しいのか」

「ああ、キャンプが近いからな」

砂見はグラスから口を離しながら答えた。

「キャンプってGOPですよね。私の知り合いの知り合いの知り合いが参加するって言ってました」

「知り合い？」

砂見が里美を見て目を細めた。

「いや、知り合いの知り合いの知り合いです。互いに面識はないんですけど参加すると人づてに聞きました」

砂見との接点をアピールして会話の糸口を探る。彼の素性やプライベートに話題を持ち込みたい。その中に仏が輪郭を現わすかもしれないのだ。

「そうか。GOPに選抜されたんだから、きっと優秀な子なんだろうね」

「さあ、どうなんですかね。会ったことがないので分かりませんけど学業優秀で運動神経も抜群らしいですよ。ところで本人の人格は評価の対象にならないんですか」

クロエの性格はどう考えてもリーダーに不向きだ。

「そこまでは知らないなあ」

「選抜は砂見さんたちがするんじゃないんですか」

砂見は首を横に振った。

「そういうことは文科省連中の仕事だ。俺たちは主に彼らのサポートだよ。といっても面倒な雑務はすべてこちらに丸投げしてくるけどね」

「いかにもお役人らしいですね」

「ところでキャンプの詳細はどうなってる？　GOPは俺としても興味深い」

桑田がさらに顔を赤くして砂見に尋ねた。

「GOPについてはなるべく外部に情報が漏れないようにしている」

「どうして？」

「文科省の役人さんたちのご意向さ。GOPのことを選民だとか優生思想だとか、なにかとうるさい連中が騒ぐんだよ」

「なるほど。なんでも平等にしないと気が済まない人間がいるからな」

桑田が納得したように頷いた。

「でも、やっぱり興味ありますよねぇ。エリートたちのキャンプって」

「あります、あります」

河原に里美も同調する。

すかさず桑田は砂見のグラスにワインを注《つ》いだ。

「伊豆方面の離島に子供たちを集めて集団行動をさせる。さまざまな能力に秀でた同年代たちとの出会いで、彼らもおのおのに刺激を受けるだろう。三日間だけ親元を離れて、スマホやケータイの電波が届かないところで生活してもらうというプロジェクトだ。島には何度も下見に行っている」

「子供たちを何人くらい集めるんだ」

「中学生から高校生まで五十人ほどだ。文科省の連中は子供たちのことをサンプルと呼んでいるけどね。それはともかく、なるべく彼らだけの力で過ごしてもらいたいから大人のスタッフも最小限にするつもりだ。文科省の人間とドクター、そしてうちからも数人」

「その子供たちの中に将来の総理大臣がいるかもしれないんですね」

「それだけじゃない。将来のアインシュタインやピカソやスティーブ・ジョブズなんかも出てくるかもしれない。人間の能力は十代でほぼ確定するというデータがある。凡人にいくら金をかけて育成しても凡人にしかならない。彼らの努力や情熱では超えられない能力の持ち主たちが集まってくるというわけさ。今後はいろんなイベントを通してエリートを育成していくプランの一環らしい」

「日本の未来はお前の両肩にかかっているというわけだ」

「そんなことはない。日本の将来を担っていくのはあくまでも子供たちさ。僕は裏方に過ぎない」

そう言う砂見の瞳がどこか淋《さび》しそうに見えた。

それから四人はいろんな話題で盛り上がった。里美も酔っ払ったこともあってついつい大学生時代の恋バナを漏らしてしまった。

店を出てから帰りの地下鉄が違う河原と桑田と別れた。

幸運にも途中まで砂見とは路線が同じだった。

駅まで歩いて十分ほどかかる。二人は肩を並べて歩いた。

ビルに切り取られた空を見上げると無数の星が瞬いていた。ワインで火照った頰に当たる風も涼しくて心地よい。

「砂見さんの話を聞いて、GOPってすごい仕事だなあって思いました」

「うん、やりがいのある仕事だと思う。リーダーに選んでもらって会社には感謝してる」

「どうして教師にならなかったんですか」

砂見は教員志望だったと先ほど話していた。

「教育実習で自分は教師になるべきじゃないと悟ったんだ」

ビンゴ！

このタイミングで教育実習の話が出てくるなんて。

彼は仏と同期で慶特中学の実習生だった。

ここからは慎重に話を進める必要がある。

「教育実習でなにかあったんですか」

里美はやる気持ちを抑えて自然な口調で尋ねた。

「実習先は慶特中学でね」

「めっちゃ名門校じゃないですか」

「だからこそエリート意識が高い。彼らにとって競争に勝つことがすべてだった。どうしてそこまでして競争に勝とうとするのか。何人かの生徒に聞いてみたんだ」

「どう答えたんですか」

「特権を得られるからだと」

砂見はため息交じりに答えた。

「うわぁ、マジかぁ」

予想していた回答だがあらためて聞かされると呆《あき》れてしまう。

「彼らにとってのエリート意識とは他人や社会を幸せにするものではなくて、自分自身のためだけにある。勝つことができれば友人が傷ついてもかまわない。そうして得た特権で自分だけが幸せになりたいと思ってる」

砂見は残念そうに語った。

「慶特中学といえば前に集団暴行事件がありましたよね。クラスメートの一人が刺されて亡くなったとか」

砂見の表情がにわかに曇った。

「僕たちが実習をした年の二年後に起きた事件だ。あれも学力格差と行き過ぎた競争意識が生み出した悲劇だよ。まさかあんなことが実習先で起きるとは夢にも思わなかった」

「名門校とはいえ教育方針に問題があったわけですね。別に砂見さんが悪いわけじゃないですよ」

里美は慰め口調で言った。

この事件のことは里美も大いに把握している。

事件を起こしたクラスはその学年の成績優秀者を集めた、いわゆる特進クラスでエリート意識がひときわ高い生徒たちの集まりである。在学中の三年間、成績不振の数名が他のクラスの成績上位者と入れ替わるくらいでメンバーはほぼ固定されている。その成績下位者の一部が、上位者に対して暴行事件を起こしたことで一名の死亡者が出た。成績上位者であるクラスメートにずっと虐《しいた》げられ、溜《た》まりに溜まっていた鬱憤が爆発したことで引き起こされたと、事件当時のニュースで大きく取り上げられていた。

そして彼らが一年生の時に教育実習を担当したのが仏だ。

油炭は彼が裏で糸を引いて事件を誘発させたと確信している。

「あの事件も強者が弱者を虐げて踏みにじることを良しとする考えの結果だと思う。そして日本の教育はその考え方をずっと助長してきた」

砂見は仏の関与を疑っていないようだ。

「なんともやり切れない事件ですよね」

里美は無難にコメントした。

「こんな思想の連中がリーダーになったら日本はダメになる。しかし学校はあくまでライバルに勝つことを主体とする教育方針なんだ。成績を上げて有名な高校大学の合格者を増やす。教育現場の大人たちはそれしか頭にない」

「無理もないですよ。学校もなんだかんだいって営利企業ですから。経営が重要です」

学校も予備校と大して変わらない。

「だから教師になってもなにも変えられない」

「それで今の会社を選んだんですね」

里美の言葉に砂見の瞳がキラリと光った。

「ああ。学校現場とは違ったアプローチで子供たちの意識を変えることができるんじゃないかと思ったんだ」

「それがGOPなんですね」

すかさず先読みする。

「単にエリート意識を培うんじゃなくて、日本のためになるような人材を育成する力になればいいなと思ってる」

「素晴らしい！　素晴らしいわ」

里美は砂見の言葉に心底感動した。

「問題は文科省の連中だ。彼らもなんだかんだ言って官僚だからね。競争に打ち勝ってきた人間たちだ。いろいろと話をしてきたが、やはり保身が強くて自分たちのことしか考えてないところがある。子供たちには彼らのようになってほしくない。思い切った手段が必要だと思う」

「思い切った手段？」

「今まで通りではダメということさ」

「砂見さん！」

里美が声をかけると砂見が向き直った。

「どうしたの？」

「バイトの身でこんなこと言うのもなんですけど、私、砂見さんの仕事のお手伝いがしたいです！」

里美を見つめる砂見の目が丸くなった。

「そういえば君、法務にも詳しいんだったよな」

「え、ええ、こう見えても司法試験浪人……だったんで」

司法試験はもうとっくに諦めているが。

「ちょうど法務に明るいスタッフを探していたところだったんだ。クリアしなくちゃならない難しい問題がいろいろあってね」

「本当ですかっ！」

「もしよかったら手伝ってくれると助かるんだが」

「やる気マンマンです！」

少し酔った勢いもあって声高に答えると砂見はクスッと笑った。笑顔もなかなかにチャーミングだ。

「じゃあ、僕の方から桑田に話を通しておくよ。君もいろいろあるだろうから来週から頼む」

「ありがとうございます！」

里美は砂見の手を取って頭を下げた。

里美はコーヒーメーカー前に立ってコーヒーを淹《い》れながらそっと斜め後ろに視線を向けた。コーヒーメーカーが設置されているコーナーのすぐ近くに砂見のデスクがある。

砂見はパソコン画面と向き合っており里美の存在に気づいていないようだ。今は昼休みなのでスタッフたちはそれぞれが思い思いに過ごしている。

そのとき人影が近づいてきた。里美はすかさず視線をコーヒーに戻す。

「水氷さんはブラック派なんだね」

人影は河原だった。

「え、ええ、そうなの」

「僕はカフェオレとかカフェラテとかミルクたっぷりが好きだね」

「へぇ、そうなんだ」

里美は意図的に無関心な口調で答えた。しかし河原はヘラヘラとした笑みを振りまいている。

砂見率いるGOPの部署に配属されて一週間が経《た》っていた。

そろそろ職場の雰囲気にも慣れてきた頃だ。

業務は法務関連が多かった。司法試験の勉強で身につけた知識がここでは大いに役に立っている。

それだけに砂見や他のスタッフたちにも頼りにされているようだ。

弁護士の資格を持っているわけではないのでやれることは限られているとはいえ、このプロジェクトは法務的手続きがなにかと煩雑だ。完全な素人だとなにかと苦労するだろう。

しかしそれらの業務が里美の本分ではない。頼りにされるのはいいが、さまざまな雑務が回ってくるので忙しくて、肝心の砂見に関する調査がままならなくなっている。

今のところ、砂見と仏の接点はつかんでいない。

「それはともかく水氷さんと一緒に仕事ができるなんて嬉しいよ」

「私も河原さんがいて驚きましたよ」

「僕もだよ。まさか君がここに配属されていたなんてさ」

里美は心の中で「嘘《うそ》つけ」と毒づいた。

あのあと桑田から聞いた話だが、里美がGOP部に配属されると聞きつけた河原は、桑田に頼み込んで当部署に異動させてもらったようだ。桑田は「河原は君にお熱みたいだぞ」と忠告してくれた。

河原はなんやかんやと理由をつけては里美にまとわりついてくる。

露骨に誘ってくるようなことはしないが、かなり鬱陶しい。

しかし今後なにかと便利に利用できる人材かもしれないので無下にはしない方がいいだろう。

コーヒーカップに口をつけながら砂見のデスクに視線を移すと、彼の姿がなくなっていた。いつの間にか席を離れたようだ。河原に気をとられて砂見の離席に気づかなかった。

里美は飛び出しそうになった舌打ちを止めた。砂見のパソコンの画面が表示されたまだ。

仏に関する情報が見出せるかもしれない。

「砂見さん、相変わらずこういうの好きなんだ」

デスクに近づこうとするよりも先に、河原がモニタを覗き込んでいる。里美は彼のこういうことができる図々《ずうずう》しさを羨ましく思った。

とりあえず遠目に画面を眺めてみた。

画面にはライフルを手にした迷彩服姿の人物が複数映っている。全員がゴーグルを着用している。

「これってサバゲー?」

「水氷さんも興味あるの」

「そうじゃないけど、こういう遊びがあることくらいは知ってるわ」

サバゲー、いわゆるサバイバルゲーム。

敵味方に分かれてお互いに銃で撃ち合い勝敗を競うゲームである。銃はエアソフトガンだが、迷彩服や軍用ブーツなど装備は本格的である。

そういえば警視庁の帆足も以前、愛好家だったと聞いたことがある。

砂見のパソコンに表示されているのは「デンジャーフォレスト」というタイトルのサイトである。

里美はさらに近づいて内容を確認してみた。デンジャーフォレストはレジャー会社が運営するサバゲー専用の屋外フィールドである。住所は神奈川県厚木市とある。

「へぇ、結構広いんだ」

サイトには現地の写真がサムネイル状に表示されていた。河原は勝手にマウスを操作してそれらを表示させている。非常識だとは思ったが、本来里美がしようとしていたことを彼が代行してくれているわけで良しとした。

デンジャーフォレストはフォレストというだけあってちょっとした森林となっており、プレイヤーたちは木々や岩陰に身を隠しながら敵を狙っている。

「あ、この人！」

河原は画像の一つを拡大させた。そこには銃を構えた迷彩服姿の男性が写っている。

「砂見さん……ですね」

ゴーグルをはめていないのでその人物が砂見だと分かった。彼は楽しそうな笑みを浮かべながらカメラに向いている。

「うちの大学は射撃競技の強豪校なんだよ」

「砂見さんは射撃部のＯＢなのね」

そこまでは調査していなかった。油炭に嫌味を言われそうだ。

「なんでも国体レベルだったんだって。桑田さんが言ってた」

「そうだったんだ……」

砂見のときどき覗かせる射抜くような目つきは射撃競技の名残なのかもしれない。

「やあ、お二人さん、仕事には慣れたかな」

突然、デスクに戻ってきた砂見が里美たちに声をかけて来た。思わず里美はデスクから離れた。

「水氷さんと、サバゲー面白そうだよねって話をしていたところです」

河原は砂見のモニタを指さしながら相変わらずヘラヘラと笑みを振りまいている。

「おいおい、勝手に覗かないでくれよ」

砂見はさほど気にしていない様子だ。むしろなにか楽しいことを思いついたようにニヤリとした。

「君たちはプレイしたことがあるのか」

里美も河原も首を横に振った。

「面白そうですよね」

今までこの手のゲームに関心を向けたことがなかったが、プレイしてみたらハマってしまうのかもしれない魅力を感じた。昔から映画にしろアニメにしろスリルとサスペンスは大好物だ。

「よかったら君たちも参加してみるか。今度、ここでイベントがあるんだ」

砂見はデンジャーフォレストのサイトを指した。

「やってみたいです！」

河原は手を挙げてピョンピョンと跳びはねている。

子供かっ！

「水氷さんもどう？」

砂見は里美に向き直った。

「ぜひぜひ」

里美は心の中でガッツポーズを取った。

GOPに配属されてから仕事のことでしか砂見に接触できなかったが、サバゲーを通じて彼のプライベートに触れることができそうだ。そしてなによりサバゲー自体が面白そうだ。

ここに来てやっとチャンスが訪れた。

砂見も職場に一緒にプレイできる仲間ができて嬉しそうにしている。

「ところでGOPキャンプだが準備のほうは万全だろうな」

「テントと三日分の食料の調達は完了しました。あとは医療品ですね。同行するドクターが用意してくれる手はずになっています」

河原はキャンプに必要な物品の調達を担当している。

「無線機はどうだ。現地はケータイもスマホも圏外だ。トラブルが起きたとき、すぐに本部に連絡がつくようにしておかなければならない」

キャンプ地は伊豆方面の無人島だ。水は井戸から、電気は発電機から供給する。

「そちらは手配済みです」

「ちゃんと扱えるんだろうな」

「任せてください。実は僕、無線の免許持ってるんですよ」

河原が誇らしげに答えた。

「それは助かる。無線係は君に任せた。ともかく抜かりがないように頼んだぞ。GOPは政府主導の、我が社にとっても重要な案件だ。失敗は許されない」

「分かってますって」

河原は胸を叩いた。相変わらずのお調子者だ。

そして河原は同行メンバーの一人である。キャンプでの活動は子供たちの自主性を重んじているため、大人の存在をなるべく感じてほしくないということで、スタッフの同行は最小限という話になっている。文部科学省から若手役人が四人、そしてコネクトアビリティからは五人、そしてドクターとナースだ。

「水氷さん、折り入ってお願いがあるんだが」

砂見が眉根を寄せながら里美に向いた。

「なんですか」

「実は予定した若手メンバーの一人が急に行けなくなってしまったんだ。理由は一身上の都合らしいんだが」

「それは大変ですね……ってまさか」

「そうなんだ。急で申し訳ないんだが君に同行を頼みたい」

「でも私、バイトの身ですよ」

「メンバーはなるべく若手にしたいんだよ。二十代は他にいないからさ。もちろん手当も出る」

砂見は拝むように手を合わせてきた。

「もちろんオッケーだよね」

河原が嬉しそうに促してくる。

「え、ええ……私なんかでよければ」

「やったー！」

彼は無邪気に万歳をした。

里美は舌打ちを呑み込んだ。

今日は五月十日。そしてキャンプは五月二十一日だ。

キャンプに同行すればクロエと顔を合わせてしまうことになるし、そもそもアウトドア派ではない。

それも二泊三日である。

サバゲーのように完全にレジャー目的ならともかく仕事でなんてごめんだ。同行といっても子供たちの世話係である。クロエみたいな生意気な子供たちを相手にしなければならないと思うとうんざりする。

だいたい里美のミッションは砂見の動向を探って仏との接点を見出すことだ。

実は午前中に砂見と話をする機会が少しだけあった。なんとか話題を実習生時代に誘導して仏らしき人物の情報に行き着いた。しかしその話を聞き出そうとすると、砂見は用事を思い出したと里美の元から立ち去ってしまった。あまりしつこく聞き出そうとすると警戒されてしまうから注意が必要だ。

それにしてもメンバー一人が抜けるなんてタイミングが良すぎる。油炭が裏で手を回したのかもしれない。オフィスに戻ったら問い詰めてやる。

感情が顔に出ないよう無理やり笑みを放った。

「君が同行してくれるなら心強い」

それでも砂見に言われると少しだけ嬉しくなる。

里美は木の陰に身を潜めて呼吸を浅くした。周囲の気配に神経を尖《とが》らせる。手にしているのはMP5というサブマシンガンだ。もちろん本物ではない。電動式のエアガンである。

同じ銃を手にした河原が里美に体を密着させている。彼は里美と同じゴーグルと迷彩服、肘や膝にはパッドを着用していた。

五メートルほど離れた草むらにやはりライフルを手にした砂見が前方の様子を窺《うかが》っている。迷彩服のデザインがちょうど周囲の景色に溶け込んでいて遠くからだと視認しにくいだろう。

「いやあ、めっちゃドキドキしますよね」

河原の心音と息づかいが密着した体を通して伝わってくる。身を隠している木の幹が太くないので「離れろ」とも言えない。離れた瞬間、敵に見つかって撃たれてしまうかもしれないのだ。

そのとき、砂見が「前方に敵影あり」と手の動きで合図を送ってきた。

里美はそっと顔を覗かせてそちらの方向を確認する。二十メートルほど離れた木々の隙間に二つの人影がチラチラと見え隠れしている。彼らも迷彩服なので動かなければ気づかなかっただろう。

里美は全身にアドレナリンが駆け巡るのを感じた。

ここは神奈川県厚木市にあるデンジャーフォレスト。

里美たちはサバイバルゲームに参加している。

銃器もゴーグルやブーツといった装備もレンタルできるので、初心者でも気軽に参加できるようになっている。

里美はエアガンを手にするのは初めてだ。ずっしりとした重みがあり、精巧なつくりになっている。砂見によれば初心者は電動式がいいということで、この銃を選んだ。河原もサバゲーは初体験ということで同じ銃だ。そしてサブウェポンとして選んだのがグロック19というハンドガンである。

MP5が近距離から中距離、ハンドガンが近距離用として状況により使い分けるようになっている。

銃弾はBB弾というプラスティック製の小さな球形だ。これなら当たっても負傷しないし、さほど痛くない。

今回、砂見はウィンチェスターM70というボルトアクションモデルのスナイパーライフルを装備している。いかにもスナイパーライフルといった仰々しいデザインで里美たちの銃よりも大きく重い。スコープも装備されている。

彼は腹ばいになると前方の敵に狙いを定めた。

プスッという空気が抜けるような音がすると、前方の一人が「ヒット！」と手を挙げた。すかさず里美と河原はもう一人を狙って連射する。

手に伝わってくる電動の振動が心地よい。

やがてその人物も「ヒット！」とコールした。

サバゲーにおいて被弾は自己申告制だ。被弾したプレイヤーは直ちにフィールドから退出することがルールとなっている。

里美と河原はすぐさま砂見に近づいて地面に身を伏せた。

「敵はあと何人ですかね」

里美は彼に尋ねた。心臓がバクバク音を立てている。

今回は殲滅戦で二つに分かれたそれぞれ二十人のチームどちらかが全滅するまでプレイするというルールだ。

「時間的にもうほとんど残ってないと思う」

対して砂見は落ち着いている。河原と違って息づかいもほとんど聞こえないし、身動きもしない。気配を完全に消している。

「ああ、もうドキドキする」

「この緊迫感がサバゲーの醍醐味だ」

たしかにこれほどまでにヒリヒリするようなスリルは日常では味わえない。それでいて索敵や立ち回りなど戦略も求められる。今回は砂見に導かれたこともあってここまで生き残ることができた。もし単独だったらあっという間に敵に捕捉されて撃ち抜かれていただろう。

それから間もなくゲーム終了を伝えるサイレンが鳴った。

「僕たち勝ったんですね！」

河原は立ち上がると握り拳を上げた。

「やるじゃないか。最後に仕留めたのが君だ」

彼は里美に声をかけた。

「当てたのが私なのか河原さんだったのか分からないんですけど」

興奮を隠せず里美の声が震えた。今までになかった高揚感に包まれている。

「初心者なのに上出来だ」

「砂見さんがすごいんですよ。本物のスナイパーみたいでした。さすがは射撃部出身ですね」

「本当はヘッドショットを狙いたいところなんだが、ルールで禁止されているからね」

砂見はまんざらでもなさそうに笑った。頭や顔を狙うのは危険なのでNGとされている。

「みんなで記念写真を撮りますよ」

スタッフが参加者たちに声をかけながら回っている。

やがて敵味方合わせて四十人が集まって戦場となった森林をバックに記念撮影が行われた。

「砂見さん、よかったら」

味方チームの男性の一人が砂見にクイッと酒を飲むジェスチャーをした。

「ええ、ぜひ」

帰りに他のプレイヤーたちと駅前近くの居酒屋で飲み会が開かれた。終電までたっぷり時間があったので里美たちも参加した。

出席者たちの多くは男性だったが、女性も里美を含めて三人ほどいた。一人はサバゲー歴三年の岸田《きしだ》、もう一人の落合《おちあい》は去年から始めたという。

「やっぱり砂見さんが断トツに強いね」

参加者で一番ベテランだという、戦争映画に出てきそうな髭面《ひげづら》軍曹風の赤城《あかぎ》という男性が豪快にジョッキのビールを流し込みながら言った。

「そんなに強いんですか」

「ああ。射撃の精度もさることながら、隠密や立ち回りは天性のものを感じる。常にこちらの裏をかいてくるからね。今のところ彼には連戦連敗だよ」

赤城は降参だと言わんばかりに肩をすぼめた。

「どうやってそんなスキルを身につけたんすか」

顔を真っ赤にした河原が砂見に聞いた。呂律《ろれつ》が怪しくなっている。

「僕もサバゲー歴が長いからね。素人さんには負けないさ」

「砂見さんだったらプロの傭兵《ようへい》相手でも互角以上の戦いができそうだよ」

赤城が砂見の背中を叩きながら言った。

「さすがにそれはないない。僕にも弱点はありますよ」

砂見が顔の前で手を左右に振りながら否定した。彼も顔がほんのりと赤くなっている。

「ほぉ、それはぜひ聞きたい。君を攻略する参考にしたいね」

「それは困る。だから内緒ですよ」

「いいじゃん、砂見さん」

赤城が甘えた声ですり寄る。

「止《や》めてくださいよ。ちょっとした目の病気です」

砂見は苦笑しながら髭面のおっさんを振り払った。

「それって深刻なの」

「中心性漿液《しょうえき》性脈絡網膜症といって網膜の一部に水が溜まる病気です。最近、見えにくいなあと思って眼科に行ったらそう診断されたんですよ。ストレスや過労が原因らしくて三十代から四十代の男性に多いそうです。赤城さんも気をつけてくださいよ」

聞いたことがない病名だ。とりあえず里美は頭の中に書きとどめた。あとで調べてみよう。

「君も仕事が大変だって言ってたもんな。やっぱりストレスか」

「もっとも様子を見てればいつの間にか治るらしいので、そんなに心配してません。緑内障だったら大変ですけどね」

「それはよかったね。今はゲームにも支障が出ているのか」

「ええ。病気の影響か、右目の右端がぼやけて見にくいんですよね。以前より右目の視野が狭まった感じです」

砂見は人差し指を右目から離れた右端に立てた。やはり見にくいと言う。

「だったら君の右側に位置取りすれば優位に立てるというわけか」

「そういうことになりますね。もっともその程度のハンディなんて僕にはどうってことないですけどね」

「言ってくれるじゃないか。なあ、水氷さん」

赤城は話を里美に振った。

「え、ええ。砂見さんにはそのくらいのハンディがついてちょうどいいと思います」

里美はウーロン茶だ。ビールを飲みたい気分ではあるが、砂見の動向を探るというミッション中である。彼の隣に陣取って周囲の会話に聞き耳を立てている。

砂見もそんな里美に警戒している様子は窺えない。

思えばキャンプはもう六日後に迫っている。それを考えると気が重くなってしまう。

「そういえば以前、砂見さんが連れてきた彼……なんて言ったっけ」

「だ、誰のことですか？」

砂見が眉をひそめた。

「もう二年くらい前だったかな。プレイ中に蜂に刺された彼だよ。傷口がパンパンに腫れちゃったから救急車を呼んだじゃないか」

「そんなことありましたっけ」

「サバゲーは初めてだと言ってたぞ。あんまりセンスがなかったな。あれから一度も顔を見てないが」

「僕の知り合いじゃないと思いますけど」

砂見の頬がわずかに引きつっているように見える。

「そうだったっけ」

「赤城さんの思い違いですよ」

「そんなことないと思うけどなあ。誰か覚えてないか」

「蜂に刺された男性だったら覚えてますよ」

岸田が手を挙げた。

「砂見さんの知り合いだったよな」

赤城はなおも確認を取ろうとしている。

「さあ、そこまでは……その人とは話もしてないし、名前も顔も覚えてないんですよね。蜂の騒動だけは覚えているんですけど」

岸田はもどかしげに答えた。

「だから僕の知り合いじゃないですって」

砂見は迷惑そうな口調で訴えた。里美は彼がこの話題をことさらに嫌がっているように思えた。

「赤城さん、その彼がどうしたんですか」

岸田の問いかけに砂見は思わずといった様子で舌打ちを鳴らした。岸田も赤城も気づかなかったようだが、里美は聞き逃さなかった。

「ほら、ちょっと前に爆弾製造で捕まったやつがニュースになっていただろ。そいつに似てたんだよな」

「めっちゃヤバいやつじゃないですか」

岸田と落合はほんのりと充血した目を丸くしている。他にも数人、赤城の話を聞いているが、この事件のことを知っている者はいなかった。

「たしか、新井という名前でしたよ」

里美が告げると赤城は指を鳴らした。

その一瞬、砂見は里美を睨《にら》みつけた。しかしすぐに視線を逸《そ》らす。

「そうそう、蜂に刺された彼もたしかにそんな名前だったな」

「似てるだけじゃないですか」

砂見が呆れたような口調で赤城に向き直る。しかしその表情はどことなく強《こわ》ばっているように見える。

「確信はないけどな」

「もういいじゃないですか、そんな話。そんなことより僕の連れは今回が初めてのプレイなんですよ。二人とも筋が良いと思いませんか」

砂見は河原と里美を指さした。河原は嬉しそうな照れ笑いを浮かべている。

それからしばらく今日のプレイについての話題で盛り上がった。

そのうち赤城が席を立った。トイレに行くようだ。

「私、トイレに行って来ます」

里美も席を離れてトイレに向かった。男性用と女性用は隣り合っている。

里美はトイレの入口でスマホを取り出すとニュースサイトを開いて、爆弾製造で逮捕された新井弘隆の顔写真を表示させた。新井は教育実習生時代、仏と同じ班のメンバーだった人物だ。爆弾製造で逮捕されたことは帆足に聞かされていたが、それから間もなくニュースになった。

といっても実際に爆破したわけでもないので、大きなニュースにはならなかった。だから事件を知っている者が少ないのだろう。

しばらくすると赤城がトイレから出てきた。

里美はたまたま出くわしたふりをして「あら、赤城さん」と声をかけた。

「来月またゲームがあるからぜひ参加してよ」

彼はもじゃもじゃの顎鬚《あごひげ》をさすりながら微笑んだ。

「ぜひぜひ。ところで先ほどの蜂に刺されたという男性なんですが、この人じゃないですか」

里美はスマホに表示させた新井弘隆の画像を見せた。

赤城は画面に顔を近づけてしばらく凝視する。

「髪型が違うけど、こんな顔をしていたと思う」

「似てますか」

「ほぼ、こいつだと思うけどな」

赤城はうんうんと頷いた。確信を強めているように見えた。

「彼はどんな人でしたか」

「この人に興味があんの？」

「いえ、実は私の知り合いの元カレなんですよ。すごくヤバい感じの男性だったので」

里美は咄嗟に出任せを言った。この仕事をするようになってからその場を取り繕うのが上手くなったような気がする。

「やっぱりそうなのか。ゲーム後の飲み会にはちゃっかり病院から戻ってきてさ。それで日本を変えなきゃいけないみたいなことを熱っぽく語っていたよ。そのためには思い切った手段が必要だとか。ウザいこと言うヤツだなと思って俺はすぐに離れたけど。かなり酔っていたみたいだった」

「思い切った手段？」

「今回の爆弾がそうなんじゃないのか。テロを起こそうとしていたのかもしれない。ヤバいよな」

赤城は両腕をさすりながら言った。

もう一人の教育実習生メンバーである町田慎哉に至っては炭疽菌である。そのことには触れないでおいた。

「砂見さんの知り合いだと言ってましたよね」

「そいつがそう言ってたと思うんだけどな。そこらへんの記憶は曖昧《あいまい》だよ。まあ、砂見さんとしても犯罪者と関わり合いになりたくないんだろう。だから他人のふりを決め込んでいるのかもしれない。君らは教育関係の会社なんだろ。そういうことにはうるさいんじゃないのか」

「私はバイトの身だし、最近入ったばかりなのでよく分かりません」

里美は肩をすくめた。

「もしそうなら砂見さんに悪いから、この話題はもうしないことにしよう」

赤城はおぼつかない足取りで席に戻っていった。

里美は女性用トイレの個室に入ると油炭に電話した。

「新井弘隆と砂見が接触していた可能性があります」

これまでの経緯を説明する。

『よし、その人物が本当に新井弘隆なのかどうか、俺の方で確認してみよう。引き続きよろしく頼む』

「了解です」

里美は通話を終えるとトイレを出て、席に戻った。

砂見は河原たちと楽しそうに談笑していた。

よし、なんとか仏の話題を引き出すぞ。

里美は砂見の隣の席に腰を下ろして、彼のコップにビールを注いだ。

次の日。

油炭がやって来て一枚のコピー用紙を里美のデスクに置いた。

さっそく内容に目を通す。

「やっぱり蜂に刺されたという男性は新井弘隆だったんですね」

それはデンジャーフォレストで行われたゲームの参加者リストだ。日付は二年前の五月二日となっている。その中に「アライヒロタカ」の名前が掲載されていた。昨日の飲み会に参加していたメンバーでは砂見や赤城の他に数名の名前がそれぞれカタカナで印字されている。

「こんなリスト、どうやって？」

「俺を誰だと思ってる」

「聞くだけ野暮でした」

さすがは油炭と言うほかない。

「それだけじゃない。こちらも見ろ」

油炭はさらにもう一枚差し出した。

今度は二年前の九月十日と十二月三日に開催されたゲームの参加者リストである。

「ああっ！　町田じゃないですか。それにここにも新井の名前がありますね」

里美はそれぞれの名前を指した。

炭疽菌の培養で逮捕された「マチダシンヤ」。

彼も仏や砂見と同じ教育実習生の班メンバーである。こちらのリストにも砂見と新井の名前が記載されている。

岸田と赤城の名前がないのでこのゲームには参加していない。赤城は新井のことを「あれから一度も顔を見てない」と言っていたが、彼は他のゲームにも参加していたようだ。その日はたまたま蜂に刺されて騒動になったことで数人の印象に残ったのだろう。

「メンバーは社会人になってからもサバゲーを通じて交流があったということですね」

「そういうことだ」

砂見は新井との関係を探られるのを明らかに嫌っていた。

「班のメンバー四人中三人がサバゲーに参加している。ということは仏もどこかで参加しているかもしれませんね」

「一応、ここ数年を遡って調べてみたがやつの名前は見当たらなかったな。もっとも用心深いやつだからこんなところでも偽名を使っているかもしれん」

福家正樹、宇田川正樹、安倍川正樹。

仏は里美たちが把握している中で何度も名字を変えている。現在は戸籍上では安倍川となっている。

「私の方もそれとなく仏について聞き出してみました」

「どうだった」

油炭は早く答えろと言わんばかりに指招きで促した。

「それが……なかなか上手くいかないんですよね」

昨夜、里美は砂見の隣席に陣取って彼の実習生時代の話を引き出そうと頑張った。しかし仏の話題に近づきそうになるたびに彼はトイレに立ったり、席を変えて里美から離れようとする。

それが偶然なのか、意図的なのか判別がつかなかった。

昨夜の砂見は酩酊《めいてい》気味だったが、結局、仏の情報を引き出すことができなかった。

「うん？」

里美はリストの中の一つの名前に引っかかりを覚えた。

「どうした」

「この人なんですけど」

里美は「オサラギマサキ」を指した。二年前の十二月三日のリストに記載されている。

「名前は一致しているな。でも『マサキ』ならこいつもそうだ」

同じリストの中に「ナイトウマサキ」があった。

「この人なら昨日の飲み会に参加してましたよ」

だからこの人物が仏ではないのは確かだ。

「マサキなんて珍しい名前ではないからな」

「そうなんですけど、私が気になったのは名字の方です」

「名字？　オサラギのどこが気になるんだ」

「オサラギって漢字だとこうなるんですよ」

里美はデスクの上のメモ帳に「大佛」と書いた。

「これ、オサラギって読むのか」

油炭が目を見開いた。

「昭和の小説家に大佛次郎っているじゃないですか。『鞍馬天狗《くらまてんぐ》』を書いた人ですよ」

「マジか。ずっとダイブツジロウだと思ってた」

「うわっ、恥ずかしっ！」

ソファで読書しているクロエが馬鹿にするように吹き出した。

「マジかよ」

油炭は頭を搔《か》きながら眉を八の字にした。こんな情けない顔を見せるのは久しぶりだ。

「大佛の『佛』は『仏』の旧字です」

「仏じゃないかっ！」

里美の指摘に油炭の表情が一瞬にして引き締まった。

「仏とマサキ、単なる偶然とは思えません」

つまりこのオサラギマサキが仏である可能性が高い。

油炭は「うーん」と唸《うな》りながらリストを見つめている。

「水氷くんのくせにやるじゃないか」

「『くせに』は余計です」

油炭を出し抜けて少し気分が良くなった。

「そうなると四人はやはり接触していたということだ」

「サバゲーは四人の共通の趣味、だなんてあり得ないですよ。なにかの訓練じゃないでしょうか」

「テロか」

里美はゆっくりと頷いた。

「私、オサラギマサキについて調べてみます」

「相手は仏の可能性が高い。慎重に頼むぞ」

「分かってます」

ここに来て、今までまるで見えてこなかった仏の輪郭がおぼろげながら見えてきた気がした。

四日後。

「赤城さんじゃないですか」

里美は奥の席でコーヒーを飲みながらスマホをいじっている男性に声をかけた。

「おや、水氷さんじゃないの」

赤城は顔を上げると目を大きくした。

「そういえば職場がこの近くなんでしたよね」

「うん、すぐそこのビルの中だ」

彼は店の外を指した。

「私もたまたま通りかかって、そういえば赤城さんがおすすめの喫茶店があると言っていたのを思いだして入ってみたんです。ちょうどランチですし」

「そうだったんだ」

赤城は嬉しそうな笑みを浮かべた。

「雰囲気があっていいお店ですよね」

「大正創業の老舗喫茶店だよ。よかったらそこに座ったら」

彼は向かいの席を促した。

「失礼します」

里美は着席するとさほど大きくないテーブルを挟んで向き合った。

ここは浅草駅からほど近くにある喫茶店。

レトロな内装で落ち着いた雰囲気である。メニュー表を見ると価格が若干高めなのが気になるが。

「ここはナポリタンがオススメだよ。麺がモチモチしてて絶品なんだ」

「だったらそれにします」

メニューを確認するとコーヒーとセットで千五百円。手痛い出費だと思いつつも店員を呼んで注文する。

「赤城さんはコーヒーだけなんですか」

「うん、今ダイエット中なんだ。ところで職場は砂見さんと同じだと言ってたよね。今日は仕事休みなの」

「はい。天気も良かったから滅多に来ない浅草を散策してみようと思いまして」

まったくの出任せだ。

先日の飲み会で赤城から勤務先を聞いていたから、午前中からオフィスビルの前で張り込んでいた。お昼になってビルから出てきた赤城がこの店に入っていくのを確認して、少し時間をおいて里美も入店したというわけである。

「サバゲーを通してこうやっていろんな人たちと知り合えるのは嬉しいね」

「本当にそうですよ。私、全然興味がなかったんですけどハマってしまいそうです」

これは出任せではない。またどこかでプレイしたいと思うほどに楽しかった。自分は日常にスリルを求めているのかもしれない。

それからしばらくサバゲーについての話題で盛り上がった。

「そう言えば私の知り合いの知り合いがデンジャーフォレストのゲームに参加してるらしいんですよ」

それにしても最近は「知り合いの知り合い」というフレーズをよく使うなあ。

里美は内心で苦笑した。

「俺の知っている人かな」

「オサラギさんという男性なんですけどね」

「オサラギ……」

赤城は記憶を探るように虚空を見つめた。

「きれいに整った顔立ちした人ですよ」

「ああ、ちょっと女性っぽい顔したあいつかな」

ビンゴ！

里美の心臓がトクンと跳ね上がった。

仏は中性的な美しい容貌だ。

「この人ですよね」

里美はスマホを取り出して、以前隠し撮りした仏が写っている画像を見せた。

「うん、こいつだ。以前、二度ほどチームを組んだことがある」

「それはいつぐらいか分かりますか」

「去年の夏だったか」

赤城もスマホを取り出して画面を開いた。

「この記念撮影」

そこには四十人ほどの男女が写っている。赤城は真ん中より若干右に写る男性を指した。

「ちょっといいですか」

里美はスマホを受け取ると当該の男性を拡大させた。

前に立つ長身の男性によって顔半分以上が隠されていたが、目鼻立ちの特徴は明らかに仏と一致している。そして彼から離れた位置に砂見の姿があった。

「砂見さんの知り合いらしいですよ」

「そうなの」

赤城は少し意外そうに唇を突き出した。

「って聞きましたけど」

里美は慎重に話を進めた。仏のことを嗅ぎ回っていることを察知されたくない。

「二人が親しそうにしているところは見なかったけどなあ」

仏は圧倒的に警戒心が強い。砂見とのつながりをなるべく見せないようにしていたのだろうか。とはいえなんらかの方法で連絡を取り合っているのはたしかだ。

「オサラギさんってどんな人でしたか」

「目立たない感じの物静かな男性だったね。あまりゲームを楽しんでいるという風には見えなかった。これといった活躍もなかったね」

「そうなんですか」

とにかくオサラギが仏であることは確認できた。

そして教育実習生で班のメンバーだった四人は社会人になってからも交流している。そしてそのうち二人はテロ活動の準備をしていたと思われる。

これまでにも仏と接触した人間が犯罪を起こし、それに巻き込まれて命を落とした者もいる。

新井も町田も、そして砂見も仏に洗脳されている可能性が高い。つまり近いうちに大きな事件を起こすかもしれないということだ。

仏はリアルな絶対悪、悪魔である。

自分の手を汚すことなく他人を魅了しては誘導して、多くの人間を破滅に陥れる。

仏を追っていた里美はついに対面を果たしたことがある。

そのとき「いったいなにがしたいのか」と問い詰めた。

仏の答えが忘れられない。

――ただの暇つぶしさ。

彼は涼しい顔をして悪びれることなくそう答えたのだ。

他人を破滅に追いやることが暇つぶし?

冗談ではない。

彼に関わった少なからずの人たちが今でも絶望を抱えながら地獄を見ている。

仏が存在する限り、同じ思いをしなければならない人たちはさらに増えていくことになるだろう。

それだけは許してはならない。

仏に裁きを受けさせること。

それが里美にとっての正義である。

「どうしたの？　怖い顔して」

「え、いや……ちょっと考え事をしていたんで。オサラギさんの連絡先なんて分からないですよね」

「彼となんかあったの」

「実はちょっと……知り合いの知り合いとトラブルがありまして」

またも知り合いの知り合いだ。

赤城の瞳にわずかな好奇の光を感じた。

「ゲームで顔を合わせたのは二度ほどだし、そんなに会話をしたわけじゃないから連絡先まで知らないよ」

「ですよね……」

仏がそんな手がかりを残すとは思えない。この記念写真だって不自然ではない程度に、意図的に顔を隠しているに違いないのだ。

「こいつ、なんかしでかしたの」

「私も詳しくは知らないんですけどね。知り合いの知り合いがちょっと困ったことになっていると聞いたので」

里美はボロを出さないよう詳細をぼかしながら答えた。

赤城は「ふうん」と腕を組みながら天井から下げられている洒脱《しゃだつ》なデザインのランプを見つめた。

「そういえば先月の初めだったか……彼らしき男を見かけた気がする」

「へっ⁉」

赤城の思わぬ告白に椅子の上で跳びはねそうになってしまった。

「どこでどこでどこで⁉」

里美が一気に顔を近づけると、彼は少しのけぞった。

「渋谷の宮益坂《みやますざか》を上ったあたりの路地だよ」

「ていうと青山学院大学の近く？」

里美は周囲のマップを脳裏に浮かべた。以前、油炭に調査を頼まれて足を運んだことがある。

「そうそう、その辺りだね。知人が『山猫』っていうバーをやっているので立ち寄ったんだけど、そこに向かう途中で」

「声をかけたんですか」

赤城は片手を左右に振った。

「まさか。親しいわけじゃないし、先方は俺のことなんて覚えてないさ。俺だってオサラギって聞いてもすぐに名前と顔が一致しなかったくらいだし。それに声をかけたところで話題なんてない」

「そりゃそうですよね」

「彼は何の用事があってそこにいたんですかね」

「さあ、そこまでは分からない。彼も路地を歩いていただけだからね」

赤城は首を捻《ひね》りながら答えた。

「なにか所持品とかありませんでしたか？」

どんな些細なヒントでも欲しいところだ。

「ああ、そう言えば黄色い袋を提げていたね。ほら、CDショップなんかでくれるしっかりとしたビニールの手提げ袋。レコード盤が収まりそうなサイズだった」

赤城は記憶を捻りだそうとするようにこめかみにグリグリと親指を押し込んだ。

「お店のロゴとかデザインみたいなものはありませんでしたか」

「そうそう、思い出した。黄色の地に青い地球のデザインだった。もしこれが赤だとモニュメントレコードのパクリになっちゃうなって思ったんだ」

モニュメントレコードは全国展開している大手のCDショップである。あそこで買い物をすると、黄色の地に赤い地球デザインのビニール袋に入れてくれる。

そのビニール袋に酷似していたから赤城も記憶に残っていたというわけだ。

その店を突き止めれば仏の所在が摑めるかも知れない。

ヒントは黄色の地で青い地球のロゴが入ったビニールの手提げ袋。

里美は頭の中に叩き込んだ。

「そんなに彼のことが気になるのかい」

赤城の表情にわずかに不審の色が浮かんでいる。

「え、ええ……それなりのトラブルらしいので」

「とりあえず俺がオサラギさんを見かけたという話は内緒にしてくれよ」

「もちろんです、もちろんです」

里美は何度も頷いた。赤城もトラブルに巻き込まれたくないのだろう。このやりとりが外に出ないことは里美にとっても望ましい。

それから間もなく注文したナポリタンが運ばれてきた。赤城がおすすめするだけあって絶品だった。量も多くて値段分の満足感は充分に得られた。

赤城と店を出てから別れると、里美はさっそく渋谷に向かった。

宮益坂を上って路地に入ってしばらく歩くと、赤城の知り合いが経営しているというバー『山猫』を見つけた。年季の入った雑居ビルの二階に入居しているがまだ昼間ということもあって店は閉められている。外に設置されたシュールな猫のデザインが施された看板には夕方六時に開店と記されている。

赤城は宮益坂を上って店に向かったと言っていたから、おそらく里美と同じ経路を辿っているはずだ。その途中で仏を見かけたと言っていた。

彼は病院から姿を消してからずっと行方知れずである。

現在はこの近隣に住んでいるのだろうか。

とりあえずこの界隈《かいわい》を調べてみよう。

周囲は路地になっており小さな雑居ビルが並んでいる。その中には小洒落《こじゃれ》たバーや居酒屋、レストラン、ブティック、雑貨店、美容院などが点在している。いずれもセンスの良い店構えだ。立ち寄ってみたくなる店も多い。

しばらく歩いていると一人の通行人が目に留まった。

「あの、すみません！」

里美は急いで駆け寄ると二十代と思われる男性に声をかけた。

「な、なに？」

通行人の男性は目を白黒させながら里美を見た。

「その袋、どこでもらえるんですか？」

「これなら、そこを曲がったところにあるフィルマニアだけど」

「フィルマニア？」

「フィルマニア・シアターっていうミニシアターだよ」

男性は首肯しながら答えた。

ミニシアターは小規模公開の作品を扱う映画館だ。こんな路地に映画館があるのか。

里美は礼を言うとさっそく目的地に向かった。

フィルマニア・シアターはすぐに見つけることができた。ミニシアターというだけあってコンクリート打ちっぱなしの建物はさほど大きくない。中に入ると上映中や上映予定作品のポスターが壁という壁に貼りつけられている。また棚には映画のチラシが詰め込まれていた。

里美はポスターを眺めてみた。

聞いたこともないタイトルばかりで、監督や出演役者たちもまるで知らない。アメリカや日本ばかりではなく、中東や東欧や北欧などの作品も多い。そしてドラマよりもドキュメンタリー映画が充実している。ロビーもカップルらしい客はおらず、全体的に年配者が多い。顔立ちもいかにも映画通といった雰囲気を漂わせている。

それだけにシネコンで公開される娯楽性重視の作品より、芸術性や社会性に寄ったものが多い。完全に大人向けの映画館である。この手のミニシアターは都内にいくつか存在する。里美もたまに足を運ぶことがある。ここでしか上映されないレアな映画がラインナップされていて、映画ファンにとってはたまらない映画館だろう。平日の昼間にもかかわらずそれなりに混み合っている。

そしてそのうちの何人かは件《くだん》の手提げ袋を手にしていた。

映画のパンフレットを購入するとその手提げ袋に入れてくれるようだ。

つまり赤城が仏を見かけた日、彼はここで映画鑑賞をしたということになる。

どんな映画を観たのだろう……。

そのことが妙に気になった。

チケットカウンターには「今週の特集・ハンガリー映画7選」とポスターが掲げられている。上映されている映画は『暗い日曜日』『君の涙ドナウに流れ ハンガリー1956』『リザとキツネと恋する死者たち』といったタイトルが七本並んでいる。いずれも里美の知らない映画だ。そもそもハンガリーの映画監督や役者なんて一人も知らない。世界の白地図でハンガリーの正確な位置を示せる自信もない。

「こちらは今週だけの上映なんですか」

里美はカウンターに立つ女性スタッフに尋ねた。大学生だろうか。可愛らしい女性だ。

「はい、一週間限定です」

「毎週こういう企画をやっているんですか」

「ええ、週替わりでやってますよ」

女性スタッフは笑顔で答えた。

「あのぉ、先月の初めってどんな企画をやってたか分かります？」

赤城が仏を見かけたのが先月の初めだと言っていた。手提げ袋を持っていたことからなんらかの映画のパンフレットを購入した可能性がある。

「先月の初めですね」

女性はキーボードを打ち始めた。

「『世界のテロリスト特集』です」

「テロリスト!」

思わず声を上げてしまったので女性は驚いたようにのけぞった。

「ご、ごめんなさい……どんな映画が上映されたんですか」

里美は咳払《せきばら》いしながら尋ねた。

「この週はいつもより多めで二十本も上映されました。DVD化されてないレアな作品もいくつかあったので満席の回も結構ありましたね。さすがに一週間では見切れないとか、またやってほしいというお客様の声も多かったので来月に再演が予定されていますす」

「上映作品のラインナップを知りたいんですけど」

「ではこちらをどうぞ」

女性スタッフはチラシを差し出してきた。そこには上映作品二十本のポスターと内容紹介が記載された「世界のテロリスト特集」の企画を告知するものだった。上映期間は先月初日から一週間となっている。

「あなた、バイトさん?」

「そうですけど」

「ここは長いの？」

「私ですか」

里美の問いかけに女性は自身を指さした。

「そう」

「半年前からです。私も映画好きなのでミニシアターで働くのが夢だったんです」

ミニシアターに身を置くのが楽しくて嬉しいのだろう。瞳をキラキラさせていて愛くるしい。

「ところでこの男性を知りませんか。私の知り合いの知り合いでここの常連だって言ってました」

里美はスマホを取り出して仏の画像を見せた。ここでも知り合いの知り合いだ。実に便利な言い回しだと思う。

「ごめんなさい、ちょっと分からないです」

女性は首を傾《かし》げながら答えた。その表情から本当に知らないようだ。どうやら仏は彼女に顔を覚えられるほどの常連というわけではないということか。

里美はそれからいくつか質問をしたあと、礼を言って映画館を出た。

油炭はフィルマニア・シアターの企画チラシを食い入るように見つめている。

「きっと映画を通してテロ活動の研究をしていたんですよ」

里美はオフィスに戻るとすぐにチラシを彼に見せた。

フィルマニア・シアターが先月上映した「世界のテロリスト特集」は、そのタイトル通りテロリストやテロ事件を扱った映画が並んでいる。里美でも知っている有名作品もいくつかあるが、多くは知らないタイトルだ。ドラマはもちろんドキュメンタリーもある。その中には日本初公開でＤＶＤ化されていない作品もいくつかある。他の映画館でも扱っていないようなので、これらは現状、鑑賞する機会がないと映画館の女性スタッフも言っていた。レア作品だけに映画通たちの関心も高いのだろう。それらの回はいずれも満席だったらしい。

「仏はなにを観たんだ」

「赤城さんが仏を見かけたのが夕方で、そのときには手提げ袋を持っていたというから、映画鑑賞後だと思われます。おそらく鑑賞した映画のパンフレットを購入したんでしょう。チラシに掲載されている当日の上映スケジュールからこの二本が考えられます」

フィルマニア・シアターは一階と地下にそれぞれ一つずつスクリーンが設置されている。

赤城が目撃した仏が映画鑑賞直後の帰りだとすれば、その直前まで二つのスクリーンで上映されていた作品である可能性が高い。

一つは『ジェノサイド・パレス』そしてもう一つは『ブレイビク』。

『ジェノサイド・パレス』は二〇〇八年に起きたインド・ムンバイ同時多発テロの際にテロリストたちに占拠されたタージマハル・パレス・ホテルで人質となった宿泊客たちの脱出劇を描いた人間ドラマである。こちらは映画配信サービスでも配信されているし、DVD化もされているのですぐにでも鑑賞することができる。

里美はさっそく鑑賞した。思った以上にハラハラドキドキさせられる、高い臨場感と緊迫感のある怖い映画だった。狂信的な思想に染まった若者たちが容赦なく宿泊客たちを殺していくのだ。

そして『ブレイビク』は二〇一一年七月二十二日にノルウェー連続テロ事件を起こして逮捕されたアンネシュ・ベーリング・ブレイビクの人物像に迫ったドキュメンタリー映画である。短時間で七十七人の命を奪った、単独犯としては現在世界最大の大量殺人である。こちらは三年前にノルウェーで制作された映画だが、配信もDVD化もされていない。監督は自作の配信もDVD化も認めない職人気質で有名とチラシに記載されている。

そんなわけでこの映画は鑑賞できていない。鑑賞するためには来月の上映を待つしかない。裏から手を回して映像を取り寄せることができないか調べてみようと思う。こういうこともアクシデントディレクターにとって必要なスキルだろう。

一本を選ぶなら仏が鑑賞したのはおそらくこちらの方だろう。『ジェノサイド・パレス』はわざわざ映画館に足を運ばなくても鑑賞できるからだ。

「七十七人も殺しておいて禁固二十一年とはなあ」

油炭は感心とも呆れとももとれる様子で息を吐いた。

「ノルウェーは人権を重んじる国ですからね。刑務所の待遇も日本では考えられないほどにいいらしいですよ」

受刑者には広い部屋が与えられて、ゲーム機やDVDプレイヤーなど娯楽も充実しているという。

「俺には理解できないな」

「私もそこまで人権派ではないので同感です」

大学時代、死刑の是非や少年犯罪問題など友人たちと夜を徹して熱く議論したことを思い出す。これぱかりは人によって考え方や価値観はさまざまだ。

「それはともかく、仏がテロ関連の映画をわざわざ映画館に足を運んで鑑賞していたということが気になる。やつはかつて実在の事件を研究してそれを学校や職場に再現した形跡がある。今回もそれなのかもしれない」

「ですね。新井弘隆も町田慎哉もテロの準備をしていた形跡がありますからね。そうだとすれば間違いなく仏に洗脳されていたんですよ」

「そして砂見もな」

「もちろんです」

里美は大きく頷いた。

サバゲーに参加していた大佛正樹という人物が仏であることが確定された。つまり砂見もサバゲーを通じて仏と接触している。そのサバゲーには新井も町田も参加した履歴があるのだ。明らかにこの四人はなにかを起こそうとしている。

「あの野郎、今度はいったい何をするつもりなんだ」

油炭はデスクの天板を指先で小刻みに叩いた。

そのときオフィスの扉が開く音がしてクロエが姿を見せた。

「明日だよな。準備は大丈夫か」

油炭はクロエに声をかけた。彼女は「うん」と答えるとリュックサックをテーブルの上に置いて、いつものようにソファに体を投げ込んだ。

「なんでオバサンもついてくるかな」

クロエは鬱陶しそうな目つきを里美に向けた。

「私だって行きたくなんかないわよ」

里美は声を尖らせた。

「明日からしばらく静かになるな」

油炭の声が少し淋しげに聞こえた。こんなオフィスでも女性が二人もいれば華やかに感じているのだろうか。

そして明日、五月二十一日はGOPのキャンプである。その準備もあって肝心の仏の調査は映画を突き止めたところで止まっている。もう少し時間があればその後の仏の足取りも追うところだ。せめて映画の内容だけでもチェックしておきたかった。今となってはそれもままならない。これからまた明日の準備のために会社に顔を出さなくてはならない。いろいろと大変なのだ。

「まあ、お疲れさん。とにかく砂見からは目を離すなよ」

「なにかあったら連絡します」

島は通信通話圏外だから無線機を使うことになる。

そうだ、無線機の使い方を河原に教えてもらわなくては。

「俺も今の案件で今日明日は手が離せないが、なるべく時間を作ってブレイビクのことは調べておこう」

「お願いします」

油炭もさすがに北欧のテロリストのことは詳しく知らないようだ。里美もそうである。キャンプから帰ってきたらなんとかしてドキュメンタリー映画をチェックしよう。

「それにしても無人島なんて面白いよな」

「そうですかぁ。昔、テレビでやってた一ヶ月無人島生活の企画を思い出しちゃうんですけど」

無人島に放り込まれたお笑い芸人が自給自足をしながらサバイバル生活をくり広げるという内容だった。苦労ばかりで楽しいイメージはまったくない。

「武久呂島《むくろじま》なんて初めて聞いた」

「私だってそうですよ」

「もっとも日本には無人島が六千以上もあるんだよな」

「そんなに！」

大学時代のクイズ研究会の連中もそのすべては答えられないだろう。

武久呂島は静岡県に属する無人島で伊豆の下田にある港から十五キロほど離れた位置にあるという。現地にはホバークラフトで行くことになっていて、参加者たちは午前中に港に集合となっている。

明日の早朝に出発しても間に合わないこともないが、大事をとって今日の夕方に家を出て、今夜は港近くのホテルに宿泊することにした。

砂見や河原をはじめとする里美以外の他の正社員スタッフは準備のためすでに現地入りしているはずだ。物資の搬送やチェックなどいろいろとやるべきことは多い。

里美は明日、港で子供たちを先導する役割となっていた。なので彼らより少し早めに港に到着して詳細を把握しておく必要がある。

クロエは明日の早朝に家を出ると言っていた。

「そうだ、忘れてた。油炭さん、私が同行することになるよう手を回したでしょ」

突然、同行メンバーの一人が行けなくなったと砂見が言っていた。その補充として里美が選ばれたのだ。

「よかったじゃないか。その年齢で子供たちとキャンプだなんて、なかなか出来ない経験だぞ」

油炭が愉快そうに言った。

「クソガキのお守りなんてまっぴらごめんです」

やはり彼が裏で手を回したようだ。

「そのクソガキたちがオバサンの老後を決めるのよ」

「ファック!」

里美はクロエに向けて中指を立てた。我ながら大人げないと思う。

クロエはそんな思いを見透かしたように鼻笑いを鳴らした。

GOPのキャンプに集まってくる子供たちは将来の日本のリーダーになるかもしれない人材ばかりだ。クロエも普通の中学生に思えないが、他の連中もきっとそうなのだろう。

明日からの三日間を考えるとうんざりした気持ちになる。自宅に引きこもってテレビゲームをしていたほうがずっと有意義に思える。

「まあ、仏が島に姿を見せるとは思えないが、砂見が気になるからな」

「さっさと化けの皮を剝がしたいですよ」

あの会社の仕事はもう飽き飽きだ。やはり事務作業は性に合ってない。

里美はスマートフォンを取り出した。都内だと滅多に目にすることのない「通信圏外」のマークが表示されている。

少し離れたところから風と一緒に波の音や鳥の鳴き声、そして鬱蒼《うっそう》と生い茂る木々の枝がこすれる音が聞こえてくる。

大きく息を吸い込むと潮と草木が交じり合った香りがする。

林の木々の隙間から真っ青な海が見える。遠くの方にうっすらと陸地が浮かんでいる。島の桟橋は林に遮られてここからでは視認できない。

林の向こうは高さ十五メートルほどの崖になっていて危険なので、ロープが張ってあり「進入禁止」のプレートが掲げられていた。崖下を眺めると岩場となっていて波が打ちつけている。

「すごいとこ、来ちゃったって思ってるでしょ」

大きな手荷物を提げた河原が周囲を眺めながら言った。彼は動きやすい紺色のジャージ姿である。それと同じジャージを里美も着用している。胸には「GOP」のロゴが縫いつけられていた。

このダサいとしか言いようのないデザイン、もう少しなんとかならなかったものか。とても恥ずかしくてこんな格好では街なら近所のコンビニにも行けない。

里美以外のコネクトアビリティの正社員スタッフたちは一日早く到着していた。彼らによってさまざまな機材や必需品の搬送はあらかた昨日で片付いている。

「こんなところで三日間も過ごすことになるなんて思いもしなかったわ」

「でもキャンプなんて楽しくない？　大人になるとなかなかできない経験だよ」

河原の顔にワクワクが浮かんでいる。

「誰かさんもそう言ってたわ」

里美は油炭の言葉を思い出した。

スマホもケータイも通じないし文明社会とは無縁だが、それだけ都会の喧噪《けんそう》や煩わしさからも遠い距離にある。しばらく青い海に囲まれた土地で波の音を楽しむのも悪くないと思い始めたところだ。

「子供たちはどう？」

里美は水平線を見つめながら尋ねた。

「テントの設営にもう少しかかりそう。でも楽しそうだよね」

「一人だけなじんでない女子がいたけどね」

クロエのことだ。彼女は早くも姿を消していた。どこかでさぼっているのだろう。トラブルになる前に見つけ出して連れ戻す必要がある。

二人は森林の中ほどにある建物に入った。

二階建ての存外に広く、瀟洒《しょうしゃ》なつくりの一軒家となっており、部屋もいくつかあるようだ。観光地で見かけるちょっとしたプチホテルの規模となっている。建物に隣接する形で小さな倉庫も設けられている。先ほど河原と一緒に内部を確認したが非常食や飲料水、その他もろもろの備品が収められていた。嵐で孤立したとしても三日くらいはなんとかなりそうな分量だった。

一階のダイニングリビングはスタッフ全員を余裕で収容できる広さがある。会議用のテーブルと人数分の椅子が設置されていて、今回ここがスタッフのミーティングルームとされているようだ。

テーブルの上には三日分の食料や水が所狭しと置かれていて、スタッフの一人である水島猛《みずしまたけし》が忙しそうに仕分けをしている。見たところ充分な量が調達されているようだ。

なんでもこの建物は文科省と取引のある企業の社長が所有している物件のようで、先方の好意で自由に使えるということらしい。その社長はこの島の所有者でもあり、ホバークラフトも彼のものだ。このロッジハウスは社員の研修所として利用されているようだ。

水道は通っていないが建物の外に井戸が掘られている。電気は太陽光と風力発電で賄うようにされていた。

ここが島でホバークラフトに乗り降りするための桟橋以外では唯一の建築物であり、島の西側に位置する。

砂見はこの建物を「本部」と呼んだ。

スタッフたちは全員、本部に寝泊まりすることになっている。今回女性は四人同行している。二階の一番大きな部屋が四人の寝室に割り当てられた。

てっきり子供たちとテント生活になると思っていたので、本部の存在は大いにありがたい。ここならそれなりに快適に過ごせそうだ。河原が用意してくれた寝袋が布団代わりであるがそれも趣があるだろう。

今回、コネクトアビリティからは里美と砂見、そして河原の他に水島猛と大井町美香《おおいまちみか》の五人がスタッフとして同行している。水島は二十九歳、そして大井町が里美と同じ二十七歳だ。砂見が言ったとおり、若手のスタッフが揃えられた。

そして文部科学省からリーダーの沢尻充《さわじりみつる》を含めて男女四人が参加している。全員が里美たちと同じジャージを着用している。こちらも若手が中心で三十代は沢尻だけであとは二十代だという。そして役人ということもあって全員高学歴だった。

現地に到着して互いに名刺と自己紹介を交わした。

いずれも気さくそうな人たちなので早くに打ち解けることができそうだ。彼らは全員、テント設営場所となっている広場にいる。子供たちの動きを詳細にチェックするようだ。それによってリーダーに必要な資質を見極めるという。

協調性に大いに欠けるクロエは早々にリーダー候補から外されるに違いない。

「河原くん、無線機のチェックは終わった？」

部屋に入ってきた大井町美香が声をかけた。乳白色の頬が泥でうっすらと汚れていて額には汗を浮かべていた。今まで子供たちのテント設営を手伝っていたという。

「無線機はオッケーです」

「ここ、マジでケータイつながらないからね」

大井町は額を拭いながら苦笑を浮かべた。無線機は部屋の傍らにある小さめのデスクの上に設置されている。先ほどまで河原が東京のオフィスにいるスタッフと会話していた。

急病人が出たり、大きなトラブルが起きたらこの無線機を使って連絡をすることになっている。かなり本格的な機体のようで、里美には扱いの分からないスイッチやボタンが並んでいた。里美は機械いじりはむしろ好きな方だが、本格的な無線機は扱ったことがない。

油炭への緊急連絡用にこの無線機が必要になる。

「あとで使い方教えてよ」

河原にそっと頼むと彼は嬉しそうに「よろこんで」と微笑んだ。

本土に戻るにはホバークラフトを利用するわけだが、スタッフや子供たちを運んだあと、すでに本土の港に戻っている。なにか起きたらこちらに迎えに来てもらわなければならないが、その手はずも整っていて、無線連絡をすればすぐに動かしてもらえるようになっている。

文科省が主導しているだけに安全対策は万全のようだ。今回はコネクトアビリティと文科省のスタッフ以外に、医師の久保山春馬《くぼやまはるま》、そしてナースの丸山静香《まるやましずか》が同行している。白衣姿の二人は二階に設けた医務室に待機している。久保山は三十代前半、丸山も二十代とこちらも若手だ。そして偶然にもここにいる大人たちは全員独身だった。

　壁には島の全景を俯瞰《ふかん》した航空写真が掲げてあった。

　事前に配布された資料によれば、里美たちのいる武久呂島は南北にわずかに長く最長部位が二百五十メートル、東西二百二十メートルとなっている。腰の部分はわずかにくびれており全景は不格好なひょうたんといったところだ。島の内側は鬱蒼とした森林で満たされているが、外周は東側が砂浜、西側が岩壁で構成されている。ホバークラフトの乗り場となっている桟橋は東側の砂浜に設置されている。スタッフや子供たちもこちらから上陸したわけである。

「僕たちも子供たちの手伝いに行こうか」

　水島が里美と河原に声をかけた。

「行きましょう」

　さらに大井町が加わって四人で建物を出た。砂見はテント設営の広場にいるはずだ。

「あら、望月《もちづき》さん」

　大井町が前方を歩いている長身の男性に声をかけた。

　男性は自己紹介で望月健吾《けんご》と名乗っていた。彼は文科省のスタッフで来年三十になると言っていた。口調も飄々《ひょうひょう》としているというより遊び人風の軽薄な印象を受けた。

　彼を見つめる大井町の瞳が艶っぽく潤んでいる。

それもそのはずだ。望月は女子中学生や女子高生たちをもざわつかせる、いわゆるイケメンだ。整った目鼻立ち、色気を感じる無精髭、そしてカリスマ美容師がカットしたようなデザイン性の高い髪型。顔立ちはどことなく油炭に似ている気がする。彼の弟だと言われても違和感がない。ただ、数々の修羅場と死線をくぐり抜けてきた油炭に比べると男性的な深みを感じない。やはり人生経験はその人の纏《まと》っている空気ににじみ出るものだ。

「いいんですかぁ、こんなところでさぼってて」

大井町はいつの間にか打ち解けている。

前々から思っていたことだが彼女は惚《ほ》れっぽい性格である。水島も呆れたように肩をすくめた。

「キャンプとか好きじゃないんだよね」

望月は頭をクシャクシャと掻きながら言った。チャラい仕草もイケメンがするとサマになっている。

「でもお仕事でしょう」

「僕は子供たちのボディガードでいいよ。子供たちに何かあったら僕が命がけで守るからさ」

望月は自分の胸に拳骨《げんこつ》を当てた。

「こんな無人島で何が起きるのよ」

「たとえば……海賊に襲われたりとか」

水島が思わずといった様子でプッと吹き出した。

「意味分かんないね」

河原がそっと耳打ちしてきたので里美も相づちを打った。

こんなのが役人で日本は大丈夫なのか。

「格闘技とかやってるの」

「格闘技は任せてくれ。空手とキックボクシング、ブラジリアン柔術なら誰にも負けない」

「それだったら頼りになるわね」

大井町はすっかりイケメン役人に入れ込んでいるようだ。

この三日間で海賊に襲われる確率はどのくらいだろう。油炭に問うてみたい。

しばらく望月の真偽の定かではない武勇伝の数々を聞きながら森の中を北に向かって歩いた。

少し進むと急に視界が開けてきた。ここは森の中のちょっとした広場となっていて、そこがテント設営場となっていた。

広場では中学生から高校生の男女約五十人が作業に励んでいる。

三人一組でテント一つという割り振りになっている。さまざまな活動は男女混合で班分けされているが、さすがに就寝するテントは男女分けられている。

広場では砂見が忙しそうに動き回って子供たちにさまざまな指示を与えていた。そんな彼らの姿を望月以外の若手役人たちはまるで科学者のようにじっと観察している。全員同じジャージ姿だ。彼らなりに即戦力となりそうなエリートを選別しているのだろう。

「成績優秀な子たちってお行儀もいいわね」

ふざけたり怠けたりしている子は見当たらない。

いや、一人いた。

クロエだ。

いた、というより姿が見えない。どこかでさぼっているに違いない。

「ねえ、ツインテールの女の子、見なかった」

里美は近くで作業をしている女の子に声をかけた。

ここで作業している子供たちは全員、動きやすいよう河原が調達した紺色のジャージを着用している。彼女も例外ではなかった。胸には「GOP」のロゴが縫いつけられていた。

「クロエちゃんのことですか」

彼女は手を止めると眩《まぶ》しそうな顔で里美を見上げた。ショートカットで可愛らしい顔立ちをしている。

「知ってるの？」

クロエはきっとこのダサいとしか言いようがないデザインのジャージを嫌がるだろう。

「さっきちょっとだけ話をしました。東京から来たと言ってましたよ」

「あなたは？」

「小倉《こくら》青藍中の月星愛菜《つきぼしまな》です」

「何年生なの？」

「三年生です」

三年生といえばクロエと同学年だ。年齢も一緒なのだろう。自己紹介とはいえ会話ができたなんて珍しいことだ。クロエは他人とは関わろうとしないクールにもほどがある女子中学生なのだ。

「小倉って北九州の小倉？」

「そうです」

愛菜はニッコリと微笑んで頷いた。

「遠くから来たのね」

「でもこのメンバーに選ばれることはとても光栄なことですから苦痛だなんて思わないです」

里美は心の中で彼女の礼儀正しさに感心した。クロエに彼女の爪の垢《あか》を煎じて飲ませたいほどだ。

「メンバーに選ばれるくらいだからあなたはきっと優秀なのね」

「私はどちらかといえばスポーツの方です」

「そうなんだ」

改めて彼女を眺めるとたしかに均整のとれたスタイルをしている。GOPのメンバーに選ばれたということは抜群の身体能力の持ち主なのだろう。

「そういえばクロエちゃんがいませんね」

愛菜は広場を探るように眺めた。

「きっとどこかでさぼってんのね」

里美は思わず舌打ちを鳴らした。

「お知り合いなんですか」

「い、いや、そういうわけじゃないんだけど。困るのよ、自分勝手な行動は」

とりあえずここではクロエとの関係は隠しておきたい。砂見たち他のスタッフにも知り合いの知り合いが参加するが面識はないということになっている。どちらにしてもクロエにはトラブルを起こしてほしくない。ここでの仕事がやりにくくなる。

「ですよね。探すのなら手伝いましょうか」

「いいの？」

「テントの設営もほとんど終えているので大丈夫です」

「じゃあ、お願いしようかな」

里美は愛菜と連れ立って広場を離れた。

時計を見ると次の集合時間までまだ三十分ほどある。

二人は森の中を歩いた。土と草木の香りが心地よい。

「愛菜さんはなんのスポーツをしているの」

「ええっと……陸上です」

「足が速いんだ」

「ちょっとだけです」

愛菜が謙遜気味に答えた。

それから里美は彼女にいろいろと質問を重ねた。学校生活のこと、勉強のこと、家族のこと、今悩んでいることなど。その内容は当時の里美と大して変わらない女子中学生のものだった。普通の家庭で普通の両親に育てられた普通の女の子という印象だ。ただ運動神経だけが抜群に秀でているのだろう。

しばらく歩くと木々がまばらとなり、波の音が大きくなる。草木や土の香りが潮のそれに変わった。

「やっぱり海はいいわね」

「とてもきれいです」

浜辺には流木が転がっていてその上に腰掛けた少女が一人、海を眺めている。

みんなと同じダサいとしか言いようのないデザインのジャージを着用している。

彼女ははたしてクロエだった。

「クロエちゃん！」

愛菜が声をかけるとクロエは振り返ってこちらを見た。そして立ち上がるとこちらに近づいてくる。

「雨宮さんでしたっけ。単独行動は困るんですけど」

里美は他人のふりをした。

クロエがフンと鼻で笑った。

「自分のやるべきことはやり終えたから」

「だったら他の仲間を手伝ってあげるべきでしょう」

「オバサンは分かってないね。セクショナリズムって知ってる？　エリート連中ってのは縄張り意識が異常に強いんだよ。下手に手伝ったりすれば怒りを買うわ」

こんなところまで来ていつもの屁理屈《へりくつ》を聞くことになるなんて。いいかげんにしてほしい。

「それとあなたがこんなところで黄昏《たそが》れているのは関係ないでしょう」

「それにこのダサいジャージ、着なくちゃならないの？」

それについては同感だ。しかしスタッフとして同調することはできない。

「さっさとみんなのところへ戻りなさい」

里美は広場の方向を指しながら声を尖らせた。

クロエがこれみよがしに舌打ちをする。

「クロエちゃん、行こう」

愛菜が無邪気にクロエの手を引っぱった。

そのとき気づいたのだが、愛菜の手の甲が一部ただれて色が変わっていた。火傷《やけど》の痕のようだ。

それをクロエも認めたようだ。彼女はそれについては触れずに「うん」と頷いた。やけに素直だ。

それから二人は肩を並べて広場に向かった。そんな彼女たちの背中を眺めながらついていく。

愛菜の方が頭半分ほど長身のようだ。

「クロエちゃんの学校生活ってどんな感じなの」

「なんでそんなことに興味あるの？」

「東京ってすごく楽しそうだから」

「別に私は普通だよ」

お前のどこが普通だよ、と後ろからツッコミをいれてやろうと思ったが止めておいた。

「クロエちゃん可愛いからさ。きっとモテモテなんだよね」

「いやいや、それはない」

彼女が首を振るとツインテールがフルフルと揺れた。

「どうして？」

「だってうち、女子校だもん」

クロエの通う聖グノーシス学園は中高一貫の名門女子校だ。彼女のようなお嬢様が多いとされている。もっともクロエの普段の言動はお嬢様にはほど遠い。

そう言えばクロエから異性の話題を聞いたことがない。

彼女の好みってどんなタイプの男性なのだろう。

「そんなこと関係ないよ」

「え？」

クロエはチラッと愛菜を見た。

「女の子が女の子に憧れるって普通にあることじゃない？」

「そうかなあ」

クロエは困惑したように頬をポリポリと掻いている。

愛菜の言うことは分からないことでもない。大学時代、一回だけ女性に告白されたことがある。当時は空手をやっていて我ながら男勝りだったと思う。そういう女性に憧れる女性も少なからずいるのだ。宝塚ファンの女性たちもそんな心理に近いのではないかと思ったりする。

「クロエちゃん、女の私から見てもすっごく可愛いもの。クラスメートからモテモテだと思う」

「ないない。私なんかモテるどころか友達もいないから」

クロエはよく同級生たちのことを「くだらないガキたち」と見下していた。学校が終わるとさっさとオフィス油炭にやって来る。よほど学校で居心地が悪い思いをしているのだろう。

もっともあんな性格では友達なんてできようがない。

「だったら私が友達になるよ」

「えっ？」

クロエは目を白黒させた。

「ダメ？」

愛菜は心配そうにクロエを見つめている。

「い、いや……こちらこそよろしく」

彼女は戸惑ったような笑みを浮かべながらも受け入れた。

「よかった」

愛菜も嬉しそうに微笑んだ。

「美しい友情の始まりね」

里美は微笑ましい気持ちになってそっと彼女たちの背中に声をかけた。愛菜の純真さに和まされる。そしてクロエもなんだかんだ言いながらも子供なのだ。

クロエは一瞬だけ振り返ると戸惑ったような表情で肩をすぼめた。

「水氷さん、どこに行ってたんだ」

テント広場に戻ると砂見が声をかけてきた。

「すみません、一人、行方不明だったので探してきました」

里美は少し離れた所で愛菜と一緒にいるクロエを顎で指した。

「そうだったのか。それは注意しないといけないな。プロジェクトにおいてなにより子供たちの安全が第一だから」

「みんな優秀な子たちですけど、問題がないというわけではないでしょう」

「あの子は問題を起こしそうか」

砂見は心配そうにクロエを見た。

「協調性には欠けますけどトラブルを起こすタイプではないと思いますよ」

とりあえずフォローしておく。クロエが目をつけられたらなにかとやっかいなことになりそうだ。

「君の方でも注意して見守っててくれ」

「了解です」

「ふぅ、サバゲーでアウトドアには慣れているつもりだったけど、なにかと疲れるよ。修学旅行で生徒たちを引率する学校の先生たちの苦労がよく分かった気がする」

砂見の表情には疲労がほんのりと浮かんでいた。

「将来のリーダーになるかもしれないとはいえ、まだ子供ですからね」

「ここに来てからまだ数時間だが、ちょっと触れ合っただけで彼らの優秀さが実感できるよ。生意気なところもあるが賢いのは間違いない。僕なんかだとあっという間に論破されてしまう」

ホバークラフトの中でも子供たちの間でなにやら小難しい議論がくり広げられていた。政治や行政のあり方について話をしている子もいた。

この三日間のキャンプの中で何度か子供たちによる討論会が予定されている。いくつかの社会的問題をテーマにしてそれらの改善策を議論させるというものだ。

またサバイバル生活を過ごしていくうちに彼らの間には少なからず問題点が発生する。

問題解決能力を実践で育んでいくこともこのイベントの理念の一つだ。頭でっかちだけではリーダーは務まらないということだろう。

「文科省の人たちは見ているだけでさっぱり手伝ってくれませんね」

彼らはそれぞれが広場を取り囲むような位置に立って、子供たちの動きを注意深く観察している。彼らの中からさらに優秀な人材を選別しているのだろう。

と思ったら一人だけ木陰に隠れるように腰掛けてさぼっている男性がいた。

「彼らは自分の職務以外は決して手を出さない。下手に加わって責任問題になるのを怖れているんだろう」

さぼっている望月の存在に砂見は気づいていないようだ。

「役人らしいといえばそうですね」

望月を無視して相づちを打つ。

「まあ、変に口出しされるよりいいさ。運営はこちらに任せてほしい」

「そろそろテントの設営も完了しそうですね」

広場では設営を終えた子供たちがそれぞれ自由に過ごしている。

「彼らは本当に日本を変えることができるんだろうか」

子供たちを眺めながら砂見が目を細めている。

「どうでしょう。私たちだって子供の頃は大人のやり方に反発心を持っていたけど、そんな私たちも大人になって結局、自分たちが忌み嫌っていたはずの大人のやり方を再現してますよね。歴史はくり返されるんじゃないですか」

「おっしゃる通りだ」

砂見の子供たちを見つめる眼差《まなざ》しが少し悲しげになった。

「砂見さんはどうすれば日本の未来は変わると考えているんですか」

「インパクトだと思う」

彼はまるで里美の質問を想定して返答を用意していたかのように即答した。

「インパクト？」

「世間に衝撃を与えることで何かが変わると思うんだ」

砂見の瞳にぎらついた光が宿ったように見えた。

「たとえば……テロなんかですか」

思わずストレートに問い質《ただ》してしまった。

砂見が少し驚いたように目を見開いた。

「いいじゃないか、テロ」

「砂見さんはテロを肯定するんですか」

「まさか」

彼は唐突に表情を緩めた。

「もぉ、おどかさないでくださいよ」

気づけば里美の鼓動は高鳴っている。

「でも社会を根底から変えるということは、既存の価値観を壊さなければ実現しない。人間ってのは痛みを乗り越えなければ変わることはできない生き物だと思うんだ」

里美の背筋に冷たいものが走った。今までにも何度か砂見にカマをかけてみたがここまで過激な発言を聞くことはなかった。

「でもあの子供たちが変えてくれますよ、きっと」

「そうかな。君も言ったじゃないか。歴史はくり返すって。エリートという人種は物事を変えてはくれない。むしろ頑《かたく》なに守っていこうとする連中だよ」

「そうとは限らないんじゃないですか」

「いや、そうなんだよ。だって今の社会は彼らエリートにとって都合の良いシステムになっているだろう。それはずっと昔から変わらない。何百年もそういう流れが受け継がれている。タチが悪いと思うのは、エリートじゃない僕たち庶民がそのことに気づいてないことだ。エリートや特権階級にいいように利用されて動かされているということを分かってない。そう考えたことはないのかい」

「た、たしかにそうかもしれないですけど、そうじゃないかもしれないじゃないですか」

里美の反論に砂見は静かに首を横に振った。

「そうやって我々は思考停止に追い込まれるのさ。彼らはあらゆる手段を講じて愚民の思考を停止に誘導していく。そうやって思い通りに支配していくんだ。そのことに気づいている人は多くない」

「あの子たちがそうなるというんですか」

「まあ、そうなるだろうなあ。だって歴史はくり返されるんだろ」

「そ、そうかもしれないですけど」

「僕たちは昔嫌っていたはずの大人のやり方を受け継いだ大人になっている。あの子たちだってきっとそうなるだろう。どこかで断ち切らないと悪《あ》しき歴史はずっとくり返されることになる」

「そういえば砂見さんはそれを変えるためにこの会社に入ったって言ってましたよね」

「ああ。そのためにはまずは教育を変えるべきだと気づいたんだ」

「砂見さんは教育学部出身でしたよね」

砂見は東明大学教育学部で仏と同じ慶特中学の教育実習生の経歴がある。そのことにあまり突っ込みすぎると警戒されるかもしれないのでなるべく控えてきたが、この会話の流れなら深入りできるかもしれない。

「教育は社会形成の根幹だと思ってる。教育が間違っていれば必然的に歪《ゆが》んだ社会ができあがる。その過ちがずっとくり返されてきて、それが日本の歴史となった。わずかに選ばれた者たちが得をして、多くの庶民が損をしながら苦しむ社会。そんな社会が正しいとはとても思えない。なのにそれが今の今まで変えられることがなかった。変えようとした者たちは少なからず出てきたが、いずれも歴史の闇に葬り去られている。彼らはやり方を間違えたんだと思う」

「どう間違えたんですか」

「ターゲットだよ」

「ターゲットって？」

「教育さ」

「でも砂見さんは教育現場にいないじゃないですか」

「教師になることは結局、エリートが構成した歯車の一部になるに過ぎないと気づいたのさ」

「それに気づいたのはいつなんですか」

「前にも話したろ。慶特中学の教育実習生をしていたって話。そのときだよ。校長も教頭も各クラスの担任教師も文科省のエリートたちに支配された歯車に過ぎないとね。そして慶特中学からはエリートたちにとって都合の良いエリートが量産されていくのさ。さらにはあんな暴行事件まで起こす始末だ」

砂見の表情に失望の色がさらに濃くなった。

「えっと……他の実習生の皆さんはどんな感じだったんですか」

里美は徐々に話題を核心に向けていく。

「彼らとは教育論について毎日のように議論した。とても充実した日々だったよ」

砂見は懐かしげに虚空を見上げた。

「砂見さんはその中でもリーダー格って感じですよね」

「全然そんなことないよ。慶特だけに慶特出身者が多かったからね。彼らは優秀だったよ」

「じゃあ、リーダー格は慶特の人だったんですね」

「ああ。一人、すごく優秀なやつがいてね。彼からはいろいろと学ばせてもらった」

「それって以前も言ってた人ですよね」

間違いなく仏のことだ。

「そうだったっけ？」

「そうですよ。覚えてませんか」

里美は砂見の表情の変化をじっと観察した。

「そうだったか……さて、そろそろミーティングの準備をしなくてはな」

砂見は腕時計を確認すると急いだ様子で里美の元から離れていった。

またた……。

これまでに何度かそれとなくを装って仏についての話題に誘導してきたが、そのたびに砂見は会話を中断してその場を立ち去った。テロ容疑で捕まった新井弘隆や町田慎哉のこともそうだ。明らかに教育実習のときの班メンバーの話題を避けようとしている。しつこく追及すると警戒されるので控えていたが、やはり今回も逃げられてしまった。

ただ、今までの話から砂見が仏のことを話題にするときはその口調に敬意の念が窺える。陶酔や心酔とまで言えるかは分からないが似たような感情を向けているのではないかという感触がある。

どうして教育実習班メンバーの話題を避けるのだろう。

新井と町田がテロ容疑者だから関わりたくないという理由は分かる。それなら仏の話題まで避けることはないだろう。

もし、このテロ計画が仏主導で計画されていて、さらに現在も進行中だとしたら。

砂見が仏の話題を避ける理由として必然性がある。

テロ計画が進行中……。

「テロがどうしたんですか」

背後から声をかけられて思わず振り返った。

そこには愛菜が立っていた。

「い、いや、なんか今日の天気、てろってろだなって」

「てろってろなんて表現初めて聞いた」

「私の実家の方言なんだよね」

里美は咄嗟の思いつきでごまかした。そんな方言、静岡市にはない。

「実はお願いがあるんですけど」

愛菜はすがるような表情で手を合わせた。

「どうしたの？」

「できたらクロエちゃんのテントに変えてほしいんですよ」

よほどあのクロエと気が合ったらしい。

「私、バイトの身でそんな権限がないからさ。ごめんね」

「そうですか……」

愛菜はしょんぼりと肩を落とした。

その時、文科省の女性スタッフが近くを通りかかったので里美は声をかけた。彼らの中では唯一の女性で市川春美《いちかわはるみ》と自己紹介していた。

「テントのメンバーを交換することってできますかね」

「ごめんなさい。メンバーはこちらで固定されているから変更がきかないんですよ」

市川は申し訳なさそうに言った。テントのメンバーも文科省サイドが決めている。その割り振りもランダムではなくて、彼らなりの理由があるようだ。事前に様々なデータを取っているのだろうか。

　返事を聞いて愛菜はさらに両肩を低くしている。

「勝手なこと言ってごめんなさい」

　彼女はペコリと頭を下げた。素直な子だ。クロエとはまるで違うタイプなのに相当クロエに入れ込んでいるようだ。

「月星さん、明日の討論会の練習しましょう」

　ジャージ姿の少女が二人、愛菜に近づいてきた。

「あ、紹介します。私と同じ班の梅川伽耶子《うめかわかやこ》さんと設楽理沙《したらりさ》さんです。二人とも私と同じ中学三年生なんです」

「三人とも同学年なんて珍しいわね。どこも学年はバラバラらしいわよ」

　テントは三人一組でメンバーは中学生や高校生が混在していたりする。

　彼女たちは「初めまして」とお行儀良く頭を下げた。二人ともあどけないが賢そうな顔立ちをしている。

　中学生ということもあってお肌はスベスベでピチピチだ。自分にそんな時代があったことがもはや信じられない。

　愛菜が心配そうな表情を里美に向けている。メンバー交換の願い出をしたことを彼女たちに知られたくないようだ。

　里美は「大丈夫よ」とウィンクで合図を送った。

「どう、キャンプは楽しい？」

「すっごく楽しいです。私、キャンプなんて初めてなんですよ」

　伽耶子が目を輝かせて言った。こういうところもまだまだ子供らしい。この子たちが将来利権と保身にまみれた汚い大人になる姿をイメージできないし考えたくもない。

　クロエはメンバーたちと上手くやっているのだろうか。

　里美は彼女のテントの方に視線を移した。それに気づいた愛菜が「見に行きましょうよ」と里美の手を引っぱった。

「討論会の準備はいいの？」

「敵情視察ですって」

　愛菜は二人のメンバーも誘った。彼女たちも異論はないようだ。

　里美は愛菜たちと一緒にクロエのテントに向かった。

　彼女はメンバーたちと設営の途中だった。彼女がずっとさぼっていたので他の班より遅れているようだ。クロエは明らかにやる気のなさそうな顔をして投げやりにテント用の杭《ペグ》を地面に打ちつけている。

「クロエちゃん」

愛菜は無邪気に声をかけた。そんな彼女に対してクロエは立ち上がると笑みを向けた。クロエにしては珍しい対応である。

「私の班メンバーを紹介するね」

愛菜は伽耶子と理沙を紹介した。クロエも自分のメンバーを紹介する。

長身の少女が芹沢花梨《せりざわかりん》、そしてもう一人が藤堂佐和子《とうどうさわこ》。花梨が高校一年生、そして佐和子が中学一年生だ。こちらは学年が見事にバラバラである。佐和子は大人しそうな雰囲気だが、花梨は整っているものの少し気の強そうな顔立ちだ。

「雨宮さん、あなたのおかげで私たち遅れているんだからね。分かってるの」

花梨が作業を続けながら眉を上げた。年長者という自覚からリーダーシップを発揮しているようだ。

クロエはため息を吐《つ》きながら「はいはい」と気怠《けだる》そうに答えた。そんなやりとりを佐和子はハラハラした様子で眺めている。

思ったとおり、こちらの班メンバーはあまり打ち解けられていないようだ。クロエと上手くつき合える子がそうそういると思えない。

「私たちも手伝うよ」

愛菜が声をかけると伽耶子も理沙も率先して協力した。こちらはメンバーの関係性は良好である。それなのに愛菜はメンバーを交換してほしいというのだからよほどクロエの近くにいたいのだろう。

クロエは敵も多そうだが、孤高な存在ゆえに人を惹《ひ》きつけるだけの魅力があるのかもしれない。

三人が加わってテントの設営はまもなく完了した。二つの班のメンバーたちはクロエを除いていつの間にか打ち解け合っている。

「撮影しようよ」

伽耶子は折りたたみ式の自撮り棒をジャージのポケットから取り出すとそれにスマートフォンを取りつける。自撮り棒を最大に伸ばしてカメラを向けるとメンバーたちはレンズに向けてVサインを送った。こんなところは今どきの女の子だ。

「そろそろ討論会の準備をしないとね」

年長者の花梨が言った。

討論会は明日の午後にこちらの広場で開催される。いくつかの班合同でチームが三つに分けられて、それぞれ決められたテーマで弁論を競うという流れだ。内容は社会問題などいくつかのテーマが与えられ、子供たちは肯定派と否定派に分かれて議論をたたかわせる。たとえば「原発を廃止すべきか」とか「農作物輸入の自由化の是非」などがテーマとなる。持てる知識と論理を駆使して相手を論破する、いわゆるディベート合戦だ。

里美も大学時代に何度か経験している。

クロエを含めた六人は輪になって地面に腰掛けた。

「水氷さん、なにかテーマを与えてください」

花梨の求めに里美は「安楽死の是非」を提示した。こちらも社会問題になっているだけに議論する意義はあるだろう。

各班の代表者によるジャンケンの結果、クロエたちの班が肯定派、愛菜たちが否定派として議論することになった。

「私は賛成です。死ぬ苦しみから逃れる権利は誰にでもあるし、それを認めないというのなら、それはエゴだと思います」

花梨がハキハキとした口調で答える。

「でも家族が悲しみますよね。私のお母さんだったら私の安楽死は絶対に認めないと思います」

伽耶子が反論する。

「我が子が苦しみ悶《もだ》える姿を見ればむしろ認めると思いますよ」

最年少の佐和子が応戦した。

「愛菜ちゃんはどう思うの」

理沙が難しい顔を向けている愛菜に声をかけた。

「うーん、日本人は無宗教の人が多いから神様の元に行けるという考えがないよね。つまりそれって心の拠《よ》り所がないってこと。だから日本人って安楽死には向いてない国民性だと思うわ」

　愛菜の発言に一同から感嘆の声が上がった。

　里美もこの議論に宗教観を当てはめる愛菜の見識に感心した。

　それからも闊達《かったつ》な議論がくり広げられた。さすがはGOPのメンバーに選ばれるだけあって彼らのディベート力は大人顔負けだ。

「雨宮さんだけまだ発言してないわ」

　花梨の指摘に全員の視線がクロエに集まった。彼女は退屈そうに欠伸《あくび》を嚙《か》みしめている。

　相変わらず舐《な》めきった態度だ。

　花梨の眉間に皺《しわ》が寄っている。

「あなたの意見も聞きたいわ」

　彼女の口調は刺々《とげとげ》しくなっていた。

「別に。死にたい人はさっさと死ねばいいんじゃない」

「雨宮さんっ！」

　花梨は眉をつり上げて怒鳴った。佐和子がビクッと背中をのけぞらせている。

「だって死にたいと思っている人間に生きている価値なんてないでしょ」

「そんなの感情論に過ぎない。まるで議論になってないわ」

花梨は噛みつくような口調で人差し指をクロエに突きつけた。しかし彼女は怯《ひる》んだ仕草をみじんも見せない。それどころか花梨に挑戦的な目つきを向けている。

佐和子がハラハラした様子で心配そうに見つめている。

「だったら自殺も立派な生物学的な機能ね。人口が増えれば自殺者が増えるようになってるんじゃない。それで人口が増えすぎないよう調整されてんだよ。つまり自殺は人類を末永く生きながらえさせようという本能の一部ともいえる」

「な、なるほど……」

クロエの発言に花梨は人差し指を引っ込めた。

「クロエちゃん、すごぉい」

愛菜が拍手をしている。手の火傷のあとが痛々しい。

「能ある鷹《たか》は爪を隠す、みたいなアピール止《や》めてくれる？」

花梨は苦々しく嫌味を込めている。

里美は苦笑を漏らした。

いかにもクロエらしい屁理屈だ。

「ねえ、そろそろ集合時間よ」

里美は腕時計を見ながら告げた。

これから各班に米や肉などの食材が配られる。子供たちが協力して夕食を準備するのだ。それぞれが火をおこして飯ごう炊さんをすることになっている。

さすがに里美たち大人のスタッフが手伝わなければならないだろう。

夕食後は少しばかりの自由時間、そして夜九時が就寝となる。

「全員、本部の前に集合してください」

砂見が拡声器を使って子供たちに呼びかけている。

彼らは言われた通り、一斉に移動を始めた。

見たところすべてのテントの設営が完了したようだ。

——さあ、これから忙しくなるぞ。

里美は腕まくりをしながら本部に向かった。


里美は飯ごう炊さんに四苦八苦する愛菜たちを眺めた。

どうやら飯ごう炊さんは初めてのようで、河原がいろいろと指示している。里美も経験がないので見守ることに決めた。他のスタッフも総出で子供たちをサポートしている。

文科省のスタッフは相変わらず観察を決め込んでいる。あれはあれで退屈な仕事だと思う。

先ほどの模擬討論で親睦が深まったのか、愛菜とクロエの班のメンバーたちは協力し合いながら夕食の準備に勤《いそ》しんでいる。

そんな中、相変わらずクロエだけが退屈そうに彼らの輪から外れて一人、焚《た》き火の前に腰を落としていた。

オレンジに照らされた彼女の顔が炎の動きに合わせて揺らめいている。

里美はそっと彼女に近づいて立ったまま見下ろした。

「あんたさ、どんだけ協調性に欠けるのよ」

「最高にくだらないし絶望的に退屈だから」

予想通りの答えが返ってくる。

「そうやって孤高を気取ることがかっこいいとか思ってんじゃないの。まだまだ子供ね」

炎がパチパチと音を立てた。

「その子供に協調性とかいう同調を無神経に強要するのはオバサンになった証《あか》しだわ」

相変わらずの減らず口だ。こういう切り返しが瞬時にできる彼女は案外、討論会において強力な論客なのかもしれない。

これ以上話したところで不毛なやりとりにしかならないのは今までの経験で分かって

いる。

「クロエちゃん、こんなところでなにしてんの」

声がしたので振り返ると愛菜が立っていた。

「別に」

クロエは覇気の乏しい返事をする。愛菜はクロエの隣に腰を下ろした。

「炎を見てるとホッとするね」

「そうかもね」

クロエはほんのりと微笑んだ。他人の接近を許さない彼女がこんな表情を見せることは滅多にない。

二人は学校のことや家庭のことなど他愛《たわい》のない会話を始めた。といっても話しているのはほとんど愛菜だ。クロエは聞き役に徹している。他人に興味を向けない主義の彼女にしては嫌がっている様子は窺えない。

クロエも愛菜にだけは心を許しているようだ。なにか通じるものがあるのだろうか。

「それにしても参加者のみんな本当に優秀だよね。私なんてとても話についていけないよ」

愛菜は背伸びしながらため息をついた。手の甲の火傷の痕が気になる。

「頭が良くたって中身はガキだよ」

「クロエちゃんは嫌々参加しているみたいね」

「パパに無理やり参加させられてる」

「クロエちゃんのお父さんって厳しいんだ」

「鬼だよ、怪物だよ、ディアブロだよ」

「ディアブロ？」

「ううん、なんでもない」

愛菜の問いかけにクロエは頭を振った。

ディアブロとはスペイン語で悪魔を意味する。

クロエの父親は防衛省の官僚らしいがどんな人物なのだろう。あのクロエが言いつけに従うくらいだから相当に厳格な父親なのだろう。もっとも娘に相当に嫌われているが。

「他の国でも優秀者を集めたキャンプってあるみたいね」

「ふぅん、そうなんだ」

クロエは興味なさそうな顔で頷いた。

「外国の似たようなキャンプですごい事件が起きたことがあるんだけど知ってる？」

愛菜の問いかけクロエは「知らない」と首を振った。

「二〇一一年だったかな、ウトヤ島というところで起きた事件だよ」

「ウトヤ島？　どこにあるの」

クロエが聞き返す。

あれ？ その島の名前、聞いたことがあるぞ。

すぐには思い出せない。

「北欧。ノルウェーだったかな」

「ノルウェー？」

思わず声に出てしまった。愛菜は里美を見上げた。

こちらも最近、話題にしたことがある国名だ。

なんだったっけ？

里美は記憶を探った。

「ウトヤ島で今回のような成績優秀者である学生たちを集めたキャンプが開催されたの。そこに一人の男が乗り込んで来て銃を乱射したんだよ。一時間ちょっとで七十人近い若者が撃ち殺されたんだって。他にも首都のオスロで爆弾テロを起こして十人近く殺しちゃったらしいよ」

愛菜は眉をひそめながら解説した。

「一人でそんなに？ すごいじゃない」

クロエの瞳に好奇の光が炎と一緒に揺れている。

「すごいだなんて不謹慎だよ、クロエちゃん。でも単独犯としては世界記録なんだって」

クロエはヒュッと口笛を鳴らした。

つまりたった一人で、それも数時間で八十人近くの命を奪ったことになる。里美の知る限り、日本では昭和に起きた津山事件で犯人が殺《あや》めた村人三十人が最多だ。それを倍以上も上回っているなんて信じられない。考えただけで背筋が冷たくなる話だ。

「そういえばそんな映画があった気がする」

クロエがぼそっと言った。

里美は膝を打った。

仏が鑑賞したかもしれないドキュメンタリー映画。ノルウェー連続テロ事件の犯人を追った内容だ。このキャンプから戻ったら鑑賞しようと思っていた。だから内容の詳細までは把握していなかった。

「月星さん、その犯人の名前ってもしかしてブレイビク？」

その映画は犯人の名前がタイトルになっていた。

「うん、たしかそんな名前だった」

ビンゴだ。

「映画は観たことあるの？」

今度はクロエが聞いた。

「ううん。私が事件のことを知ったのは映画を紹介する雑誌の記事。それで興味を持ったからいろいろ調べてみたの。島が舞台だし状況が今回と似てるのよね」

エリート生徒たちの集まるキャンプ、そして会場は離島。

たしかに似ている。

「ね、ねえ、その話、もう少し詳しく聞かせてくれない？」

「うん、いいけど……水氷さん、ちょっと怖い顔になってるよ」

オレンジの光が愛菜の不安そうな顔を照らしている。

「興味深い話だから……」

「おいっ！」

突然、背後から男性の声がした。

振り返ると男性のシルエットが立っていた。

「砂見さん……」

「さぼっているのは君一人だけだぞ」

砂見は険しい表情で里美を睨《ね》め付けている。

「べ、別にさぼっているわけじゃ……。私、飯ごう炊さんの経験がないので」

「だったらせめて覚えようとする努力をしろよ。食事の準備は明日もあるんだぞ」

彼は広場を指さしながら語気を強めた。

他のスタッフが各班を回りながらサポートしている。

「ごめんなさい。私が水氷さんを引き留めちゃったんです」

愛菜が庇《かば》ってくれたが砂見は厳しい表情を崩さない。

「二人とも準備に戻りなさい。君たちの行動は文科省のスタッフが逐一チェックしている。さぼっていると評価が下げられてしまうぞ。せっかくメンバーに選ばれたのに、こんなことしてると次からは外されてしまうかもしれないんだ」

「月星さん、もういいから。ありがとう」

里美はそっと愛菜に礼を伝えた。

彼女はそそくさと立ち上がると班メンバーの元に戻っていった。

クロエもやれやれと言わんばかりに気怠そうな仕草で班に戻った。

「水氷さん、ちょっといいか」

砂見は険しい目つきのまま里美を呼んだ。子供たちや他のスタッフと離れたところで彼と向き合った。

「本当にすみませんでした」

里美は素直に頭を下げた。ここでトラブルを起こしたくない。

「気が緩んでいるぞ。それが事故に繋《つな》がるんだ」

「はい、そうですね。分かってます」

里美は背筋を伸ばして小刻みに頷いた。

「しばらく子供たちとの接触を禁じる」

砂見が里美を見据えながら告げる。

「そんなぁ……」

「君にとって子供たちとのふれ合いは楽しいかもしれないが、我々は遊びに来てるんじゃない。僕がいいと言うまで子供たちには近づくな。しばらくは本部で雑用に徹すること。いいな」

砂見は異論は認めないと言わんばかりに人差し指を里美に突きつけた。

「分かりました」

里美が答えると「今すぐ本部に戻れ」と言い残して離れていった。

「そんな怒ることないのに……」

里美は砂見の背中を眺めながらつぶやいた。こんなこと注意をすれば済む話ではないか。子供たちとの接触禁止だなんてやり過ぎだと思う。

もう少し寛容な男性だと思っていたが少々幻滅だ。

同時に彼に対する疑念が浮かび上がってきた。

やはりこのペナルティは大げさすぎる。そもそもスタッフもギリギリで回している状況で里美が離脱すれば運営に少なからずの支障が出てしまうはずだ。

だいたい河原や水島たちだって活動中に子供たちとおしゃべりをしていた。そこに砂見も居合わせていたはずだ。なぜ他のスタッフが許されて自分だけが責められるのか。

どうして砂見は里美だけにこんなペナルティを課したのだろう。

里美が子供たちと接触することで何かしらの不都合が彼にあるのかもしれない。

いや、むしろ直前の里美の行動が彼に警戒感を抱かせたのかも。

砂見が声をかけてくる直前に何をしていた？

愛菜とおしゃべりをしていた。そのタイミングで声をかけられた。

砂見は里美と愛菜の会話を聞いていたのだろうか。

話題はブレイビクだった。

ノルウェー連続テロ事件の実行犯だ。短時間で八十人近くもの命を奪った若きテロリスト。

その中で里美の関心を惹いたのはウトヤ島における銃乱射事件だ。ブレイビクはウトヤ島でキャンプ中の若者たちを襲って多数の死者を出したと愛菜が言った。

その状況が今と似通っているとも。

とにかく砂見の動向を監視する必要がありそうだ。

頭の中でジリジリとベルの音が響く。

瞼《まぶた》を開くと寝袋の中だった。

近くで目覚まし時計が鳴っている。時計の針は午前五時半を指していた。

「おはようございます」

起き上がると同じコネクトアビリティのスタッフである大井町と文科省の市川、そして医療スタッフとして同行してきた看護師の丸山静香の姿があった。里美を含めてこの四人が今回参加している女性メンバーである。

「水氷さん、顔色が良くないね」

丸山が心配そうに里美の顔を覗き込んだ。

「なんだか、気持ちが悪くて。食あたりかな」

胃の辺りに軽度のムカムカを感じる。昨夜の豚肉が生っぽかったがそのまま食べてしまったのがいけなかったのだろうか。

「吐きそう？」

「いいえ、そこまでではないんだけど」

「あとで久保山先生に診てもらうといいわ」

「ええ、そうします。でも、本当に大したことないから」

この程度なら安静の必要はない。活動する分には支障はないだろう。

里美はジャージに着替えると一階の洗面所にて洗顔と歯磨きをした。こんなに早起きをするのは久しぶりのことだ。

「水氷さん、昨夜はずっと本部にいたの？」

隣で洗顔していた大井町が声をかけてきた。

「うん。子供たちとおしゃべりしていたら砂見さんに叱られたの。それで戦力外通告を受けたってわけ」

「おしゃべりくらいみんな普通にしてるのに。どうして水氷さんにだけ厳しく当たるのかしら」

「さあ」

里美は肩をすぼめながら苦笑した。

昨日は砂見と別れてから本部に戻った。雑用といわれてもこれといってすることがなかった。

砂見はなんらかの理由で里美を子供たち、特に愛菜から離そうとしたのではないか。

なんらかの理由……それはブレイビクに関することではないのか。今回の状況がウトヤ島事件との一致点が多いのが気になるところだ。

里美は二階にある砂見の部屋に近づいた。文科省チームリーダーの沢尻と医師の久保山。そしてコネクトアビリティのチームリーダーである砂見の三人はそれぞれ個室があてがわれている。

周囲に人の気配がないことを充分に確認しながら砂見の部屋の扉に手をかける。

里美は舌打ちを鳴らした。

扉には鍵がかけられている。油炭からピッキングのトレーニングを受けているが、ツールをオフィスに置いてきてしまった。キャンプだから必要なしと決めつけてしまったのは我ながら不用意だった。

――君もまだまだだな。

油炭の茶化すような声が聞こえた気がした。

チャンスを見て潜り込むしかないか。

とりあえず一階のリビングに戻る。スタッフは出払っていて話し相手もいない。里美は悶々《もんもん》としながら過ごした。

夜になって里美は本部を抜け出して林に身を潜めて砂見の動きを監視した。しかしこれといって不審な点は見出せなかった。夜になって本部にスタッフたちが戻ってきてからもそれとなく砂見を観察した。ここでも目立った動きは見せなかった。外部と連絡を取っている様子もない。

なんとか部屋に入り込むチャンスはないものか。

そこで里美は就寝時間直前に思い切って砂見に声をかけた。

「今日は本当に申し訳ありませんでした」

「厳しいと思うかも知れないが、このプロジェクトは失敗が許されないんだ」

「分かってます」

里美は努めて神妙な顔で頷いた。

「子供たちへの接触禁止のペナルティだが、明日の午後までとしよう。それまでは本部での雑用だ。分かったな」

里美が了承すると砂見は自分の部屋へ向かった。さすがに部屋の中まで追うわけにはいかない。結局、砂見の部屋に潜り込むことは叶《かな》わなかった。

里美は自室に戻って寝袋に身を包んだ。気がつけば朝を迎えていたというわけである。

そんなわけでキャンプ一日目は仏の存在を感じることなく過ぎた。

今日こそ砂見の部屋に潜り込もう。

「六時から朝食を兼ねたミーティングを開きます。全員、リビングに集合するようにお願いします」

河原が出入口から顔を出して告げた。

里美は手早く身支度を整えてリビングに向かおうとしたとき廊下で望月に出くわした。寝癖のためか一瞬、油炭かと思うほどに似ている。

「おはようございます」

里美は立ち止まって挨拶をした。

「おはよう。よく眠れた？」

「睡眠はいいんだけど、胃の調子が良くないんですよ」

「実は僕もなんだよね。あとでドクターに薬をもらおうと思ってる」

望月は腹をさすりながら言った。格闘技をやっているだけあってしなやかな体つきをしている。

「それがいいですね」

「その前にちょっと外の空気を吸ってくるよ」

「もうすぐミーティングですよ」

「僕一人くらい、いなくたって問題ないっしょ。じゃ、あとはよろしく」

「はあ？」

望月は階段を降りると玄関に向かった。

里美は彼の背中を眺めながら吐息を漏らした。我々の血税があんな不真面目な役人の給料に使われているのだ。里美は子供たちとちょっと話をしただけで責められたのに、堂々とさぼっている望月はお咎《とが》めなしだ。納得できない。

もっとも彼は文科省チームの中でも浮いた存在で他のメンバーからも相手にされていないようだ。チームリーダーの沢尻もさぼっている望月を見かけたところで注意すらしない。

まったく税金の無駄遣いよ。

里美はモヤモヤした気分でリビングルームに向かった。すでに望月を除く全員が姿を見せている。

会議用のテーブルの上には湯気の立ったマグカップが置かれていて、コーヒーの香りが広がっている。そして大きな皿にはパンが積まれていた。これが朝食らしい。

里美は大井町の隣に着席した。彼女はコーヒーにミルクを注いでいる。

コーヒーの香りで胃のムカムカがさらに強まった。これでは食欲がわきそうにない。

それぞれが着席して食事を始めている。

ドクターの久保山もコーヒーを美味《おい》しそうに飲んでいた。

あとで彼に薬をもらおう。

食欲はないが何も口にしないと体力が持たない。とりあえずコーヒーを一口だけ含んでみた。飲み込もうとすると軽い吐き気に見舞われた。里美は慌てて口元を手で覆ったが吐き気はすぐに治まった。

体調が優れない。慣れない環境が関係しているのかもしれない。

「大丈夫？」

大井町が心配そうに声をかけてきた。

「うん、大丈夫」

里美は指で丸印を示した。

「無理しないでね。長い一日になるんだから」

「そうね。ありがとう」

他のメンバーたちは黙々と食事をしている。それぞれがまだエンジンがかかっていない、ぼやけた顔をしている。

「誰か無線機をいじりませんでしたか」

呼びかけの主である河原に注目が集まった。彼だけはテーブルから離れて先ほどから無線機をチェックしている。全員、首を傾げるだけで手を挙げる者はいなかった。里美も指一本触れていない。

「どうした？」

カップを手にした砂見が河原に声をかけた。

「無線機がうんともすんとも言わないんですよ」

「故障か」

「寝る前にチェックしたときは問題なかったはずなんですけどね」

河原はスイッチをオンやオフにしたり、ダイヤルを回したりしているが無線機はまるで起動する様子がない。

「この島はケータイの圏外だ。なにかトラブルが起きたときに無線が必要になる。直せそうか」

「なんとかやってみます」

「もう時間だ。とりあえず今はミーティングに参加してくれ。修理はその後でいい」

砂見に促されて河原はそそくさとテーブルに着いた。時計はミーティング開始の六時を指している。彼は急いでパンを口の中に頬張るとコーヒーで流し込んだ。

里美は食欲がないのでパンには手をつけなかった。今はコーヒーをチビチビと啜《すす》っている。体調のせいか好物であるコーヒーが美味しく感じられない。苦味が苦痛にすら感じられる。

「あれえ?」

隣で大井町がキョロキョロと室内を見回している。

「どうしたの」

「望月さんを見かけないなあと思って」

彼女は昨夜も寝るまでずっと望月のそばから離れなかった。あんなちゃらんぽらんな男のどこがいいのかと思う。

「ちょっと前に散歩に出てったよ」

里美は玄関の方を見た。しかし彼は姿を見せない。

「集合時間なのに大丈夫なのかな」

「大丈夫なんじゃないの」

文科省チームリーダーの沢尻も望月の不在を気にしていないようだ。最初から相手にしていないのだろう。

「三十分後に子供たちが起床します。もうすでに起床して散歩している者もいますが、七時から彼らの朝食になります。各班長がここにパンを取りに来ることになっているので、担当者は対応するようにしてください。七時半に全体の朝礼会、そのあとは午後から開かれる討論会の準備に入ってください」

砂見が朝の予定を告げた。袋詰めされた朝食のパンを班長に配るのは水島の役割だ。

今日は討論会などいくつかのイベントが予定されているし、食事の準備もある。里美は討論会の会場設営を任されている。なにかと忙しくなりそうだ。

時計を見ると六時二十分を回っている。子供たちの起床時刻は六時三十分だ。十分後にはキャンプ二日目の活動が始まる。

そのときだった。

水島が喉元に手を当てながら立ち上がると周囲をヨロヨロとさまよい始めた。

「水島さん、どうしたの」

大井町が声をかけると彼は苦しそうな表情で喉元を掻きむしり始めた。

「い、息ができない……」

突然、転倒した水島の体は小刻みに震え始めた。口から泡を吹いている。

「水島さんっ！」

里美が駆け寄ろうとすると今度は大井町とドクターの久保山が同じように悶え始めた。

「な、なんなの……」

伝播《でんぱ》するように文科省のスタッフである沢尻、市川、吉住に異変が起きた。

彼らは椅子から転げ落ちたり、額をテーブルに擦《こす》りつけたりしながら苦しそうにもがいている。

そして河原と丸山にも。体をねじらせたりよじらせたりしながらのたうち回っている。

彼らの這《は》いずる音やうめき声が不協和音となって室内に広がっている。

その様子を砂見が着席したままじっと見守っている。まるで昆虫を観察するような、感情の窺えない表情だ。

「な、なんなのよ……」

そしてついに里美にもその番が回ってきた。

喉の筋肉が痙攣《けいれん》して息を吸うことがままならない。

里美は手足をばたつかせながら椅子から転落した。目の前でテーブルから落ちたマグカップがコーヒーをぶちまけながら床に転がった。里美も一緒に床に倒れていた。

毒だ……飲み物に毒が盛られていたんだわ……。

意識を振り絞ろうと抗《あらが》えば抗うほどに遠のいていく。

誰かが立ち上がる音がした。

砂見だ。テーブルの下から彼の両足が見える。

彼はしっかりとした足取りでテーブルから離れていった。

しくじった。もっと早くに手を打っておくべきだったのだ。

他のメンバーたちは床に倒れているか、椅子に座ったまま動かなくなっている。里美のすぐ近くで河原が泡を吹いて倒れていた。生きているのかも分からない。

「すまんな、みんな」

砂見は重苦しい声で告げると部屋から出て行った。彼の小さくなっていく背中が徐々にぼやけていった。

――クロエ、逃げて……。

振り絞った声もかすれてしまった。

やがて徐々に光を失っていった視界は闇に包まれ、ついには何も感じなくなった。

泥かなにかを詰め込まれたように頭が重い。

固い瞼を半ば無理やり開くと、霞《かすみ》がかかったようにぼんやりとした白い光で満たされていた。

ここはどこ……。

曖昧模糊《もこ》としていた景色は徐々に輪郭を結び始めて色や形が鮮明になっていく。それはやがて床に転がるマグカップを描き出していた。カップの周囲は茶黒い液体で濡《ぬ》れている。

「ううっ……」

里美はうなりながら手足の感覚を確かめる。ちゃんと動かすことができる。

そうこうするうちに濁り淀《よど》んだ記憶が戻ってくる。

毒を盛られた？

里美は慌てて酸素を貪った。

大丈夫。

ちゃんと呼吸ができる。

私は生きている！

里美はテーブルの脚を摑みながらなんとか立ち上がった。

同時に腹部から喉元にかけて突き上げるような激痛が走った。

里美は咆哮《ほうこう》するような声を上げながら嘔吐《おうと》した。

吐瀉物《としゃぶつ》には血が混じっている。それでも構わず胃の中のものをすべて吐き出した。体の中に溜まっていた悪いものが出て行ったのか、気分や体が楽になったような気がした。

「み、水島さん」

里美はすぐ近くに倒れている水島によろめきながら近づいた。しかし彼の見開かれたままの瞳にはもはや生気が宿っていなかった。口からは泡状となった唾液が流れ出ている。

「な、なんてこと……」

おそるおそる周囲を見渡す。

そこには悪夢ともいえる光景が広がっていた。

メンバーたちは床に転がったり、椅子に座った状態でテーブルに突っ伏したまま動かない。

「うう……」

床に転がったままの河原がうめき声を上げた。

里美は跳ねるようにして彼に駆け寄った。

「河原さん！」

「い、いったい何が……」

河原は今にも光を失いそうな虚《うつ》ろな視線を虚空にさまよわせている。

「しゃべらないで」

里美が声をかけると彼は咳《せ》き込んだ。

どうやらなんとか持ち直したようだ。朦朧《もうろう》としながらも意識を戻している。しかし立ち上がることはできそうもない。すぐに入院が必要だ。

他のメンバーを確認すると大井町、そして文科省のリーダーである沢尻が反応を見せた。それ以外の者たちは意識を戻さなかった。

死んだのか生きているのか、これ以上確認するのも怖かった。

「なんてことしてくれたのよ……」

里美の濡れた声は弱々しく震えていた。

自分が比較的軽症で済んだのは摂取したコーヒーの量が極めて少なかったからだ。たまたま胃の調子が悪くてコーヒーを受け付けなかったことが幸いしたのだろう。

メンバーのコーヒーになんらかの毒が盛られていたのは明らかだ。

どす黒さに満たされた殺意を感じて戦慄を覚えた。

助けを呼ばなくては……。

ポケットからスマホを取り出すが相変わらず圏外を示している。

里美はふらついた足取りで、部屋の傍らに置かれたデスクに設置されている無線機に近づいた。丸椅子に腰掛ける。

呼吸も鼓動も乱れていて、気力を振り絞らないと意識を失ってしまいそうだ。

無線機本体を確認する。使いどころの分からないスイッチやダイヤル、計器類で構成されている。

河原から使い方のレクチャーを受けるはずだった。

「電源はどれよ」

指先をスイッチ群にさまよわせると電源マークが表記されたボタンを見つけた。

「これだわ」

里美は迷わず押し込んだ。しかしうんともすんとも反応がない。

「ファック！」

思わず毒づく。

河原が故障だと言っていたではないか。昨夜までは問題なかったと。

よりによってこのタイミングで……。

いや、と思い当たる。

故障ではない。

砂見の仕業に違いない。そうなら簡単には修理が利かない状態にされているだろう。使い物にならない。

ケータイやスマホの通信圏外だから外部と連絡がつけられない。つまり助けを呼ぶことはかなわない。

ホバークラフトが迎えに来るのも最終日である明日の午後である。武久呂島は完全に孤立してしまった。ウトヤ島と同じ状況である。

これから何が起こるのか、想像するのもおぞましい。

砂見の姿はない。コーヒーに毒を盛ったのは言うまでもなく彼だ。

そして砂見をここまで駆り立てたのは仏であるのは間違いない。砂見は長期間にわたる仏との接触で彼の悪意に染められてしまった。新井も町田もそうだろう。

砂見は日本の将来を変えるにはインパクトが必要だと主張していた。

そのインパクトがなんであるのか、今なら想像がつく。

彼はウトヤ島の事件を再現しようとしているのだ。

これも明らかに仏の意向だ。仏はドキュメンタリー映画『ブレイビク』を鑑賞している。その前からブレイビクを徹底的に研究していたに違いない。

そしてお得意の誘導と洗脳で砂見をブレイビクに仕立て上げるつもりだったのだろう。

砂見は仏によって刷り込まれた歪んだ信念でおぞましい蛮行を決行した。

砂見の標的はここにいるスタッフたちではない。あくまで計画における邪魔者を排除したただけなのだ。

純粋で無垢な命。

それが彼の真のターゲットである。大人にとってこれほどまでに悲劇的で絶望的な衝撃はない。たしかに社会を変えてしまうほどのインパクトになり得るかもしれない。しかしその傷痕が癒えることはない。残された憎悪と怨嗟《えんさ》はさらなる惨劇につながる。

そうやって仏は人々の運命を弄んできた。ここに倒れているスタッフたちも仏の被害者だ。

里美は腹の底からこみ上げてくる怒りに拳を握りしめた。

そのとき遠くの方で乾いた破裂音が響いた。

一回、二回。そしてまた一回。

マズい。

もうすでに砂見は計画を実行している。

仏に操られているとも知らないで。

里美はジャージの襟元を摑むと大きく深呼吸をした。

何度かくり返すことで乱れまくっていた鼓動も呼吸も整ってくる。

今、動ける大人は自分しかいない。

両頬をパンパンとはたいて活を入れた。

キッチンを漁《あさ》ると引き出しの中に包丁を見つけた。刃渡り二十センチほどだろうか。手に取るとずしりとした重みを感じた。

何もないよりマシだわ。

里美は包丁を握りしめると本部を飛び出した。


銃声が響くと子供たちの叫び声があちらこちらからわき上がってくる。

里美は木々の枝をかき分けながら小走りで森を進んでいった。

やがて五人の少年少女がこちらに向けて駆けてきた。彼らは里美の前にたどり着くと腰を抜かしたようにその場にしゃがみ込んだ。全員、真っ青で凍りついた表情をしている。少女の一人は失禁していた。

「他の子たちはどうなってるの」

里美は一番年長と思われる男子に尋ねた。メガネのレンズが汗と泥で汚れているが見るからに賢そうだ。

「分かりません。でも何人かは撃たれたみたいです。みんなバラバラになって、僕たちも無我夢中で逃げてきたから……うわっ！」

彼は里美が手にした包丁を認めると怯《おび》えた表情になって後ずさりした。

「これは護身用よ」

里美は包丁を地面にそっと置いた。彼らに安堵の表情が広がった。

「迷彩服を着込んだ砂見さんがいきなりライフルで発砲してきたんです！」

男子は興奮気味にまくし立てた。

「ライフルに迷彩服ですって……」

里美は喉を鳴らした。

砂見はライフル銃を持ち込んでいた。誰も気づかなかったということは、分解してそれらの部品を荷物に紛れ込ませたのだろう。やはり昨日のうちに彼の部屋を調べておくべきだったのだ。そうすれば武器も毒物も排除できたかもしれない。

「もう大丈夫だから」

里美は泣き出した少女を抱きすくめた。

「おじさんが助けてくれたの」

彼女は腕の中で小さな体を震わせている。

「おじさん？」

里美が少女を放すと彼女は「はい」と点頭した。名前を聞くと朝倉美波《あさくらみなみ》と答えた。

そう言えば望月が散歩に出たまま戻ってきていなかった。

「もしかして背が高くてイケメンな感じのおじさん？」

「そうです。私をかばって撃たれちゃったんです」

やはり望月か。

「ねえ、美波ちゃん、そのおじさんはどうなったの」

「脇腹を撃たれたみたいだけど東の方に逃げました。あいつ、慌てておじさんを追いかけていったわ」

望月は自らの体を盾にして美波を守ると、囮《おとり》となって砂見を彼女から遠ざけた。そのおかげで彼女はここまで逃げることができたのだ。

――子供たちに何かあったら僕が命がけで守るからさ。

彼の台詞《せりふ》を思い出す。

役立たずのチャラい役人だと思っていたが、実は勇敢なヒーローだった。

致命傷にはなっていないか心配だ。

望月は格闘技の心得があると言っていたから簡単には仕留められないはずだ。

とはいえ砂見は国体選手レベルの射撃の名手で、さらにサバゲーの達人である。

そんな彼がリアルなサバゲーをくり広げている。

いくら望月でも負傷をしていて丸腰では分が悪すぎる。無事であることを祈るしかない。

それに子供たちにも犠牲者が出てしまっているようだ。

こうしているうちにもまた遠くの方で銃声が轟《とどろ》いた。少女は両耳を塞いで身を丸めた。

里美は島の本部の壁に貼ってあった航空写真を脳裏に浮かべた。東側は桟橋の設置された砂浜で島の玄関口になっている。望月は砂浜に向かったということになる。そちらに逃げた子供も多数いるだろう。

対して西側は本部が建つがその先は崖となっており、崖下は岩場が続いている。

男子に名前を聞くと杉原《すぎはら》と答えた。

「杉原くん、みんなをつれて本部に行きなさい。そこにも倒れているスタッフが何人かいるから介抱してあげてほしいの」

「もう救助を呼んでくれたんですよね」

美波の問いかけに里美は唇を噛んだ。

「実は無線機が壊されているの」

「そ、そんなぁ……」

彼女が泣きそうな声で顔を引きつらせた。

「僕が修理します」

杉原が神妙な顔で頷いた。

「できるの？」

「僕、無線部です」

「杉原くん！」

里美は杉原と向き合うと彼の両肩を摑んだ。彼はポカンとした顔を向けている。

「しっかり聞いて。あなたはこれからの日本の未来を背負って立つリーダーになるの」

「な、なんなんですか」

里美は肩を握る手と声に力を込めた。

「わ、分かってます」

杉原は小刻みに頷いた。

「無線機が直せなかったら助けが呼べない。つまりみんなの命はあなたの腕にかかってるってこと」

彼は喉仏を上下させた。

「これは国家、いや、あなたたちの未来に対する挑戦であり反逆よ。絶対に食い止めなくちゃいけない」

杉原は里美の左手に自分の右手を乗せた。

「僕に任せてください。必ず救助を呼びます」

彼は頼もしい口調で応じた。その瞳には強い決意の光が揺らめいている。

しかし他の子供たちは不安そうにやりとりを見つめている。

「あいつが来たらどうすればいいの？」

美波が怯えきった様子で尋ねた。

「隠れるの。絶対に見つかってはダメよ」

「隠れるってどこにですか」

本部屋内ではすぐに見つかってしまう。身を隠せる場所はそう多くはない。むしろ砂見の襲撃を受けたら屋内だと逃げ場がない。

里美は再び島全体の航空写真をイメージした。

「崖の下よ。本部の倉庫にロープがあるからそれを使って降りなさい。崖下の岩場なら身を隠せる場所があるはずよ。そこで救助が来るまで待つの。波にさらわれないようそれだけは気をつけるのよ。大丈夫、絶対に助かるから」

里美は自身を励ますように言った。倉庫で確認した備品のロープはそれなりの太さがあって頑丈だった。彼ら一人分の体重なら余裕で支えてくれるはずだ。長さも充分にある。

崖は垂直に屹立《きつりつ》しており高さは十五メートルほどである。崖上から岩場に転落したら無傷では済まないだろう。

しかし森や建物の中ではいつかは見つかるし、砂浜では身を隠す場所がない。周囲の波は高いので海の中には逃げられない。里美の知る限り、ヨットやボートもない。

やはり崖下の岩場がもっとも有効だ。大小の岩が切り立っていて多くの死角をもたらしている。岩陰に身を潜めればやりすごせるかもしれない。

問題は救助が来るかどうかだが、それは運を天に任せるしかないだろう。

またも銃声が響いて、子供たちの悲鳴や叫び声がうっすらと聞こえてきた。東の方角からだ。

「水氷さんはどうするの？」

美波が里美の袖を引っぱった。あどけない顔立ちの彼女は全身を小動物のように震わせていた。こんな子を死なせるわけにはいかない。

「私が食い止めるわ」

里美はそっと美波の頭を撫《な》でた。

彼女はぎこちないながらも笑みを見せた。そんな笑顔にわずかばかりの勇気をもらったような気がした。

「絶対に戻ってきて」

美波はすがるように言った。闘争心がこみ上げてきた。

「さあ、もう行きなさい」

彼らは立ち上がると杉原を先頭にして本部に向かって走り出した。地面に置いた包丁を拾いながら彼らの背中をしばし見届けると里美もテント広場に向かって移動を再開した。

その間にも襲撃から逃れた子供たちと次々とすれ違った。里美は本部のある西側に向かうよう指示をした。そこからは杉原がリーダーシップを取って彼らを岩場に導いてくれるだろう。

それまでに無線機を修理できればいいのだけど。

杉原を信じるしかない。

そうこうするうちにも銃声が幾度となく轟く。そのたびに子供たちが傷ついていることを思うと胸を掻きむしりたくなる。

クロエや愛菜は無事だろうか。そして望月は。

しばらく走ると視界が開けて色とりどりのテントが飛び込んできた。近づくと生臭い匂いにむせ返りそうになる。里美は思わず口元を手で覆った。

そこはまさに地獄絵図だった。

突然の襲撃に子供たちの間でパニックが起きたのだろう。

いくつかのテントは倒されており踏みつけられた痕がある。そうでないテントは血で染められていた。地面には子供たちの荷物や所持品が散乱している。

　そして所々に血まみれの少年少女たちが倒れていた。視界に入る範囲で十人近くいる。テントの中からもうめき声が聞こえてくる。外から撃たれたのだろう。布の屋根に穴が空いている。

「なんてひどいことを……」

　何人かは意識があるが、動かない子もいた。そのうちの一人を調べてみると銃創部に止血処置が施されている。手首に触れると脈動を感じる。気絶しているだけのようだ。他の意識のない負傷者も同じように処置がされている。医療スタッフの久保山と丸山は本部で倒れているはずだ。子供たちか、それとも望月が施したのか。どちらにしても優れた応急処置である。

　負傷者の中にクロエと愛菜、そして彼女らの班メンバーたちの姿はなかった。テント広場から離れたようだ。しかし無事であるとは限らない。すれ違わなかったから彼女たちも東に向かったのだろうか。

　里美は動ける子供たちにタオルを集めさせて負傷者の応急手当を指示した。

　東の方向から銃声が轟いた。

　先ほどより明らかに音が近くなっている。それでもまだ百メートル以上離れているはずだ。

　里美は動ける子供たちに負傷者の応急手当を終えたらすぐに本部に避難するよう指示

する。動けない子供全員を運ぶのは難しそうだ。

「他の子たちにも本部に向かうように伝えるのよ。あとは杉原くんっていう子がいるから彼の指示に従って」

里美が年長の男子に告げると彼は了解の意を示した。責任感の強そうな真っ直《まっす》ぐな目を向けている。

どちらにしても全員の命を救うためには誰かが砂見を止めるしかない。それは彼に致命傷を負わせることに他ならない。そのくらいの覚悟がないと返り討ちに遭ってしまう相手だ。

里美は包丁を握り直して東に向かった。

その途中でも倒れている少年を見つけた。やはり彼にも簡単ではあるが応急手当がなされており出血が最小限に留まっている。声をかけるとうっすらと瞼を開いた。

よかった、生きてる。

「イケメンのおじさんが手当してくれたのね」

里美の問いかけに苦しそうに少年が頷いた。

やはり望月だ。ダメ男だと思っていた彼が今となっては救世主であり唯一の希望だ。一瞬でも見下したことを謝りたい気分である。

「怖いだろうけどここで待ってて。すぐに助けがくるから」

里美は少年に言い残すとその場を離れた。

銃声が近くなるにつれて里美は歩速を弱めた。身を屈《かが》めて木々に隠れるようにして進む。とはいえ林の密度がそれほど濃いわけではないのである程度見通しが利く。つまり長時間身を隠すには向いていないといえる。

しかし相手は迷彩服で風景に溶け込んでいるだろうからこちらからは視認がしにくい。林の中を子供たちが一メートルでも銃声から離れようと逃げまどっている。

里美は彼らに接近して本部に避難すること、そして他の子供たちにもそのように伝えるよう指示した。

今度はかなり近くで銃声が轟いた。やはり本物は映画やドラマのそれとは違う。明確な殺意の籠もった、引き裂くような破裂音が里美の皮膚を震わせた。

音がするたびに下腹部を鷲《わし》づかみされるような感覚を覚える。

逃げ出したいという弱気に負けそうになる。

やがて木々の間から砂浜と海が見えてきた。近づくにつれて波の音も大きくなる。

その先に逃げまどう子供たちの姿が見えた。

銃声がするとそのうちの一人が倒れた。そして銃声。またも一人が砂浜に転がった。

生き残った子供たちは波立つ海に飛び込んでいった。

海中に身を隠すのはあまりに危険だが、隠れ場所がない彼らとしてはそうするしかない。

どうか無事でいて。

里美は祈るような思いで浜辺を見つめた。よく見ると他にも子供たちが転がっている。砂見はまるでゲームのように彼らを標的にしているのだ。いったい何人の命を奪ったのだろう。

砂見はどこだ？

里美は地面に身を伏せながら目を凝らした。

彼の姿は浜辺には認められない。

おそらく林のどこかに身を潜めて子供たちを狙撃している。

十メートルほど離れた所に太い幹の根元を背もたれにしながらしゃがんでいる少女がいた。見覚えのある顔だ。

里美は匍匐《ほふく》で彼女に近づいた。

「芹沢さん！」

クロエと同じ班の最年長、芹沢花梨だ。

里美が声をかけると彼女はうっすらと瞼を開いた。

「芹沢さん、しっかりして」

里美は彼女の手を握った。その手は血で濡れている。彼女の体を調べるとジャージの腹部に穴が空いていた。紺色のジャージが血液を吸っていて分かりにくくなっていた。

里美は傷口を押さえ込んだ。血液が指の間からあふれてくる。花梨は苦しそうに顔を歪めた。

「大丈夫、急所は外れてるわ」

「ど、どうして……私たちがこんな目に……遭わなくちゃいけないの」

彼女は息も絶え絶えに言葉をつなげた。目から涙がこぼれている。

「しっかり！」

花梨の瞼が閉じそうになったので里美は彼女の頰を叩いた。

「わ、私は大丈夫だから……他の子たちを……」

「こんな出血で大丈夫じゃないわよ！」

気がつけば里美の怒鳴り声も濡れていた。

「雨宮さんたちを助けてあげて」

「あの子、どうなったの」

「雨宮さん、佐和子ちゃんをかばって撃たれた」

「撃たれた？」

「でも動けていたから致命傷にはなっていないと思う……」

小刻みに呼吸をくり返していた花梨は咳き込んだ。

「花梨ちゃん！」

そのとき愛菜の班メンバーである伽耶子と理沙が木陰から飛び出してきた。

「水氷さん！」

「見つかっちゃう。身を伏せて！」

里美が声をかけると二人は慌てて姿勢を低くする。

「愛菜ちゃんはどこなの」

里美が尋ねると伽耶子は泣きそうな顔で首を横に振った。

「分かりません。さっきまで一緒だったんだけど、クロエちゃんと佐和子ちゃんが狙われてるのを見て助けに行くって離れちゃったんです。私は止めようとしたんだけど」

彼女たちは一度は島の南方面に逃げたが、愛菜のことが心配になってまた戻ってきたという。

「あの子たちはどこに向かったの」

「あっちです」

理沙が北の方角を指さした。

そのとき銃声とともにすぐ近くの地面が弾《はじ》けた。

「きゃあっ！」

伽耶子が跳びはねるように立ち上がった。

里美は反射的に彼女に飛びかかると木の幹の後ろに引っ張り込んだ。

しかし理沙はパニックを起こしてしまったようだ。

叫び声を上げながら砂浜に向かって走り出した。

「そっちはダメ！」

里美が手を伸ばしたが届かなかった。

乾いた破裂音と同時に理沙は前のめりになって転がると動かなくなった。

救出に向かえば狙撃される。砂見はそれを狙っているのだ。

「ファック！　ファック！　ファック！」

里美は半狂乱で怒号を上げながら拳骨を幹にぶつけた。皮がすりむけて血が滲《にじ》んだが痛みを感じなかった。

「水氷さん、止めて」

伽耶子は泣きながらすがりついてきた。里美は呼吸をくり返して気持ちを整えた。パニックに陥ったら終わりだ。

花梨を見ると彼女は気を失っていた。今は意識がない方が幸福だ。

戦争でもないのに目の前で少年少女たちが傷ついていく。

なんとしてでも一矢報いてやる！

今は恐怖より怒りが勝っていた。

銃声からしてかなり近くに狙撃手は潜んでいる。

「ひどい……ひどすぎるよぉ」

伽耶子は両手で両耳を挟み込みながら、まるで木の幹に自身を同化させるように密着させてしゃがみ込んでいる。そんな彼女の肩に手を回して抱き寄せる。彼女の鼓動や息づかいが伝わってきた。

この子を守れるのは自分しかいない。

里美は状況を確認するために顔を出した。

その瞬間、銃声が弾けて幹の一部がえぐられた。

すぐに顔を引っ込めたので事なきを得たものの、砂見の位置が特定できなかった。相手は迷彩服を着用していたというからなおさらだ。

命中しなかったが誤差はほんの数センチだ。

里美は細い息を吐いた。

さすがは強豪射撃部の選手だけある。

体の一部をわずかでも見せれば射抜かれてしまう。

そして砂見は里美であっても容赦はしない。プロジェクトのために一緒の時間を過ごしたメンバーたちを手にかけたのだ。仏によって歪められた信念、大義のために。

砂見は決して戻ることのできない一線を越えてしまった。生きて帰れるとは思っていないだろう。自分の命を賭して日本の未来を変えようとしているのだ。それが正しいと強く信じている。

　だから命乞いも泣き落としも交渉も通用しない。

　杉原は無線機を修理することができただろうか。そうでなければ救助はまだまだ先になる。

　隠れているだけでは全滅の可能性が高い。相手はサバイバルゲームに長けている射撃の名手だ。対して子供たちは丸腰に等しい。

　生き残るには敵を仕留めるほかない。

　――望月さん、どこにいるのよ。

　里美は木の幹にしっかりと背中をつけてさらに身を低くした。

　幸い太い幹なので伽耶子と里美の体を敵からカバーしてくれているようだ。撃ってこないということはこの木が彼の視界を遮っている。おのずと彼の潜伏する位置は限定される。

「み、水氷さん、私、死ぬの？　怖いよ、死にたくないよ」

　伽耶子は汗ばんだ全身を小刻みに震わせている。里美は彼女の手を強く握りしめた。

「ヤツはこの木の向こう側にいる。絶対に姿を見せてはだめよ」

「う、うん……」

せめてこの子がクロエだったら……。二人で力を合わせればなんとか仕留められるかもしれないのに。

里美は呼吸を浅くして五感に神経を集中させた。

殺意の気配は感じられるものの敵の正確な位置が摑めない。位置が分からないことには攻撃のしようがない。しかし相手はこちらの位置を把握しているし、なによりも飛び道具を持っている。体の一部をわずかにでも見せれば射抜かれてしまうので動くに動けない。

圧倒的不利だ。

「せめて位置さえ分かれば……」

もどかしい思いで包丁を握りしめる。こんなものでライフルに対抗できるとは思えない。

まずは敵の正確な位置を把握することだ。どうすればいい？

そのとき伽耶子が頭の上に手を伸ばして一番近くの枝を摑んだ。体重を掛けて引っぱると枝はちぎれるようにして幹から離れた。長さは一メートルほどある。

彼女は同じようにしてさらにもう一本の枝を手に入れた。

「伽耶子ちゃん、なにをするつもりなの」

「敵の位置を知りたいのよね」

「そうだけど」

伽耶子は髪をまとめている自らのヘアゴムを外した。それを使って二本の枝を十字状に固定する。

「案山子《かかし》にするの」

「そんなものをどうするの」

伽耶子は震える声で答えた。恐怖を克服しようとしている声だ。

「案山子って?」

彼女はジャージの上着を脱いで、それを十字の枝にかぶせた。

「これ持ってて」

「こんなものどうするの」

里美はジャージ姿の案山子を受け取った。

次に伽耶子はズボンのポケットに手を突っ込んで、皆で撮影するとき使用していた自撮り棒を取り出した。それにスマートフォンを取りつけるとスティック部分を最大限に引き伸ばした。さらにインカメラに設定してビデオ録画を開始する。画面に表示された撮影時間が進行を始めている。

「何をするの」

「いいから見てて」

伽耶子は慎重な手つきで自撮り棒を動かしながらカメラを敵の潜んでいるであろう方向に向けた。液晶には里美たちには視認できない幹の向こう側が映っているが、目を凝らしても砂見の姿は認められない。迷彩柄が周囲に溶け込んでいるのだろう。

「水氷さん、それを突き出して」

里美は言われるままに案山子を幹の外に突き出した。

その瞬間に銃声がして弾かれた感触が伝わってきた。

「よし！」

伽耶子はカメラを引っ込めると、すぐにビデオを再生した。二人は顔を寄せ合って画面を覗き込んだ。

銃声がした瞬間、画面の右端上が一瞬光った。

銃撃の際に銃口から発せられる閃光《せんこう》、いわゆるマズルフラッシュだ。

「あいつ、木の上に潜んでいたのね」

今一度、動画を再生してみると閃光のあった周囲にうっすらとした人影が確認できた。

間違いなく砂見だ。上手い具合に背景に溶け込んでいた。

「伽耶子ちゃん、すごいわ」

伽耶子はぎこちない笑みを浮かべた。

彼女の陽動作戦はお見事としか言いようがない。

極限状況においてこんなアイディアを思いつくなんて、さすがはGOPメンバーに選ばれるだけのことはある。

とにかく敵の位置が特定できた。

あとはいかにして仕留めるかだ。

そうこうするうちにまたも銃声がした。

どうやら敵は他の標的を狙っているようだ。

「伽耶子ちゃん、ここを動いちゃだめよ」

「どうするつもりなの」

「あいつを食い止めなきゃ」

「無茶ですよ！」

伽耶子が張り詰めた目で里美の腕を強く引き寄せた。

「大人としての責任を果たすわ」

子供たちを守る。それが大人だ。

「大人としての責任……」

伽耶子は手をそっと放した。

「うん、こんな私でもあなたたちのお手本になれるといいわね」

里美は笑顔を無理やり作った。

もはや強がるしかない。でもそうすることでわずかでも強くなれる気がした。

またも銃声。今度も標的は里美たちではないようだ。つまり近くにまだ他の子たちがいるということだ。

里美は姿勢を低くしたまま伽耶子から離れて数メートル先の木の陰に移動した。敵は他のターゲットに気を取られているのか撃たれなかった。

そっと覗き込むと銃声と一緒にマズルフラッシュが認められた。砂見はまだ同じ木の上に潜んでいる。閃光は里美とはあさっての方向に光ったので今も他のターゲットを狙撃したようだ。

里美は姿勢を低くしたままさらに移動した。

草陰に少年が倒れている。そっと近づくとその少年はまだ呼吸があった。右肩に赤黒い穴が空いていて鼓動に合わせるように間欠的に出血している。

「大丈夫？」

里美が声をかけると少年はうっすらと瞼を開いた。唇が青紫になっている。この状況では運ぶことができない。砂見に見つかってしまう。

里美は彼のジャージを脱がせると肩の辺りにしっかりと巻きつけて出血を抑えた。

「ここで待ってて。絶対に諦めちゃダメよ」

少年はうつろな瞳をさまよわせながら頷いた。

クロエ、どこにいるのよ?

クロエは佐和子をかばって撃たれた、しかし致命傷には至っていないと花梨が言っていた。とはいえ重傷なのは間違いない。無事でいるのだろうか。

そのときだった。

銃声とともにすぐ近くの地面がはじけ飛んだ。

里美は少年を引っぱりながら木の裏に身を隠した。どうやら敵に見つかってしまったようだ。

意を決して砂見の潜んでいる木を覗き見る。

人影がずさりと上から降ってきた。しかし着地と同時に草陰に溶け込むように見えなくなった。気配も消えている。

まずい。また敵を見失ってしまった。

里美は周囲の気配を探りながら空を見上げた。太陽の方向から北は里美が向いている方角の右側であることが分かる。

クロエたちは北に向かったと理沙が言っていた。

里美は少年の額をそっと撫でると北に向けて移動を始めた。

草むらや木の陰に身を隠しながら慎重に進む。途中、二人の少女がお互いに寄りかかるように倒れていた。クロエたちかと思ったが別人だった。確認すると二人とも息はあった。さらに銃創にはまたも手当が施してある。これも望月によるものだろう。処置がなければ出血で危険な状況に陥っていたはずだ。

子供たちを標的にするなんて許せない！

どんな理想や大義が動機だとしても砂見のしていることは理不尽な暴力や殺戮《さつりく》に過ぎない。もしこれがきっかけで社会が良い方向に変わったとしても、それはただの結果論であって彼の行為は断じて正義ではない。

里美は包丁を握る手に力を込めた。そのたびにこれが唯一の武器だと実感する。

砂見にだって必ずつけいる隙があるはずだ。

「視野だ！」

先日の飲み会の会話を思い出した。砂見は自分の弱点を明かしていた。

目の病気のため、右側の視野が狭まっていると言っていた。

つまり彼から見て右端に位置取りすれば優位に立てるかもしれない。

そんなことを考えているとまたも銃声がした。

今度は西の方角だ。それも少し離れたところから聞こえた。いつの間にか砂見は移動をしていたようだ。

「マズい」

里美は立ち上がると銃声の方を向いた。視線の先にはテント広場、さらに先には本部の建物がある。そろそろ子供たちが集まっているはずだ。無線機はどうなったのだろう。

里美は急いで伽耶子のところまで戻った。彼女は浜辺に倒れていた理沙を介抱していた。彼女は足を撃たれたようだが大事には至っていない。そして花梨も意識を戻している。

里美は胸をなで下ろした。

よかった……。

負傷した二人の手当を伽耶子に委ねると本部に向けて駆け出した。

テント広場近くで銃声がしたので身を伏せる。子供たち数人の叫び声が上がった。銃声がするたびにその声が削られるように減っていく。

里美は身を屈めながら小走りでテント広場に入った。テントの陰に身を隠しながら銃声の方に近づく。

そのとき、通り過ぎようとした青いテントの中で小さなうめき声が聞こえた。

すぐさま中を覗き込む。

「クロエちゃん！」

中ではクロエが支柱を背にしながら倒れていた。彼女の苦しそうに歪んだ顔は汗で濡れていた。そんな彼女に佐和子が寄り添っていた。

彼女は里美を見ると飛びつくように抱きついてきた。その小さな体は熱く震えている。

「クロエちゃん、私をかばって撃たれたの！」

佐和子は涙で顔をグシャグシャにしながら訴えた。そんな彼女の口を手のひらで覆った。

「シッ、落ち着いて」

里美が告げると彼女は小刻みに頷いた。手を離すと佐和子は深呼吸を始めた。

「オ、オバサン、無事だったんだ」

クロエは顔を歪めながらも相変わらず強がりを見せている。

「足を撃たれたのね。ちょっと見せなさい」

里美はクロエのジャージの裾をまくって傷口を確認した。

銃創はふくらはぎの左右にそれぞれ認められる。

「大丈夫、骨に異常はないわ。銃弾は貫通したみたい」

「くそっ！」

クロエは吐き捨てるように毒づいた。

筋肉の一部はえぐり取られて出血が続いている。さすがにこれでは歩くこともままならないだろう。

消毒をしてやりたいが医療品は本部にある。今さらながら持ってくればよかったと後悔する。

　里美は置いてあったタオルで彼女の足を強く縛って出血を抑えた。クロエは歯を食いしばって痛みに耐えている。

「愛菜ちゃんを見てない？　あなたを助けるって他のみんなと離れたのよ」

「愛菜ちゃんが？」

　クロエは苦しそうに眉をひそめた。

「愛菜ちゃんは見てないです」

　佐和子が目を腫らしながら答えた。完全に怯えきっている。無理もない、彼女は最年少の中学一年生である。里美ですら恐怖に押しつぶされそうなのだ。

「他の子たちはどうなったの」

「何人も撃たれたわ。命を落とした子もいるかもしれない」

「あいつ！」

　クロエは憤怒《ふんぬ》の表情で唇を嚙んだ。その唇から血が流れ出した。こんな彼女を見たことがない。

「クロエちゃん、動けそう？」

「動けるわよ。あいつをこの手で殺してやる」

　クロエは差し伸べた里美の手を振り払って立ち上がろうとした。しかし激痛に顔をしかめると尻餅をついた。

そんな足で動けるはずがない。

「きゃあっ！」

銃声とともに佐和子が吹き飛んだ。

「佐和子ちゃん！」

シートに覆われた地面に頭を打ちつけた佐和子に、里美は身を低くしてすり寄った。倒れている佐和子の体を揺する。

「う、ううん……」

よかった、意識がある。彼女は右腕を押さえているが指の隙間から血があふれ出ていた。

「佐和子ちゃん？　佐和子ちゃん」

「だ、大丈夫、かすり傷です」

佐和子は傷口を押さえながら頷いた。かすり傷とは思えないが致命傷にはなっていないようだ。

テントの外でざっと草と土を踏みしめる音が聞こえた。

戦慄が安堵を打ち消す。里美は息を止めた。

人の気配が近づいてくる。やがてテントの布地に男性らしき影がぼんやりと浮かび上がった。人影は大きな筒状の物を抱えている。

里美は包丁を握るといつでも攻撃が出来るよう構えの姿勢を取った。クロエと目が合う。彼女は警戒した目つきで頷いた。

——オバサンに任せるよ、あいつを仕留めて。

彼女の瞳はそう告げている。

影は警戒するような足取りで里美たちが潜むテントに近づいてきた。そしてテントの出入口へとゆっくりと回り込んでくる。

里美は瞬時に攻撃手段を頭の中でシミュレートする。

砂見は右目の視野が病気によって狭まっている。相手の右側に回り込んで攻撃を仕掛ければ対処に遅れるかもしれない。それにライフル銃は近接戦には向かないはずだ。

そうこうするうちに人影は出入口にかなり接近していた。

今だ！

里美は弾みをつけて外に飛び出すと人影の右側に回り込んだ。

相手は間違いなく砂見だった。

里美は力いっぱい切りつけた。

その刃先は反射的に持ち上げたライフルのストック部分に直撃して跳ね返された。

里美は第二撃を繰り出す。今度は相手の右手の甲を切り裂いた。

「うぐっ！」

うめき声とともに手をかばった砂見はライフルを地面に落とした。

チャンスだ！

里美は刃先を、ガードを失った砂見の体に叩き込もうとした。

できない。刃物を握りしめた腕が硬直したように動かせない。

その逡巡《しゅんじゅん》を敵は見逃さなかった。

破裂音がして右肩に熱い痛みが走った。しかしその痛みはすぐに痺れに変わった。

里美は呼吸ができなくなって倒れた。

いったい何が起きたの？

顔を上げると砂見が向けている銃口から煙が上がっていた。

ハンドガンだ。彼はハンドガンも装備していたのだ。

里美は右肩を押さえた。感じるのは痛みではなくて灼熱《しゃくねつ》だった。傷口が熱い。

銃で撃たれるなんて生まれて初めてのことだ。まさか自分がこの日本でそんな経験をすることになろうとは夢にも思わなかった。

「君は僕を刺せなかった。だけど僕は君が撃てる。なぜだか分かるか。覚悟が違うんだよ」

砂見は悲しそうな目で里美を見下ろしている。包丁は里美の手元から離れた位置に転がっていた。もはや反撃は見込めない。

恐怖と苦痛で吐きそうだ。里美は咳をまき散らした。

「も、望月さんはどうなったの」

気力を振り絞って問いかける。

「彼には驚かされたよ。あの動きと立ち回りは素人じゃなかった。こちらがやられるんじゃないかと冷や汗をかいたくらいだ。三発ヒットさせたはずだから無事では済まないだろう」

「あなた、それでも人間なの。子供をよくも殺せるわね！」

里美の怒号にも砂見は表情を変えることがなかった。

「ヒューマニズムか。それが我々人類の最大の弱点でもある。時として他人に対する思いやりや優しさは、さらに他の人たちを苦しめることになるんだ。それって本末転倒だろう」

「あなたは騙《だま》されてる。宇田川正樹に騙されてるのよ！」

「な、なんで彼の名前を……」

「目を覚まして！　あなたはあいつに洗脳されてるの！」

「宇田川くんは言ってたよ。偶然を操って人を陥れる連中が邪魔しにやって来ると。どうやらそれが君と望月くんのようだな」

砂見は銃口を里美の額に近づけた。

「砂見さん、お願い、止めて！」

砂見は表情を変えない。彼は感情を殺している。

やはり仏には見抜かれていた。そして頼みの綱だった望月も仕留められたようだ。

もう終わりだ。私は死ぬ。

しかしなぜだろう。人は死ぬ直前に生まれてからの記憶が走馬灯のように駆け巡ると聞くが、まったくそんなことにはならないではないか。

「オバサン！」

テントの中からクロエの呼ぶ声が聞こえた。

同時に砂見が里美から銃口を外した。

「クロエちゃん、逃げて！」

そう叫んだつもりだったが声にならなかった。しかし砂見はテントの中に気を取られている。

今だ！

里美は身を乗り出して包丁に手を伸ばす。指先が触れる。

そのときだった。

突然、人影が現れて包丁を拾い上げた。

誰？

人影は少女だった。逆光で顔がはっきりしない。

彼女は包丁を握るとテントを覗き込もうとしている砂見の背後にそっと近づいた。しかし砂見はまるで気づかない。その少女はまったく音を立てない。幽霊のように気配を感じない。だから里美も彼女の接近を察知できなかった。

「砂見さん」

彼女が呼びかけると振り返った砂見は意表を突かれたように慌てふためいた。

彼が銃口を向けるよりも早く少女が動いた。

首筋、鼠径《そけい》部、そして最後の一撃は腹部。

彼女はためらうことも迷うこともなく、シュッシュッシュッと目にも留まらぬ速さで切り裂いた。

次の瞬間、砂見は首筋の傷口を押さえ込んだままおぼつかない足取りで周囲をさまよった。何が起きたのか分からないと言わんばかりに胡乱《うろん》げな表情を浮かべている。

首筋からは血液が噴き出してくる。鼠径部と腹部からも同じように大量出血が始まった。それらを押さえ込もうとするが手は二つしかない。彼は慌ただしく交互にそれぞれの傷口を押さえながら不規則に動き回る。

しかしそれも長くはなかった。血で濡れた手でテントのポールを掴むとテントを倒しながら崩れ落ちた。

少女は包丁を握ったまま砂見の前に立つ。血溜まりが見る見るうちにテントの布地に広がっていった。

「ごめんね、クロエを殺すのは私なの」

彼女は苦しそうに喘《あえ》いでいる砂見を見下ろしながら告げた。

「き、君は何者……なんだ」

彼は弱々しい声で彼女を見上げた。

「女子中学生」

少女が素っ気なく答えると砂見は持ち上げた頭を地面に落とした。そのまま動かなくなった。

「愛菜ちゃん！」

テントの中から這い出てきた佐和子が少女の名前を呼んだ。

少女は月星愛菜だった。

彼女は包丁を握ったまま佐和子に向いた。顔立ちも体つきもたしかに愛菜だが、その瞳は里美が知っている愛菜のものではない。

「ちょっとどいてくれる」

愛菜は佐和子に血で濡れた刃物を突き出した。

「ま、愛菜ちゃん？」

彼女は顔を強ばらせると飛び退《の》いた。そうしないと本当に刺されていたかもしれない。

愛菜はまるで別人だった。

「クロエ、出てきなさい」

彼女はテントに向けて声をかけた。ずっと「クロエちゃん」と呼んでいたのに今は呼び捨てになっている。

「月星さん……」

「水氷さんも黙ってて。邪魔すると殺すことになるから」

彼女はクルリと振り返って刃先を里美に向けた。やはりその瞳は愛菜ではない。気弱そうで大人しい、可愛らしい彼女ではなかった。

いったいなにがどうなっているのか……さっぱり分からない。

「私の正体に気づいていたんでしょう」

愛菜はテントに向けて尋ねた。

私の正体？　愛菜はなにを言っているのか。

「うん、気づいてた」

体を引きずりながら外に這い出てきたクロエが答えた。佐和子が駆け寄ってクロエを支える。

「いつからなの」

地面にしゃがみ込んだままのクロエに愛菜は問いかける。

「初対面から多分そうじゃないかと思ってた」

「完璧に顔と声を変えたはずなのに。さすがに鋭いわね」

愛菜は肩をすぼめた。

「あれから一体何人の命を奪ってきたの。どんなに見た目を変えても染みついた血の臭いまでは消せないよ」

「そうかあ。そうだよね」

不本意な運命に抗えない、彼女の口調にはどことなく諦観が滲んでいた。

クロエは佐和子の肩を借りて立ち上がると彼女と向き合った。

「ツインテール、変わらないね」

愛菜がクロエの髪にそっと触れた。

「エマ……生きてたんだ」

クロエの瞳がほのかに潤んだ……ように見えた。

エマ？　聞いたことのない、知らない名前だ。

「九死に一生を得るって私のことを言うのよ」

それは手の火傷の痕に関係するのだろうか。

どうやらこの二人は以前からの知り合いのようだ。会話の内容から愛菜はそのことを隠そうとしていたが、クロエはそれとなく気づいていた。そんなところだろうか。

「それで私を殺しにやって来たんだ。わざわざ参加者になりすまして」

「そういうこと。組織が逃亡したあんたを許すはずがないでしょ。たとえあんたがディアブロの身内だったとしてもね」

ディアブロ?

そういえばクロエも最近その単語を口にしていた。

「だよね。あのとき家に戻ったらパパが笑いながらいつか刺客が送られてくるだろうって。ほんとクズだよね。まさかそれがあんただとは思わなかったけど」

クロエはやれやれと言わんばかりにため息をついている。

彼女の父親がどう関係しているというのか。

「私が生かされた理由がそれだよ。あんたを仕留めることが私のミッション。だから他人に殺させるわけにはいかない」

「とりあえず助けてもらって感謝するわ。あんたがいなければマジで殺されてたかも」

「日本での生ぬるい暮らしのせい? 随分鈍ったわね」

「そうかもね」

クロエはフンと鼻を鳴らした。

この二人の間にはなにかしらただならぬ因縁がある。それも生死を賭けるような。

一見、友人同士のやり取りに見えるが、二人の間は触れれば切れるような張り詰めた空気で満たされている。

佐和子も強ばった顔で二人を見つめている。

「で、本物の月星愛菜さんはどうなったの」

クロエが尋ねる。

「心配しなくていいわ。これが終わったら親御さんの元に無事に帰すから」

「それを聞いて安心した」

やはり目の前の愛菜は本人ではなく、エマという人物が入れ替わっているということらしい。本人はどこかに今も監禁されているようだ。

「それにしてもなんなの。まさかこんなすごいことになるとは思わなかったよ」

愛菜は動かなくなった砂見を爪先で小突いた。「こいつ、何者なの」

「ただの操り人形だよ」

クロエが答える。

「つまり黒幕がいるってことね」

「そういうこと。世の中にはディアブロ以上の悪魔が存在するんだよ」

「へえ、そんなヤツが日本にいるんだ。いつかは始末しなくちゃならないね」

愛菜は包丁を空中に放り投げると三回転させてきれいにキャッチした。刃物の扱いに慣れている。

「いくらあんたたちでもそう簡単にはいかない相手よ。甘く見てると返り討ちに遭うわね」

「相手に不足なしだわ。やり合うのが楽しみね」

「ご自由に」

クロエは肩をヒョイとあげた。

「そんなことより、クロエ。足、大丈夫なの」

愛菜は刃先を足の傷口に向けた。里美の手当のおかげで出血は弱まっている。

「このくらいのハンディでちょうどいいんじゃない？」

クロエは不敵な目つきで愛菜を見上げる。

「言ってくれるね」

彼女の瞳にただならぬ殺気が宿った。彼女は手にした包丁を地面に向けて投げる。包丁は二人のちょうど真ん中あたりに突き立った。

「シカリオにフェア精神は禁物だってカミラから教わらなかった？」

「丸腰相手に勝っても嬉しくないから」

愛菜は自信ありげな笑みを浮かべている。

「佐和子ちゃん、ありがとう。私から離れて」

佐和子が離れると二人は同時に構えの姿勢をとった。

二人の気迫に驚いたのか地面に留まっていた小鳥が飛び立った。

「ディアブロをこの手で殺すって言ってたよね」

「覚えてるよ」

「正体はやっぱりあんたの？」

「残念ながらまだ確証がないわ。でもそうだと思ってる。どちらにしてもヤツをこの手で倒すまで死ぬわけにはいかないの。私を舐めないで、エマ。後悔することになるわよ」

クロエはジリジリと間を詰めた。あれほどのダメージを受けていながら信じられない。

「そっちこそ、失望させないでよね」

二人は相手に全神経を集中させている。

咄嗟に里美は砂見のライフル銃を拾い上げた。

「ちょっと待ちなさい！」

銃口を愛菜……エマに向けた。

「オバサン、邪魔すんな！」

クロエが敵に視線を向けたまま怒鳴った。

「ガキは黙りなさい。あんたたちの喧嘩《けんか》につき合ってる暇なんてないの。こっちは多数のけが人が出てるのよ」

　里美は突きつけた銃口をさらに近づけた。

「なんなの、この人」

　エマが舌打ちを鳴らしながらホールドアップした。クロエも全開にしていた殺気を解除する。

　佐和子が安堵したように肩を落とした。

「ごめんね。このオバサン、気の毒な司法試験浪人生なの」

「うるさい！」

　里美はクロエの足下に一発撃ち込んでやった。

「な、なにすんのよ！」

　彼女にしては珍しく目を剝《む》いている。

「ははは、ビビった？　いい気味よ」

　里美はすぐに銃口をエマに戻した。

　しかしエマは姿を消していた。ほんの数秒なのに影も形もない。まるで最初からそこにいなかったように名残すらなかった。

「いつの間に……」

　佐和子も目を丸くしている。

「あーあ、せっかくの再会だったのに。オバサンのせいで台無しよ」

クロエはふてくされた様子で小石を蹴飛ばそうとして尻餅をついた。そもそも立っていられたことがおかしいのだ。

「クロエちゃん、あの子は何者なの」

里美はクロエに詰め寄った。

「親友だよ」

「あなたたち、殺し合おうとしてたよね」

「お互いに殺したいほど仲が良いの」

クロエはツインテールをふわりと揺らして微笑んだ。

そのとき近くのテントからガサガサと音がした。

里美は慌てて銃口をテントに向ける。

「出てきなさい！」

テントは音を立てながらユラユラと揺れた。

「ぼ、僕だよ、水氷さん」

中から男性が這い出てきた。

「望月さん？」

里美はライフル銃を下げた。

「砂見さんがやって来ていきなり撃ち始めるからビックリしちゃってさあ。最初は冗談かと思ったんだけどパニックになった子供たちを見てこれはヤバいと思ったんだ」

彼は興奮気味に語った。

「まさか望月さん、ずっとそこに隠れてたんですか」

「もちろんだよ。下手に出れば撃たれちゃうじゃん」

「いやいや、子供たちになにかあったら命を賭けて守るって言ってたじゃないですか」

「そんなこと言ったかなあ」

望月はとぼけたように頭を掻きながら視線を逸らした。

「じゃあ、子供たちを手当してくれたイケメンのおじさんって望月さんじゃないんですか」

「イケメンはたしかに僕だけど、子供の手当なんてしてないし、そもそも僕はおじさんじゃない」

彼は心外と言わんばかりに唇を尖らせた。

そう言えば杉原と一緒に逃げてきた美波が、「おじさんが私をかばって撃たれた」と言っていた。しかし望月は負傷をしていない。

「じゃあ、誰なのよ？」

望月は「さあ」と小首を傾げた。

本部のリビングルームは運ばれてきた負傷した子供たちが並べられて、さながら野戦病院を思わせた。今も担架に乗せられた負傷者が次々と運び込まれていて、ざっと数えてみたところ三十人以上が寝かされている。その中には大人のスタッフたちも含まれる。そんな彼らを白衣姿の医師や看護師たちが手当している。

上空ではヘリコプターが飛び回り、地上では消防隊員や警察官たちが慌ただしく動き回っていた。

「河原さん」

里美は床に寝かされた河原に声をかけた。彼は虚ろな目で里美を見つめた。

「水氷さん、無事だったんだ。よかったぁ」

「私は大丈夫」

「砂見さんは……どうなった?」

里美はゆっくりと首を横に振った。

「そうか……なんでこんなことになっちゃったんだろうな」

あふれ出した涙が河原の頰を滑り落ちた。

「これから分かることよ」

「砂見さんのことは尊敬してたんだ。それなのに……」

「今は考えない方がいい。とにかく体を大事にして」

里美はハンカチで彼の目元を拭ってやると立ち上がった。

大井町にも声をかける。彼女もなんとか一命を取り留めた。

しかし水島は意識不明だったので、他の重症者と一緒にヘリコプターで病院に搬送された。無事を祈るしかない。

「水氷さん」

名前を呼ばれて振り返ると見覚えのある少年が立っていた。

「杉原くん！」

「僕、やりましたよ」

彼はガッツポーズを向けた。

「よくやってくれたわ。ありがとう！」

里美は杉原を抱きしめた。無線機を修理して救援を呼んでくれたのが彼だ。さらに本部に避難してきた子供たちを岩場に誘導して身を隠していたという。

見事に重大な責任を果たしたのである。あれからクロエや望月たちと本部に戻って間もなくすると、救援が駆けつけてくれた。すぐに彼らは負傷者の捜索と治療を始めたというわけである。負傷者の捜索には無傷の子供たちも協力した。その献身ぶりを見るに日本の将来は案外明るいのではないかと思った。

「水氷さん！」

部屋に入ってきた少女が里美に駆け寄ってきた。

「美波ちゃん！」

少女は朝倉美波だった。彼女は嬉しそうに里美に抱きついてきた。

「ちょっとこっちきて」

彼女を受け止めた里美は望月に手招きをした。

「なんですか」

「ねえ、美波ちゃん。あなたが言ってた、背が高くてイケメンのおじさんってこの人なの？」

里美は望月を指さした。美波はイケメンのおじさんが身を挺《てい》して砂見の銃撃から守ってくれたと言っていた。

「違います」

彼女は目を白黒させながら即答した。

「だから僕じゃないって言ったでしょ」

「ねえ、そのおじさんっていったい誰なのよ」

里美は美波に問い質した。

彼女はしばらく部屋の中を見回す。

「あの人よ」

里美は彼女の指先に視線を移した。

ちょうど担架を担いだ消防隊員が部屋の中に入ってきた。美波はその担架に乗せられている人物を指している。

思わず里美は駆け寄った。

床に下ろされた担架を見てイケメンおじさんの謎が一気に氷解した。


「まだ痛むのか」

長い足を組んでソファに座った帆足が油炭に聞いた。

「名誉の負傷だ。大したことはない」

油炭は右脇腹を押さえながら答えた。医師からは命に別状はないが、全治三週間と診断された。

「お前にしてはしくじったんじゃないのか」

帆足は意地悪そうな笑みを浮かべた。

「うるせえよ。相手は射撃の国体レベルだったんだぜ。対する俺はあれだぞ」

油炭は棚を指さした。そこにはスリングショットが置いてある。Y状の棹《さお》から太くて弾力のあるゴム紐《ひも》が伸びている、いわゆるパチンコだ。ゴムの弾力でパチンコ玉を発射して敵を攻撃する武器である。油炭はスリングショットの名手だと自称している。

「さすがのお前でもライフル銃にはかなわなかったか」

「女の子が狙われたんだ。盾になるしか術《すべ》がなかった」

「まあ、そういうところは立派だよ。警視総監賞ものだ」

帆足は小さく拍手を送る。油炭は茶化すなと言わんばかりに手を払った。

「島にいたんだったら最初から言ってくださいよ」

里美はテーブルの上に茶の入った湯飲みを叩きつけるようにして置いた。

油炭はなんともバツの悪そうな顔で湯飲みに口をつけた。

彼はバレないよう深夜に武久呂島に潜入したという。ボートは崖下の岩場の陰に隠したので誰も気づかなかった。彼は明るくなるまで岩場に身を潜めていたという。

「朝になって君に連絡を取ろうと思ったタイミングで砂見が動き出したんだ。俺が本部の建物に接近したとき、中からライフル銃を抱えた砂見が出てきたというわけさ」

まさに本部における修羅場の直後である。中では毒を盛られたGOPのスタッフたちが悶絶していた。

砂見のあとをつけたら、彼はためらうことなく子供たちに向けて発砲を始めた。油炭はスリングショットで撃退しようとするも、サバゲーの達人である砂見を仕留めることは容易でなかった。しばらく一進一退の駆け引きが続いたが、その間にも砂見は子供たちへの発砲を止めなかった。

やがてその銃口は美波に向けられた。

油炭は我が身を挺して美波を守った。脇腹の傷はそのときに負ったものだ。

そして自ら囮となって砂見を子供たちから遠ざけた。しかし銃撃のダメージが大きく敵の追跡をかわすのが精一杯だった。その途中、肩と背中を撃たれて反撃もままならなくなってしまった。

それでもなんとか追跡を振り切った油炭は、気力を振り絞って倒れている負傷した子供たちの手当に回ったという。やがて油炭にも限界が訪れた。気を失って再び目を開いたときは病室だったという。

つまり美波や応急手当を受けた子供たちの証言した「イケメンのおじさん」とは望月ではなくて油炭だったのだ。

「いつから砂見の思惑に気づいたんだ」

「水氷くんが突き止めた仏が鑑賞したであろうドキュメンタリー映画のタイトル」

『ブレイビク』ですね」

「彼が起こしたノルウェー連続テロ事件。俺も寡聞にして知らなかったから調べてみた。その中にウトヤ島銃乱射事件があった。状況が明らかにGOPのキャンプと酷似していた。間抜けなことにそれに気づいたときには水氷くんたちが島に入ったあとだったんだ。俺はすぐに準備を整えて島に潜入したというわけさ」

今回はタイミング的な不運が重なった。

もう一日早く、里美が『ブレイビク』のことを突き止めていれば島に入る前に、砂見の計画を看破できたはずだ。油炭も油炭で仕事が立て込んでいたこともあって、ブレイビクによるウトヤ島銃乱射事件を把握することが遅れてしまった。

「それでも不幸中の幸いだ」

帆足の報告に里美は心から救われた。今回、子供やスタッフたちに多くの負傷者、中には生死をさまようような重傷者も数名出た。しかし砂見以外、命を落とした者はいなかった。

「それは本当に幸運だったんですかね」

「いや、砂見は意図的に急所を外したんだろう。彼ほどの射撃の名手だから為《な》せることだ。そうじゃなければ何人かは命を落としていたはずだ。コーヒーに盛った毒も致死量には至ってなかったそうだ」

里美の問いかけに帆足が答えた。

「仏がそんな温情を許すとは思えないな。ていうかあいつの目的は理不尽で無意味な殺戮を引き起こして、苦しんだり悲しんだりする人たちを高みから眺めることだけだ。それもすべては暇つぶしのためなんだろう」

油炭がなじるように言った。

「ということは、砂見さんは仏の意向に従わなかった？」

「そういうことになるだろうが、死人に口なしだ。確認のしようがない」

「そうですね」

砂見の顔が脳裏に浮かぶ。おぞましい信念に突き動かされながらも、深いところで自分の理想や矜持《きようじ》を守ろうとしたのだろう。逆を言えばそれだけ仏の洗脳が強かった。彼は他人の心の隙間に忍び込んで、心の内部から支配する。そうやって今までにも多くの惨劇を引き起こしてきた。

仏こそまさに邪悪な偶然屋である。それを食い止めるのが里美たち正義の偶然屋。

「今回のことで上の連中は仏の存在を認識したようだ」

「やっとですか」

現場に潜り込んだ油炭も当然、警察の取り調べの対象となった。彼はこれまでのいきさつをすべて証言した。

「とはいえ内容が荒唐無稽すぎるだろ。それだけに心証としては半信半疑といったところだ。残念ながら仏に対する本格的な捜査には至らないだろう」

「ですよねぇ」

里美は小さく吐息を漏らした。

この戦いはまだまだ続きそうである。

「帆足さん」

ソファで読書をしていたクロエが立ち上がった。

「クロエちゃん、もう傷は大丈夫かい」

「かすり傷よ」

彼女の足には包帯が何重にも巻かれている。二日前まで歩く際は松葉杖《まつばづえ》を使っていた。そんな状態でよくぞエマとやり合おうとしたものだ。

「月星愛菜になりすましていた少女のことだね」

「ええ」

クロエは頷いた。

月星愛菜は里美たちが東京に戻ったその日のうちに警察に保護された。彼女は東京郊外の倉庫に監禁されていたという。手がかりを一切残さない手口から警察は複数人によるプロの犯行と見ている。

「たしかにその少女の存在は君以外に何人もの子供たちが証言しているから間違いないんだろう。だけど今のところ何もつかめてないのが現状だ。どうやってあの島から姿を消したのか。それすらも不明だよ」

「そうなんだ」

それだけ答えるとクロエはソファに戻って読書を再開した。

里美は見逃さなかった。

一瞬だけクロエが嬉しそうに微笑んだのを。

彼女はいつか訪れる命を賭けた決着の日を心から楽しみにしているようだ。

しかし彼女の敵は謎の少女エマだけではない。

仏はもちろんだが、もう一人、気になる名前をエマとのやり取りで聞いた。

ディアブロだ。

クロエはディアブロの正体について確信に至っていないようだった。しかしそれを自身の父親だと考えている節がある。そしてディアブロをこの手で倒すと言っていた。それはつまり父親を殺すということなのか。

いったいクロエになにがあったのか。

彼女は思った以上に深い闇を抱えているようだ。

「それはそうと子供たちのことが心配です。あれだけの目に遭ったんですよ。心のケアが必要になるんじゃないでしょうか」

伽耶子や花梨、佐和子たちの暗く沈んだ顔が思い浮かぶ。

「水氷くんの言うとおりだ。俺たちは不穏な予兆を感じ取りながら事件を未然に防ぐことができなかった。俺も責任を感じている。国が責任を持って子供たちをケアしてほしい。仏が子供たちに残した心の傷痕は相当に深いはずだ」

油炭は帆足に強く願い出た。

「子供たちの心に一生消せない深い傷を与える。それによって思想や感情が歪められた彼らは次なる悲劇を引き起こす。死ぬまでの暇つぶしイベントがまた一つ増える。それが仏の真の目的かもよ」

クロエは読書をしながら歌うように言った。

「クロエちゃん、相変わらず怖いこと言うねえ。それについて俺は心配してない」

「どういうことだ」

油炭が聞き返す。

「子供は俺たちが思っている以上に強い。参加メンバーの子たちはあの事件を通してネットでプロジェクトチームを立ち上げたんだ。彼らは独自に今回の事件がどうして起きたのかを分析して、それが今後再び引き起こされないようにするにはどうすればいいか、その方策を話し合って政策案として文書にまとめた。それを首相に送ったという話だ。

すごいことだと思わないか」

帆足が頼もしそうに答えた。

「日本の政治家ってしょうもないって思っていたけど、そんな子たちが将来を担ってくれるなら日本の未来もまだまだ捨てたもんじゃないかもしれませんね」

脳裏に浮かんでいた子供たちの顔に笑みが広がり明るくなった。彼らの瞳は希望の光に満ちあふれている。

仏のもたらす闇が彼らが照らし出す光にかき消されていく。

うん、大丈夫。

未来はきっと大丈夫。

里美は拳に力を込めた。

そのとき、オフィスの扉が開いた。

「あのぉ……」

若い男性が顔を覗かせる。

「なにか」

里美は男性に近づいた。彼は警戒するような目を向けている。

「こちら、偶然屋だって聞いたんですけど」

彼はおそるおそる答えた。

「さあ」

里美も油炭も帆足もクロエもきれいなタイミングで小首を傾げた。

「そうだって聞いたんですけど」

男性は他のクライアントがそうであったように食い下がってきた。

「そうなんですか」

里美は我ながら白々しいと思う笑みを返した。

——本書のプロフィール——
本書は、小学館文庫のために書き下ろされた作品です。